ラーシュ・ケプレル/著
染田屋 茂/下倉亮一/訳

つけ狙う者(下)
Stalker

扶桑社ミステリー
1564

つけ狙う者（下）

登場人物

エリック・マリア・バルク ——— 精神科医
ネリー・ブラント ——— エリックの同僚
ネストル ——— エリックの元患者
ジャッキー・フェデレル ——— ピアノ教師
マデレーン ——— ジャッキーの娘
マリア・カールソン ——— 殺人事件の被害者
スサンナ・ケルン ——— 同上
サンドラ・ルンドグレン ——— 同上
ロッキー・キルクルンド ——— 殺人事件で有罪になった元牧師
レベッカ・ハンソン ——— サレムでの殺人事件の被害者
ナターリア・カリオヴァ（ティナ）——— ベラルーシ人女性
フィリップ・クローンステッド ——— 乱交パーティの主催者
ペーテル・ラール・ヤコブソン ——— フルディンゲ教会の牧師
マルゴット・シルヴェルマン ——— 国家警察の警部補
アダム・ヨーセフ ——— 国家警察の刑事
カトリーナ ——— アダムの妻
ニルス・オレン（ノーレン）——— 法医学者
ヨーナ・リンナ ——— 国家警察の元警部

七〇

ヨーナはナイフのテクニックと、拳や肘を使った攻撃の復習をしながら、縄跳びやウェイトトレーニング、ランニングをこなしていた。五キロも走ると尻が痛みだし、最後の直線は歩かざるをえなかった。まだまだ昔の体力にはほど遠い状態だったが、それでも日に日に筋力がついていた。

エリックのＢＭＷが邸内路に入ってきたのは、七時になろうという時刻だった。ヨーナが肉をオーブンに入れ、ポメロルのワインをふたつのグラスに注ぎ分けていると、玄関のドアが閉まり、キーが整理だんすに投げ込まれる音が聞こえた。

ヨーナはふたつのグラスを持って書斎へ行き、足でドアを押し開けてなかへ入った。エリックの上着が床に放り出してあった。本人はデスクについて書類を探していた。

「四十分ほどで食事の用意ができるよ」と、ヨーナは言った。

「それはいいね」エリックは悩みをかかえているような顔つきで、ヨーナのほうに視線を投げた。「髭を剃ったな。よろしい」

「いい機会だと思ってね」

「具合はどうだい？」コンピューターのスイッチを入れて、エリックが尋ねた。

「よくなってる」と言って、ヨーナは書斎の奥へ進んだ。

「尻のほうは?」画面を見ながら、エリックが言う。

「少し運動をしてみたよ。そうしたら……」

「いまマルゴットとアダムに会ってきた」と、ヨーナの目を見つめながら、エリックは言った。「僕にはパラノイアの気はないんだが、なんと三人の被害者の全員と面識があった。常識ではとても考えられないし、理解しがたいことだが、偶然ではありえない。そう思わないか?」

「どんなふうに被害者と……」

「こんなことが起きる確率はどれくらいなんだろう?」エリックはヨーナを見据えた。

「どんなふうに被害者と知り合ったんだね?」ワイングラスをデスクに置きながら、ヨーナは答えを促した。

エリックは震える指で額にかかった髪を払った。「今度のことは全部、僕に対して行われているような気分だ」

「座ったほうがいい」と、ヨーナはやさしく言った。

「すまない。あまりにも……ショックだったんで」エリックは椅子に深く腰かけ、大きなため息をついた。

「どんなふうに被害者と知り合ったんだ?」ヨーナがそう訊いたのはこれで三回目だ

った。

「マリア・カールソンとはこの夏、短い関係を持った。サンドラ・ルンドグレンは診療所の患者だ。それに、スサンナ・ケルンとも面識がある。会ったことがあるんだ。どこでだったか忘れたけど」

「マルゴットはどう言っていた？」

「そうだな、あんまり驚いたんで、スサンナ・ケルンのことは言いそびれた。でも、むろん話すつもりだよ」

そのとき携帯電話が鳴り出し、エリックは飛び上がった。

「仕事の電話だ」とつぶやいて、エリックは受信拒否にすると、携帯電話をデスクに置いた。

「それに僕はマリアと寝たことは話さなかった」と続けながら、エリックは携帯電話をもう一度拾い上げた。「同じジムに通っていたとしか言わなかった」

「ほかには？」

「サンドラが僕の患者であるのは話した……それが今度のことに関係があるとはいまでも思えないけどね」エリックはにやりとして、額をかいた。「でも、いずれにしても隠すつもりはない。患者がセラピストを誘惑するのはめずらしいわけではない。強い結びつきが生じるから、ごく自然なことなんだ。だがこのケースでは、ネリーに彼女を託したあとは何も言ってこなくなった」

「でも、きみとのあいだには何もなかったんだろう？」

ワイングラスを取り上げたエリックの手は震えていた。彼はグラスを口にもっていき、数口のどに流し込んだ。

「患者に恨まれることもあるわけだな？」

「そんなことはないはずだ。もうずっと危険な患者は診ないようにしているから」

「だが、きみが鑑定をしていたときは……」

「十五年前の話だ」と、エリックは言った。

「どのくらい昔まで記録をたどれるんだね？」

「全部、保管してあるよ」

「それを調べることはできるのか？」

「探すものがわかっていればね」

「類似性でも関連性でも、何でもいい。ストーキング行為、顔に対する暴力、死体を動かして何らかの姿勢をとらせること。それに、戦利品のたぐいの収集でもいい」

エリックは立ち上がって、書斎のなかを行き来し始めた。片手で髪をかき上げながら、独り言をつぶやく。「どうかしている。完全に病気だ」

「座って、ちゃんと話してくれないと……」

「座りたくないんだ」と、エリックが鋭い口調で言う。「僕がやらなければならないのは……」

「いいかね」と、ヨーナが言った。「私はできるだけ多くのことを知らなければならない。それに、きみは掛け値なしに座る必要がありそうに見える」

エリックはグラスをつかんで、立ったままワインをあおると、内ポケットから錠剤のパックを引っ張り出した。パックから二錠押し出し、ワインでそれを流し込む。

「くそっ」エリックがため息をついた。

「また薬を飲み始めたのか？」ヨーナは鋭い灰色の目をエリックに向けた。

「ちゃんと加減しているさ。問題ない」

「わかった」と、ヨーナがためらいがちに言った。

エリックはデスクの椅子に腰を下ろし、額をぬぐうと、呼吸を整えようとした。

「どうしても考えがまとまらないんだ」と、つぶやくように言う。「僕はずっと、ロッキーに共犯者か弟子のようなものがいないか確かめようとしてきた」

「きみはどう思うんだ？」

「確信が持てない。ロッキーに催眠をかけるのは、普通よりはるかに手がかかった。それでも僕は、なんとか彼の器質性健忘をかいくぐることができた。漫然とやっていれば、彼を興奮と幻覚しかないヘロインの世界へ追い込むだけだっただろう」

「何があったんだね？」

「どう解釈すればいいのか、僕にはわからない」と、エリックはうわずった声で言った。「でも今日、マルゴットとアダムに会って写真を見せられ、自分が三人の被害者と会ったことがあるのに気づいたとき……思わずあの催眠のことを思い出していた」

「続けてくれ」と、ワインをすすりながらヨーナが言った。

エリックは顔をしかめて目を上げると、催眠のあいだに起きたことを説明し始めた。「その汚れた牧師とやらが、あとでロッキーの目の前で殺すことになる女性の写真を見せたと言ったとき、ロッキーは深い催眠状態にあった……そのあと、牧師はロッキーにレベッカ・ハンソンの写真を見せたという。まったく悪夢としか言いようがないじゃないか」

「だが、同じ殺人者だ」と、ヨーナが言った。「その牧師が戻ってきたんだ。パターンが同じだから」

エリックの顔から血の気が引いた。「もしそうなら、今度は僕がロッキーの役割を演じることになる」と、ささやくように言う。

「ロッキーはそのふたりの女性と関係があったのか？」

「そうなんだ」

「すぐシモーネに連絡しろ」ヨーナは真剣だった。

　エリックは携帯電話を取ると咳払いをし、不安そうに立ち上がった。

「シモーネです」聞き慣れた声がエリックの耳に届いた。

「シモーネ、エリックだ」

「何かあったの？　動転してるみたいね」

「きみに頼みがある。ベンヤミンとジョンはそこにいるのか？」

「ええ。でも、なぜ……」

「どうも僕をストーキングする患者がいるみたいなんだ。問題が解決するまで、きみとベンヤミンには家でひとりにならないでほしい」

「何があったの？」

「いまは話せない」

「あなたに危険はないの？」

「何にせよ、リスクをとりたくない。頼む、言うとおりにしてくれ」

「わかったわ。忘れないように気をつけるから」

「約束してくれ」

「怖くなってきたわ、エリック」

「それでいい」と、彼は答えた。

七一

エリックは顔を洗ってからキッチンに立ち、汚れた牧師についてロッキーが言っていたことをひとつひとつ列挙していった。無精髭のうえに化粧をしていたこと、ヘロインの依存症であること、ロッキーに写真を見せたこと……。そのあいだに、ヨーナはテーブルに料理を並べた。

ヨーナはラム肉と根菜類をガーリックで味付けしてローストした。そのうえにハーブを散らしてから、ふたりのグラスにワインを注ぎ足した。

「こんなことまでさせてすまないな」と、椅子に腰かけながら、エリックが言った。

「言うまでもないが……スンマが亡くなるまでの半年」と言って、ヨーナはエリックを見つめた。「私たちは家族水いらずで過ごせた。きみがいなければ、エリック、そうはいかなかった。スンマのために薬の処方その他、あらゆることをやってくれなければ。きみは信頼に足る人間だ。あのときのことを私は決して忘れない」

ふたりはグラスを合わせて、ワインを飲んだ。しばらく出会った頃のことをしゃべっていたが、すぐに話題はロッキーと写真のことに移った。

「マルゴットは牧師のことを真剣に考えるべきだ」と、エリックは言った。

「考えるはずだよ」と、エリックが請け合う。「プロファイラーの分析によれば……」

「それは読んだよ」

「私は今度の捜査にはかかわっていないが、アーニャに聞いたところでは、警察はしらみつぶしの捜索を始めたようだ。まずはサレム教区から始めて、周辺の教区や信徒会に手を広げているらしい」ヨーナは皿をエリックのほうに押し出した。「ローマン・カトリック、東方正教会、ロシア正教会、ギリシャ正教……サイエントロジスト、福音教会、救世軍、エホバの証人、モルモン教徒、メソジスト派、ペンテコステ派。そのうえいまは、この国で依存症患者や刑務所、施設、病院のために働いている聖職者まで捜査対象を広げている」

エリックの手の震えはほとんど止まっていたが、料理を取るときは、まだ自分に信頼がおけないとでもいうようにゆっくり手を動かした。

「リストには何人が載っているんだね？」と、彼はヨーナに皿を押し返しながら尋ねた。

「もう四百人を超えたそうだ。だが、もしきみがロッキーに牧師の名前を――ファーストネームだけでも、容姿でも、教区でも思い出させてくれれば……」

「それがなまやさしいことじゃないんだよ」と、エリックがさえぎる。「脳の損傷と依存症が……」

「この話は明日にしないか？」と言って、ヨーナは食べ始めた。

「彼の記憶は独特のパターンをとっている」エリックは肉を切りながら、そう言った。

「だけど、催眠状態ではずいぶんいろんなことを思い出してるじゃないか」

「そうだな。でも、悪夢と記憶を区切る境界がどんどんあいまいになっている気がする」

「彼がきみに話したことの一部は、実際の記憶にもとづいているように思えるんだがね」と、ヨーナが言った。

「理論上は、全部現実のものなんだよ」と、エリックが切り返す。「精神病的な妄想に聞こえるだけなんだ」

「もしロッキーがもう一度催眠にかかるのを承諾したら、すぐにやるべきだな。具体的な事実を引き出すんだ。名前とか場所とか」

「それはできると思う。自信はある」

「それができれば、シリアル・キラーの次の犯行を止めることができるだろう」と、ヨーナは言った。

「明日の朝一番で行ってみるよ」と、エリックが言った。

ふたりは黙って食べ続けた。つやのよい根菜類は、大地の甘さに赤スグリのソースのすっぱさが加えられていた。サラダはバルサミコとトリュフオイルで味付けされ、ほんのりとピンクがかったラム肉には粗挽きの黒胡椒がかかっている。

「ずいぶん具合がよくなったみたいだね」料理に積極的に手を伸ばすヨーナを見て、エリックが言った。「ペニシリン注射を六回とコルチゾンをほんの少し打っただけなのに……」

携帯電話の鳴る音で、エリックの言葉は途切れた。マルゴットからだった。

「ええ、エリックです」

「ヨーナはそこにいるの？」かすかに震える声で、マルゴットが尋ねた。

「何かあったのですか？」

「ロッキー・キルクルンドが脱走したんです」

エリックはすぐに電話をヨーナに渡し、両手で顔を覆って考えをまとめようとした。

マルゴットがヨーナに語ったところによれば、カーシュウデン病院の主任精神科医がロッキーにはすぐにリハビリを始めさせるべきだと判断したという。

ロッキーは、カトリーネホルムのストール通りにある〈プリマヴェーラ・ピッツァリア〉で料理を注文する練習をすることになった。ふたりの警備員は、練習のさまたげにならないように、少し離れたテーブルに席を取った。ロッキーはピザを食べ、大きなグラスから水を飲み、コーヒーを注文した。そのあとトイレに行き、窓によじ登って逃走したらしい。

若者が何人か、彼が鉄道線路沿いにローヴァセンを越えて森へ向かって走り去るのを目撃したが、その後の足どりはまったくつかめていなかった。

「私たちは公開捜査はしません」と、マルゴットは言った。「行政裁判所が彼には仮釈放申請をする資格があると判定したので、今度の件はカーシュウデン病院が対処することになっているのです」

「対処って、どんなふうに？」

「何もしないことで」と、マルゴットが答えた。「主任精神科医と話しましたが、あんまりのんびりしているので、こちらはうたた寝しそうになったわ。初めて機会がめぐってきたときに、患者が逃亡を図ることはよくあるんだそうです。逃げてもほとんど帰ってくるらしいわ。何もかもが変わってしまって、友だちも住まいも妻もみんないなくなったのに気づいて」

ヨーナは電話を切り、エリックの疲れきった目をまっすぐに見つめた。

「彼に監視付きの外出をさせることを提案したのは僕なんだ」髪をかき上げながら、エリックは言った。「でも、彼は帰ってくる。ほとんどの場合、そうなるからね」

「座って待っている時間はないんだよ」と、ヨーナは言った。「牧師がまた殺人を犯す前に、私たちで彼を見つけて、話をさせなければならない」

「家族はいないし、友だちのことも聞いたことがない。牧師館はもうなくなっているし」

「教会のなかに隠れることはないかな？　あるいはその近くに？」

「彼が〈ゾーン〉という場所に行こうとするのはまず間違いないと思う。昔、ヘロインを買っていた場所で、誰かに金を貸しているという話もしていた」

「〈ゾーン〉という場所は聞いたことがないな」と、ヨーナは言った。

「ハード・ドラッグを売っているところらしい。かなり大きなところだ。舞台があって、娼婦がたむろしていると言っていた」

「そこを探してみるよ」ヨーナは立ち上がった。

「夕食をごちそうさま」

「デザートにアイスクリームがあるよ」そう言って、ヨーナは玄関ホールへ向かった。

エリックはテーブルの片づけを始めたが、疲労には勝てず、よろめく足どりで書斎へ行った。コーヒーテーブルの本の山の横に置いたはずの銀縁メガネのケースが見つからなかった。窓の掛け金がかちゃかちゃと音を立てるのを聞いてぶるっと身震いし、窓の外に目を向けた。まだ薄明かりが残っていたが、まもなく暗くなりそうだった。

彼は革張りの肘掛け椅子に腰を落とし、目を閉じた。

身にふりかかったことをじっくり考えるには、自分を取り戻さなければならない。

エリックは目を開けずにテーブルのパックから睡眠剤を押し出すと、しばらく汗ばんだ手で握っていたが、やがてそれを口に放り込んだ。

まもなくやわらかな静寂が頭を包み込み、眠気が波のように寄せてくるのを感じた。

その瞬間、電話が鳴った。目の焦点が合わず、発信者の名前が読めなかった。危うく携帯電話を取り落としそうになったが、なんとかつかんで耳に当てた。

「もしもし？」と、しゃがれた声で彼は言った。

「マディのことを忘れたんじゃないでしょうね？」

「何だって？」

「エリック、どうかしたの？」ジャッキーの声は真剣だった。

「いや、何でもない。ただ座ってただけで……それに……」どう言えばいいのかわからなくなり、エリックは咳払いした。

「あなたはマディの送り迎えをすることになっているのよ。わかっているわね？」

「もちろんだ。大丈夫だよ。カレンダーに書いておいた」

「ありがとう」ジャッキーの声が温かみを増した。

「ずっと診察があってね」と不明瞭な口調で言うと、エリックは目を閉じた。

「何か問題があったら電話してね。私が行くから。オルガンを弾く人間がいなくなっちゃうけど。お願い、電話すると約束してね」

七二

ヨーナはエリックの車でストックホルム中心部へ向かいながら、国家警察犯罪捜査局からアーニャが電話してくるを待った。セーデルマルムの地下を通るトンネルに近づいたとき、携帯電話の画面が明るくなった。

アーニャはキーボードを叩く音をさせながら、いまのところ何も見つかっていないと言った。

「〈ゾーン〉というのは、こちらの記録にはなかったわ。過去にさかのぼっても見つからないの」アーニャの声にはあきらめの色が感じられた。

「実際の名称ではないのでは？」

「国境管理局、保安部、所得税課、データ監視局――全部のデータを調べてみた。たくさんある、とっても上品なオンライン・フォーラムやセックス・サイトにも質問を投稿してみたところよ」

「きみはミランと連絡がとれるかい？」

「とりたくはないけどね」と、アーニャがぶっきらぼうに答えた。

車がトンネルに入ると、窓がため息のような音を立てた。

「ロッキー・キルクルンドを見つけなければならないんだ」電話がまだつながっているのか確信のないまま、ヨーナは言った。

「玄関の外で待っていて」気の乗らない声で、アーニャが応じた。「下りていくから……」

電話が切れた。ヨーナはエリックの言ったことをひとつひとつ思い返した。

十分後、ヨーナは駐車場に続く急な上り坂で車を停め、国家警察の正面玄関まで歩いた。

玄関のガラス壁を通して、マルゴットが重い足どりで近づいてくるのが見えた。ヨーナは彼女と並んでベリス通りまで歩いた。

「たまたま、アーニャがあなたとミランの会合の手はずを整えるのを聞いてしまったの」と、マルゴットが言った。

「きみは離れていなければだめだぞ」

ふたりはクロノバーリ水泳場のどっしりとした建物の正面と、拘置所の重そうな金属ゲートの前を通り過ぎた。

「いつになったら拳銃を返してもらえるんだね?」と、一歩ごとに杖に身体を預けながらヨーナが尋ねた。

「あなたとは話をしてもいけないと言われているの」と、マルゴットは明かした。

警察本部で一番古い建物の前を通り過ぎながら、マルゴットはビョーン・ケルンがようやく話をするようになったことを語って聞かせた。どうやら催眠がエリックの望む効果をあげたらしい。

「ビョーンは、発見したとき妻は片手を耳に当てて座り込んでいたと言っている」

「同じパターンだな」と、ヨーナが言った。

「私たちにわかっているのは、殺人それ自体と、何度か行われた検視解剖の結果だけ。疑問はいやというほど集まってくるのに、答えはひとつも手に入らない」

ふたりはロードフス公園を横切った。ヨーナは少し足を引きずり、マルゴットは両手で大きな腹をかかえていた。

「窓越しに被害者を撮影する行為がキーポイントになる」しばらくして、ヨーナがそう言った。

「何を考えているの？　何が言いたいんだか、さっぱりわからないわ」と、横目でちらりとヨーナを見て、マルゴットが素直に認めた。

木々は湿気でかすかに輝きを放ち、樹冠の葉は黄色く色づいている。

ヨーナは犯人が窃視者であり、ストーカーであると考えていた。被害者のことを知りたがり、女性たちの暮らしのさまざまな瞬間をビデオで捕捉しようとしている。

「それに、手だ」と、ヨーナがつぶやく。

「ええ。でも、手がどんな手がかりになるんです？」

「私にもわからない」手が身体のいろいろな部分を指し示すのに使われていることに思いをめぐらせながら、ヨーナは答えた。

マリア・カールソンの舌ピアスを取り去ったのはフィリップ・クローンステッドではなく、殺人者だ。庭で撮影をしているのをフィリップが目撃した人物だ。

もしかしたら、牧師が被害者を襲った理由は舌ピアスなのかもしれない。それが一線を越えさせる引き金になった可能性もある。

ふたりはセブン‐イレブンの前に差しかかった。タブロイド紙には、上司がサイコパスかどうかをチェックするテストが載っていた。

ヨーナは、牧師がマリアを殺し、ピアスを奪い、警察にその理由を知らせるために被害者の手を使ってその場所を示したのではないかと考えた。イエスの十字架に掛けられたものと同じ、相手を小馬鹿にした罪状書きなのかもしれない。

レベッカ・ハンソンは首に、マリア・カールソンは口に、スサンナ・ケルンは耳に、サンドラ・ルンドグレンは胸に片手を当てて座らされていた。

「犯人は全員からそれぞれ何かを奪った可能性がある。それは宝石類かもしれないし、別のものかもしれない」

「でも、なぜです？」と、マルゴットが尋ねた。

「被害者がルールを破ったからだ」

「ヨーナ、あなたが自分勝手に事を進めているのはわかっています」と、マルゴットは言った。「でもここだけの話だけど、いまの私たちは得られる協力をすべて必要としている立場なんです。もしロッキーの行方を追って何かわかったら、情報を共有してくださるとありがたいわ」

「こっそり電話するよ」と、短い間を置いて、ヨーナは言った。

「あなたがどんなやり方をしようと気にしません。でもこれ以上被害者が出る前に、憎ったらしい犯人をなんとか捕まえたい。できれば職を失わないようにして」

ふたりはフレミング通りを渡って、待ち合わせ場所に近づいた。ヨーナがそこで待つようマルゴットに指示した。

「離れているんだぞ」と、彼は念を押した。

「ところで、そのミランっていうのは誰なんです?」

ミランはここ六年ほど、警察本部から足が遠ざかっていた。ヨーナがその姿を見たのは、監視カメラの映像だけだった。マフィア同士の対決の場で目立たない場所にいて、奇妙な動きをし、ひとりの男の背中を撃った。

ミラン・プラシルは麻薬班で働いており、通常は長期的な監視と潜入活動に従事していた。ストックホルム全体に張りめぐらされた情報ネットワークの持ち主でもある。

「やつは頭のいい男だ」と、ヨーナは答えた。

ボスニア・マフィアの女性と子どもをもうけたという噂《うわさ》もあるが、ほんとうかどうかは誰にもわからない。影のような存在となって、常に潜入者の狭い世界を出ることなく生きてきた。その行動計画は秘密裏に進められ、彼をよく知る人間はひとりもいなかった。

「武器は持っていないように見えるが、おそらく足首にベレッタ・ナノをくくりつけているはずだ」と、ヨーナは言った。

「どうしてそんなことまで私に話すの？」

「潜入捜査官であるのがばれる危険があるときは、平気で私たちを犠牲にするはずだからだ」

「自分の身を心配したほうがいいのかしら？」マルゴットは首をかしげた。

「ミランは常識では測れない人間だ。近づかないのに超したことはない」

ヨーナはマルゴットを道路の反対側に残して、ひとりで歩き続けた。大きなビルが建ち並ぶ前を橋のたもとまで歩くと、階段を下りた。そこは、よく麻薬中毒患者がうろついている場所だった。

あたりの空気には小便のむっとするにおいが立ち込め、地面はタバコの吸い殻と割れたワインの緑色の瓶の破片で覆われていた。

鋼鉄の橋の湾曲部には鳩がとまらないようにたくさんのスパイクが取りつけてあったが、基部は糞《ふん》に覆われてほとんど見えないくらいになっている。

歩道を人影が近づいてきた。それがミランであるのに気づいたヨーナは、壁に杖を立てかけ、人影が踊り場にのぼってくるのを待ち受けた。

ミラン・プラシルは三十歳前後の男で、頭を剃り上げ、犬を思わせる黒い目の持ち主だった。十代の若者のようなほっそりした身体を光沢のある黒いジャージの上下で包み、高価なスニーカーを履いていた。

「あんたの噂は聞いたよ、ヨーナ・リンナ」川のほうに目を向けながら、ミランが言った。

「〈ゾーン〉と呼ばれる場所を探しているんだ」

「あんたはいつも四五口径を持ち歩いてるよな」

「コルト・コンバットだ」

「彼女はあそこでじっとしていられないらしいな」ミランは階段のうえに向かって顎をしゃくった。

マルゴットがあとをついてきたのに気づいて、ヨーナはため息をついた。

「マルゴット、下りてこい！」と呼びかける。

彼女は手すり越しに見下ろしてしばらくためらっていたが、やがて手すりに手を添えて階段を下りてきた。

「〈ゾーン〉か」と、ミランが言った。

「十年ほど前に、たぶんストックホルムの南部に存在していたようだが、確かなことはわからない」

「そこまでだ」と、ミランが踊り場に下りようとしたマルゴットを制した。

「ハード・ドラッグとセックスを買える場所らしい」と、ヨーナが言った。

「俺にしゃべらせたいなら、唇にキスしてくれよ」ミランがにやりとした。

「いいとも」と、ヨーナが応じる。

「彼女もだぜ。そっちもやってくれなければな」

「何をやれって?」と、ふたりをまじまじと見ながら、マルゴットが尋ねた。

「キスしてほしいんだよ」ミランは自分の唇を指さした。

「いやよ」マルゴットが笑い声をあげる。

「じゃあ、俺のアレを見なきゃならんぜ」真面目な口調でそう言うと、ミランはパンツと下着を引き下ろした。

「あら、素敵」まばたきひとつせずに、マルゴットは言った。

「ちぇっ、ちょっとからかってやろうと思ったのに。わかった、あんた、国家警察だな?」

「そうよ」

「武器は？」ミランはパンツを引き上げた。

「グロック」

ミランは声を立てずに笑うと、歩道のほうに目を向けた。階段脇の空中を小さな虫の群れが低く飛んでいる。

「あんたの説明にぴったり合う場所は、昔バルカルビーにあった店だけだな」と、ヨーナをちらりと見ながら、ミランが言った。「〈クラブ・ノワール〉という店だ。だが、もうなくなっちまった。きょうび、でかい売春宿などこの国ではやっていけないからな。いまはアパートメントに東欧の女を二、三人置いて、ビジネスは全部ネット経由。組織を細かく分けているから、何をしても誰も有罪にはならない」

「だが、その店は存在してたんだな？」と、ヨーナ。

「俺が仕事を始める前のことだ。いまは何も残っていない。やっていけないんだ。もう誰も口にすることはない」

「誰に訊けばいいんだ？」

ミランはヨーナのほうに顔を向けた。細い口髭の影が唇をさらに薄く見せている。小さな黒い目はくぼみ、両目の間隔は狭かった。

「俺だよ」と、ミランは答えた。「ヘロインが買える場所なら、ロシア人のちっぽけな組織でないかぎり、全部知っているからな」

「じゃあ、普通の人はどこでヘロインを買ってるの？」と、マルゴットが尋ねた。

「目には見えなくても、状況は少しも変わってないさ……市民広場とリンケビー・センタービルでは活発に売買が行われている。品物はふんだんに送られてくるからな。送り元はアフガニスタンだが、いろんな国を経由してくるんだ」

ミランは鼻の下を強くこすり、マルゴットの足もとにつばを吐くと、それでももう〈ゾーン〉は存在しないと繰り返した。

七三

エリックはこの二日、ひどい頭痛に悩まされていた。その朝、パティオのドアからようやく運び入れたばかりのグランドピアノを無愛想な男が調律しているあいだ、エリックはライナー・マリア・リルケの詩を読んで過ごした。

エリックが目を上げると、ヨーナが書斎に入ってきた。ヨーナはジャージに着替えており、呼び鈴が鳴ると、書斎を出て行った。

「エリックがグランドピアノを買ったのよ」少女の興奮気味の声がそう言った。

「きみがマデレーンだね」と、ヨーナは言った。

声が聞こえると、エリックはすぐに本を置き、洗面所に行って顔を洗った。手が震え、鏡に映った充血した目を見ると、急に不安に襲われた。脳裏に三枚の写真と会議室のプラスチックのにおいがよみがえってきた。サンドラの緑の瞳とスサンナの寛大な笑み。

居間へ行くと、ジャッキーとマデレーンはもうピアノの前に座り、何やらささやいたり、笑い合ったりしていた。

ジャッキーは白い杖を畳むと、片手を娘の肩に置いて、「いいところを見せたら？」と言った。

「とっても、とっても素敵」と、マデレーンが言った。

「弾いてごらん」と、エリックが震える声で言った。

「ここに運んだあと、調律はしたの？」と、ジャッキーが訊いた。

「それも価格のうちなんだ」と、エリックが答える。

マデレーンはスツールに腰を下ろして、サティの夜想曲を弾き始めた。やわらかい指使いで、背筋を伸ばして集中していた。最後の小節を弾き終えると、満面に笑みを浮かべて振り返った。

エリックは拍手した。目に涙があふれてきそうだった。「素晴らしい。どうしてそんなにうまく弾けるんだね？」

「すぐにもう一度、調律しなければならなくなるわよ」と、ジャッキーが言った。

「わかった」

ジャッキーは微笑みを浮かべて、閉じたピアノのふたのつやつやとした黒い上塗りに指を走らせた。鏡面仕上げに映った彼女の指は石を削ってつくったように見えた。

「でも、音はとてもいいわ」

「それはよかった」と、エリックは言った。

マデレーンが彼の腕を引っ張った。「次はロボットの演奏を聴きたいわ」

「弾けないよ」と、エリックは拒んだ。

「弾けるわ！」マデレーンとジャッキーが声を合わせて笑った。

「きみがレベルをぐんと引き上げちゃったからな」エリックはぶつぶつ言いながら、腰を下ろした。

鍵《キー》に置いた指が震えているのを感じて、エリックは弾き始めることができなかった。

「だって、マディ、僕はほんとうに感心したんだ」

「あなただって上手よ」と、マデレーンが言う。

「サッカーもこれぐらいうまいのかい？」

「だめよ」

「きっとうまいんだろうな」と、エリックがやさしく言った。「明日は少し早めに行くつもりだ。そうすれば、きみがゴールするのを見られるからね」

マデレーンの顔が急にこわばった。動揺しているようだ。

「どういうこと?」と、ジャッキーが尋ねた。

「試合のあと、マディを送っていくときのことだよ」と、エリックが答えた。

ジャッキーの顔から血の気が引き、厳しい表情になった。「それは昨日よ」と、重苦しい声で言う。

「ママ、私、ひとりでも大丈夫だから……」

「ひとりで歩いて帰ったの?」と、ジャッキーが問い詰める。

「どういうことだい?」と、エリック。「僕は明日だと……」

「黙ってちょうだい」と、ジャッキーがさえぎった。「マディ、試合のあと、エリックは来なかったの?」

「大丈夫なのに、ママ」少女はそう言って、泣き出した。

エリックは頭がズキズキするのを耐えながら、両腕を垂らして座っているしかなかった。急に気分が悪くなった。

「すまない」と、彼は小声で言った。「どうしてこんなことになったのか……」

「あなたは約束したのよ!」

「ママ、やめて」マデレーンが叫んだ。

「ジャッキー、僕はこのところ、いろいろおかしなことが重なって……」

「だから何よ！」と、ジャッキーが声を張りあげる。「聞きたくないわ！」

「怒鳴るのはやめて」マデレーンがすすり泣く。

エリックは少女の前にひざまずいて、少女と目を合わせた。「マディ、僕は明日だと思っていた。勘違いしてた」

「いいのよ……」

「彼と口をきかないで！」ジャッキーは鋭い声で言った。

「頼む、僕はただ……」

「知ってたわ」ジャッキーのサングラスは怒りのせいで輝いているように見えた。

「あの薬は……あれはアスピリンじゃないって。そうなんでしょう？」

「僕は医者だ」と、エリックは立ち上がって弁解しようとした。「自分のやってることはわかっている」

「そうでしょうとも」とつぶやくと、ジャッキーはマデレーンを引っ張ってドアへ向かった。

「だけど、今度のことは……」

ジャッキーは、ピアノを入れるために移動したテーブルにぶつかった。ドライフラワーを入れた花瓶が転げ落ちて、三つに割れる。

「ママ、壊しちゃったわ……」

「かまやしないわ」と、ジャッキーがぴしゃりと言う。

マデレーンはおびえた顔つきで、しゃくり上げながら母親のあとに続いた。

「ジャッキー、待ってくれ」エリックはあとを追おうとしながら哀願した。「確かに僕は薬の問題をかかえている。どうしてこんなことになったのかはわからないが、でも……」

「そんなこと、私が気にしなければならないの？　同情しなくちゃいけないの？　あなたが薬を飲んで、私の娘を危険にさらしたから？　私はあなたを信用しない。それは間違いなく言えるわ。もう娘には近づかないで」

「タクシーを呼ぶよ」と、苦しげな声でエリックが言う。

「ママ、エリックのせいじゃないわ。お願い、ママ……」

ジャッキーは返事をしなかった。娘を連れて外へ出て行く彼女の頬を涙が流れ落ちていた。

「ごめんなさい。全部、私のせいよ」マデレーンはすすり泣いていた。

七四

メステル・サムエルス通りがマルムフィルナツ通りと交差する場所は、高層ビル群が風のトンネルをつくり出し、埃とゴミくずが絶え間なく伏し目がちの少女の小さなブロンズ像のまわりを舞っている。ここは三十年も前から、娼婦がたむろする場所だった。

ロッキーが見つかったらすぐに駆けつけられるように、エリックはヨーナと一緒にここへやって来た。モッツァレラ・レストランに入って、コーヒーを注文したところだった。

ここへ来る前にジャッキーに電話をかけ、自分がいま患者につきまとわれていることを伝える留守番メッセージをふたつ残しておいた。

コーヒーをすすりながら、道路側の窓に映る不安そうな自分の顔を見つめた。あんなへまをしたことが、とても信じられなかった。シモーネが出て行ってひとりになっても、これほど不安にはならなかった。そのあと、ふたたびチャンスを与えられた。キューピッドが彼の雲の端にもぐり込み、彼に向かって矢を放ったのだ。

エリックは携帯電話を取り出してしばらく見つめてから、ジャッキーに三度目の電話をした。録音された声がメッセージを残すように言うのを聞いて、彼は目を閉じて、こう吹き込んだ。

「ジャッキー、ほんとうにすまない。しつこいようだが、人間はミスを犯すものなんだ。もう言い訳はしないけど、電話はいつでもつながるからね。きみを待っている。エチュードをちゃんとおさらいしておくよ。きみの信頼を取り戻せるなら、何でもする覚悟がある」

エリックは携帯電話をテーブルのコーヒーカップの隣に置いた。

外では、ヨーナが打ちっぱなしのコンクリート壁のそばに立つふたりの娼婦の前で足を止めた。杖に寄りかかってふたりに話しかけようとしたが、客でないとわかると、娼婦たちは彼に背を向け、ふたりで小声のおしゃべりを始めた。

「きみたちは〈ゾーン〉と呼ばれている場所を知らないか？」と、ヨーナは尋ねた。

「どこにあるか教えてくれれば金を払うよ」

ふたりが歩き出したので、ヨーナは足を引きずりながらあとを追い、〈ゾーン〉はもしかしたら別の名前で呼ばれているかもしれないと呼びかけた。

やがてヨーナは追うのをあきらめ、くるりと向きを変えた。かなり離れたクングス通りの高層ビル群の近くで、細身の女性が白いヴァンに乗り込もうとしていた。

ヨーナは建築現場の足場の前を通り過ぎた。壁際にラテックスの手袋やコンドームが捨てられているのが見えた。

隣のビルの入り口の脇に、四十代の女性が座り込んでいた。髪を大ざっぱにポニーテールにまとめ、分厚い上着を着込んでいる。シャツは染みだらけで、足のあちこちにかさぶたができていた。

「ちょっといいかね」と、ヨーナは話しかけた。

「いま行くところよ」と、舌をもつれさせて、女性が言った。

いつもあちこちで追い立てられている人のあきらめのしぐさで、女性は立ち上がった。コートの前がはだけて、丈の短いTシャツが見えた。

「リーザかい?」と、ヨーナが言った。

女性は涙目で、その顔は皺が寄ってやつれていた。「あんたは死んだと聞いたけど」

「帰ってきたんだ」

「あんたは帰ってきた」と言って、リザはしゃがれた笑い声を立てた。「誰でも帰ってこれるわけじゃないけどね」そこで目を強くこすったので、化粧が台無しになった。

「きみの息子さんは?」杖に寄りかかって、ヨーナが尋ねた。「里親にひきとられて、きみともまた会えるようになったんじゃないのか?」

「あたしにがっかりしてるんでしょう?」と言って、リーザは顔をそむけた。

「こんな仕事はやめたものと思ってただけだよ」

「あたしだってそのつもりだった。でも、だからどうだというの」リーザはおぼつかなげな足どりで数歩歩くと、立ち止まって、あふれそうなほど詰め込まれたゴミ箱に寄りかかった。

「コーヒーとチーズロールでもどうだい？」ヨーナはそう尋ねたが、リーザは首を横に振った。

「何か腹に入れたほうがいいんじゃないか」

リーザは顔に垂れてきた髪を息で吹き飛ばした。「そんなことより、あたしに何が訊きたいの？」

「きみは〈ゾーン〉と呼ばれる場所のことを知らないかな？　たくさんの女性たちが働いていた場所らしい。ロシア人がやっていた。十年かそこら前の話だが、そこではヘロインが楽に手に入ったそうだ」

「バルカルビーにそんな店があったわ。そう言えば、何ていう名前だったかしら？」

「〈クラブ・ノワール〉だ。いまはもうないが」

近くの木立から、スズメの群れがいっせいに飛び立った。

「ソルナにマッサージ・パーラーがあるけど、あれは……」

「そんな小さな場所じゃない」と、ヨーナが言った。

「インターネットで調べてみるのね」と、リーザが茶化す。

「ありがとう、やってみるよ」と言って、ヨーナは歩き去ろうとした。

「男なら、たいていは相手をできるわよ」と、リーザがつぶやくように言った。

ヨーナは足を止めて振り返った。リーザはゴミ箱に身体をもたれるように立ち、唇をなめていた。

「近頃、ペーテル・ダリンがどのあたりをうろついているか知らないか？」と、ヨーナは尋ねた。

「地獄であることを望むわね」

「わかってる……だけど、まだ地獄には落ちてないとしたら？」

リーザは身をかがめて、足をかき始めた。「聞いた話じゃ、カーラプランのフェトーヴェステン・ビルの母親のところへ戻ったそうよ」と、爪を見つめながら言った。

七五

エリック・マリア・バルクはフェトーヴェステン・ショッピングセンターの下にある駐車場に車を停めた。並んでエレベーターに向かいながら、自分は建前上、ここへ来てはいけないことになっているとヨーナ・リンナは明かした。

「接近禁止命令が出てるんだ」と、ヨーナは言った。その笑みを見て、エリックはぶるっと身震いした。

六階まで昇り、居住者の名前が貼られた郵便受け、汚れたドアマット、ベビーカー、スニーカーなどが置かれた味気ない廊下を進む。

ヨーナが、〈ダリン〉と書かれた真鍮《しんちゅう》の飾り板の付いたドアのベルを鳴らした。

少しして、二十代とおぼしき女性がドアを開けた。おびえた目つきをし、肌は荒れ、髪に時代遅れのヘアカラーを巻いている。

「ペーテルはテレビを観《み》ているのか？」と言いながら、ヨーナはずかずかとなかへ入った。

エリックがあとに続き、玄関のドアを閉めた。玄関ホールは陰気くさく、花をあしらった刺繍《ししゅう》と、猫を二匹膝にかかえた老女のカラー写真が壁に飾ってあった。

ヨーナは杖《つえ》でドアを押し開けてまっすぐ居間に向かい、二匹のぶち猫と一緒に茶色い革張りのソファに座っている年輩の男の前で足を止めた。男は分厚いレンズのメガネをかけ、ワイシャツに赤いネクタイという服装で、縮れ髪をとかして頭の天辺《てっぺん》の禿《は》げ上がった部分を隠していた。

テレビは『刑事コロンボ』の再放送を流していた。ピーター・フォークが両手をよれよれのコートのポケットに入れて、独り笑いをしている。

ソファの男はヨーナをちらりと見上げると、埃《ほこり》だらけのバッグから猫のおやつを取り出して床に放ってから、指のにおいを嗅《か》いだ。

さほど興味もないように二匹の猫が床に飛び下り、おやつに鼻をふんふんさせる。

若い女性はよろよろとキッチンへ入ると、ふきんを絞った。

「変わりないか？」と、ヨーナが話しかける。

「何にも知っちゃあいないくせに」と、鼻にかかった声で、ペーテル・ダリンが言った。

「あの女性は、これからもっとひどい目にあうことを知っているのか？」

ペーテル・ダリンはにやりと笑いかけたが、目の隅がぴくぴくと引きつった。「知ってのとおり、俺は自発的に去勢手術を受けた。有罪はくつがえり、損害賠償も認められた。それに、あんたは俺のそばに近づいちゃあいけないんだ」

「訊《き》いたことに答えれば、すぐにいなくなるさ」と、ヨーナは言った。

「このことは通報するからな」と、股ぐらをかきながら、ペーテルが言った。

「私は〈ゾーン〉という場所を見つけたいんだ」

「幸運を祈るよ」

「ペーテル、おまえは普通の人間が行くはずのないところは全部行っているから……」

「俺はワルのなかのワルだからな」と、ペーテルが皮肉っぽく言う。

キッチンの若い女性は両手を腹に当てて、一瞬、目を閉じた。

「あいつは下着をはいてないんだ」ペーテルはソファの端に足を載せた。「ベッドの下の酢に浸かっちまってな」

「エリック」と、ヨーナが呼びかけた。「彼女をここから連れ出せ。私たちは警察に協力していると話してな。医者に診せなければならない」

「また別のを見つけるさ」ペーテルはどこ吹く風とうそぶいた。

エリックは女性を玄関に連れて行った。女性は片手を腹に当てながらブーツを履くと、バッグを拾い上げた。

玄関のドアが閉まるのも待たずに、ヨーナはペーテルの片方の足首をつかむと、キッチンに向かって歩き出した。

ペーテルがあわててソファの肘掛けを握ったが、身体はソファごとペルシャ絨毯《じゅうたん》のうえを運ばれていった。「放せ！　おまえは俺のそばに……」

ソファがキッチンの敷居に引っかかり、ペーテルは肘掛けのうえを越えて床に落ち、大きなうめき声をあげた。ヨーナはつかんだ手を放さずに、キッチンのリノリウムの床を引きずって進んだ。猫たちがそそくさと逃げていく足音がする。ペーテルはテーブルの脚につかまろうとしたが、もう少しのところで手が届かなかった。

ヨーナはキッチンの隅に杖を立てかけると、バルコニーへ出るドアを開けた。ペーテルを人工芝のうえに引っ張り出したところで、ようやく手を放す。

「おまえ、何を遊んでやがるんだ？　俺は何も知らないぜ。これ以上……」

ヨーナはペーテルをかかえ上げ、手すり越しに赤いバルコニーの目隠しの外へ押しやった。相手が必死にしがみついているのを確認するまで、手は放さずにおいた。

「落ちる！　落ちるよ！」と、ペーテルが叫んだ。手すりを握る拳が白くなり、メガネがはるか下の地面へ落ちていった。

「〈ゾーン〉がどこにあるか教えろ」

「聞いたこともない」と、ペーテルがあえぐ。

「でかい場所だ。たぶんロシア人のものだろう……娼婦《しょうふ》、舞台、売り買いされる大量のドラッグ」

「知らないよ」と、ペーテルがすすり泣きを始めた。「信じてくれ！」

「じゃあ、私は帰る」ヨーナはくるりと背を向けた。

「わかった。その呼び名は聞いたことがあるよ、ヨーナ！　もうこれ以上、つかまっていられない。場所は知らない。何も知らないんだ」

ヨーナはペーテルのほうを振り向くと、引っ張って手すりを越えさせた。ペーテルは全身をがたがたと震わせながら、キッチンへ戻ろうとした。

「それでは足りないな」と言って、ヨーナはペーテルを手すりに押し戻した。

「何年か前のことだ……ある女がいた。その女がヴォルゴグラードから来た男たちのことを話していた」ペーテルは手すり沿いに壁に近づきながら、急いでそう言った。「売春宿ではなく、マフィアの集まりみたいなものだという。つまり……手ごわい場所だ。みんながみんなお互いに目を光らせているんだからな」

「どこにあったんだ？」

「嘘《うそ》じゃない、俺は知らないんだ」と、ペーテルがささやくように言った。「知ってたら話すよ」

「おまえにそれを話した女性には、どこへ行けば会えるんだ？」

「話を聞いたのはバンコクのバーだった。女はストックホルムで何年か暮らしたことがあった。俺は名前さえ知らない」

ヨーナはキッチンに引き返した。

ペーテル・ダリンがあとから入ってきて、バルコニーのドアを閉めた。「おまえはこんなことをすべきじゃない」と、気を取り直し、ペーパータオルで涙を拭きながら言った。「クビになるぞ。それに……」

「いまはもう警官じゃないのさ」部屋の隅から杖を拾い上げて、ヨーナは言った。

「だから、おまえを見張っている時間はたっぷりあるぞ」

「どういう意味だ、俺を見張るって？　どうしようって言うんだ？」

「私の言うとおりにすれば、何の問題もない」両手で杖をくるくる回しながら、ヨーナが言った。

「俺に何をさせたいんだ？」

「病院に行ったら、その足で警察に行き……」

「なんで俺が病院に行かなきゃならない？」

ヨーナは杖でペーテルの顔を突いた。ペーテルは両手で鼻を押さえて、よろよろとあとずさると、椅子にぶつかって仰向《あおむ》けに倒れ、床に頭をしたたかに打ちつけた。鼻血がキャットフードの鉢に飛び散る。

「病院に行ったら、次に警察に行き、おまえがやった暴力行為を洗いざらい自白しろ」杖の先で相手の喉のくぼみを突くと、ヨーナはそう言った。「おまえが殺したとき、ミルヤムは十四歳だった。アナ－レーナは卵巣を失った。リーザは娼婦に成り下がった。それに、さっきここにいた女性は……」

「わかった」と、ペーテルは叫んだ。「わかったよ！」

七六

エリックは若い女性をソフィア病院の知り合いの産婦人科医に預け、ヴァルハラ通りでヨーナを拾った。

「これで〈ゾーン〉が存在するのはわかった」車に乗り込みながら、ヨーナが言った。

「どうやらロシア人の組織らしいが、彼らの非合法事業に貢献しないと会員権は買えないようだ」

「それと秘密を厳守すること」ハンドルを指で叩きながら、エリックが言った。「だから、誰にも知られていないんだ」

「たぶん突き止めるのは不可能だろう。まして潜入するには何年もかかるはずだ」

ヨーナが携帯電話を確かめると、この一時間のうちに三回、ニルス・〝ノーレン〟・オレンが電話をかけてきていた。

「〈ゾーン〉を見つける手がかりは、いまのところひとつしかない」と、ヨーナが言った。「ロッキーがティナと呼んでいた女性だ」

「だが、その女性はもう生きていないんだろう？」

「データベースには存在しない。スウェーデン国内では、そんな殺され方をした人間はひとりもいない」と、ヨーナは答えた。「片腕を切り落とされるなんて殺され方は見逃しようがないからな」

「単なる悪夢の可能性もあるが」

「きみはそう思ってるのか？」

「では、そろそろノーレンに会いに行こうじゃないか」

「いや」

カロリンスカ研究所の法医学部門には数多くの講義室が付設されているが、死体を見せられる部屋はひとつしかない。そのホールは解剖劇場によく似ていた。円形の部屋で、解剖台が置かれた小さなステージを中心に、少しずつ高くなっていく椅子の列が何重にも取り巻いている。

ロビーにいても、講義を終えようとしているノーレンの甲高い声がドア越しに聞こえた。ふたりはできるだけ音を立てないようにして入り、座席に腰かけた。

ノーレンは白衣を着て、凍死した男の黒ずんだ死体の横に立っていた。

「今日私が話したことのなかで、ひとつだけ忘れてはならない大切なことがある」ノーレンは締めくくりにそう言った。「人間は死んでも、体温を失わないかぎり、ほんとうに死んでいるとは言えないことだ」

ノーレンが手袋をはめた手を死体の胸に置いて一礼すると、医学生たちが拍手した。

ヨーナとエリックは学生が部屋からいなくなってから、解剖台のところへ降りて行った。死体からイーストと腐敗の強いにおいが立ちのぼっていた。

「手もとにある記録をチェックしたんだが」と、ノーレンが切り出した。「そのタイプの損傷はひとつも出てこなかった。暴力犯罪、事故、自殺を全部カバーしているデータベースも検索してみた。そんな女性は存在しない」

「だが、私がいなくなったとき、きみはそうやって探し出してくれたじゃないか」と、ヨーナ。

「だから、答えは明白だ。その死体は見つかっていないんだよ」メガネを外して磨きながら、ノーレンは言った。

「当然そうなるが、だからといって……」

「どうやっても見つからない人間がいるってことさ」と、ノーレンが口をはさんだ。

「ずっとあとになって見つかる者もいるが、見つかっても身元が判明しない者もいる。歯科診療記録やＤＮＡで調べてだめなら、何年か死体を保存しておくこともある。法医学局のスタッフはみんな優秀だが、それでも年に何体かは身元不明のまま埋葬している」

「だけど、身体の損傷は記録しているんだろう？」

ノーレンは目にいわくありげな光を浮かべて声を低めた。

「私は別の可能性を考えている」と、彼は言った。「以前、解剖医のなかに何人かの刑事と協力して働いているグループがあった。彼らは〝節税人たち〟と呼ばれ、迷宮入りになる事件は前もって特定できると考えていた」

「それは初耳だな」

「八〇年代のことだ。〝節税人たち〟はスウェーデンの納税者に、無意味な警察捜査や実りのない身元調査の費用を負担させたくないと思った。大きなスキャンダルにはならなかったが、少数の人間の怒りを買って、グループは解散した。だが、もしティナがヘロイン中毒か、娼婦や人身売買の被害者である場合には……」

「きみは、〝節税人たち〟がまだ存在していると考えてるのか？」と、ヨーナが尋ねる。

「記録には何ひとつ残っていないからな」と、ノーレンは言った。「捜査はされなかったし、国際刑事警察機構《インターポール》も介入しなかった。死体は身元不明人として埋葬され、捜査の費用は別の場所で使われた」

「だけど、ティナは法医学局のデータベースにはまだ残っているはずだよ」と、エリックが言った。

「身元不明の死体、自然死、病死で検索してみるんだな」と、ノーレンが言う。

「誰に頼めばいい？」と、ヨーナが訊いた。

「法遺伝学部のヨーハンに相談してみたまえ。私の名前を出して。そうだ、私が電話してみるよ。せっかくここにいるんだから」

　ノーレンは連絡帳をスクロールして、携帯電話を耳に当てた。

「やあ、ニルス・オレン教授だ……私は……いやいや、ありがとう。楽しかったよ。かなり風変わりだったがね」

ノーレンは話しながら、死体のまわりを二周した。電話を終えると、しばらく黙り込んだ。口がかすかに引きつっている。周囲を取り巻く空っぽの座席は木の幹の年輪のように見えた。

「当該時期にティナの年齢と合致するストックホルムの身元不明の女性はひとりだけだそうだ」やがて、ノーレンが口を開いた。「それが彼女でなければ、死体は絶対に見つからないだろうな」

「じゃあ、彼女の可能性はあるんだね？」

「死亡診断書には心臓発作とある。ほかにもファイルがあると書かれているが、そのファイルは存在しない」

「身体の特徴は？」

「当然、DNAのサンプルと指紋、歯科治療記録は保存されている」

「彼女はいまどこに？」

「スコッグスシルコゴーデンだ。〈森の墓地〉に埋められている」と、ノーレンは言った。「無名で、墓番号は三二一－二一－五三－三三二」

七

スコッグスシルコゴーデンはストックホルムの南部にあるユネスコ世界遺産に登録された共同墓地で、墓の数は十万を超えている。ヨーナとエリックはよく整備された歩道を進んで〈森の礼拝堂〉の前を通り過ぎ、すぐそばにあるグレタ・ガルボの赤い墓石の前で咲いている黄色いバラに目を留めた。

五十三ブロックはさらにその先の、ガムラ・ティーレッセ通りに面したフェンスのそばにあった。墓地の作業員がトラックから油圧ショベルを降ろし、棺《ひつぎ》を覆う土を掘り始めていた。土の山の横には、草やひげ根や丸々と太った虫たちがいっしょくたに置かれている。

反対の方角から、ノーレンと助手のフリッペが近づいてきた。四人は控えめな声で挨拶《あいさつ》を交わした。フリッペは髪を刈りそろえ、少し顔に丸みを増していたが、相変わらずヨーナには見覚えのある飾り鋲《びょう》付きのベルトに、〈ハンマーフェル〉の黒いロゴの入った洗いざらしのTシャツといういでたちだった。

油圧ショベルの運転席がシュッと音を立てながらゆっくり回転すると、アームの先のバケットが下がって前方に動き、棺のふたから慎重に土を取り去った。

いつものようにノーレンはフリッペに短い講義を始めた。今回は、タンパク質と炭水化物が分解されると、アンモニア、硫化水素、炭化水素が放出されるという内容だった。「腐敗過程の最終段階を過ぎると、骨格だけが残ることになる」

ノーレンは油圧ショベルの操作係に、後退するよう指示した。バケットの爪から土くれがばらばらと落ちた。彼は墓穴の縁に手をかけて、なかへすべり降りた。棺のふたは土の重みでくぼんでいた。

ノーレンはシャベルで棺の周囲の土を剝《は》ぎ取り、さらに両手を使ってきれいにすると、シャベルの刃をふたの下に差し込んで開けようとしたが、ふたの合板がバキッと音を立てて割れた。板には余力がなかった。まるで濡《ぬ》れた段ボールだ。

ノーレンは独り言をつぶやくと、シャベルを放り出して、手を使ってふたの破片をひとつひとつ取り除いた。その破片をフリッペに渡していくうちに、ようやく墓穴の中身の全貌が見えるようになった。

棺のなかの骸骨は決して不快なものではなく、ひどく頼りなげに見えるだけだった。子どものもののように小さかったが、ノーレンは成人女性のものであると請け合った。

「一メートル六十五センチというところだな」と、彼はつぶやいた。

女性はTシャツとブリーフという姿で埋められていた。布地は骨に貼りついていた。胸郭は無傷だったが、内臓その他は骨盤まで沈んでいる。

Tシャツに描かれたコバルトブルーの天使の絵がまだ見分けられた。

フリッペは墓穴のまわりを回って、さまざまな角度から写真を撮った。ノーレンは小さな刷毛《はけ》を取り出して、骸骨から土や板の破片を払った。

「左腕が肩で切断されている」と、ノーレンがきっぱりと言った。

「どうやら悪夢を発見できたみたいだな」と、ヨーナが低い声で言う。

一同はノーレンが頭蓋骨をひっくり返すのを見守った。顎は外れていたが、それ以外の頭骨は欠けていなかった。

「頭骨の前面に深い切り傷がある」と、ノーレンが言った。「額、頬骨、上顎。切り傷は鎖骨から胸骨まで達している」

「牧師が帰ってきたんだ」みぞおちに不穏な感覚が走るのを感じながら、エリックが言った。

ノーレンはなおも骸骨から土を払い続けた。大腿骨の上端部のそばに、腕時計があるのを見つけた。風防ガラスは傷だらけだった。革のベルトは外れて、灰色の塵《ちり》と化している。

「男物のようだな」と言って、ノーレンはそれを手に取り、裏返した。

時計の裏にはキリル文字が刻み込まれていた。ノーレンは携帯電話を取り出し、その文字の写真を撮った。

「スラブ研究所のマリアに送ってみよう」と、彼はつぶやいた。

七八

ヨーナはまたコルチゾンの注射をしてもらい、エリックの家の裏庭で長い木の棒を使って戦闘技術の練習をしていた。

ノーレンはキリル文字の翻訳が届くまで、何か役立つことがあるかもしれないと、ティナの死亡診断書にサインした同僚を探そうとしていた。

エリックはグランドピアノの前に腰を下ろし、薄いリネンのカーテン越しに、友人の影が防御と攻撃の型を繰り返すのを眺めていた。

まるで中国の影絵芝居だなと胸のなかでつぶやくと、エリックは目の前の鍵盤を見下ろした。

エチュードを練習するつもりだったが、どうにもその気になれなかった。思いが千々に乱れて集中できない。まだジャッキーとは連絡がとれなかったし、一時間ほど前にネリーが電話してきて、ここへやって来るという。

のろのろと小指を鍵《キー》に置き、押してみた。最初の音が響いたとたん、携帯電話が鳴り出した。

「エリック・マリア・バルクです」と、彼は言った。

「こんにちは」と、高い声が言った。「こちらはマデレーン・フェデレルです。あの……」

「マディ？」エリックは息を呑《の》んだ。「元気かい？」

「元気よ」マディはささやくように言った。「ロシータの携帯電話を借りたの……私が言いたかったのは、あなたと一緒にいると楽しいってことよ」

「僕もきみやきみのママと時間を過ごすのがとても楽しいよ」と、エリックは言った。

「ママはあなたに会いたがってる。でも、ママはお馬鹿さんだから、そんな気はないふりをして……」

「きみはちゃんとママの気持ちを聞く必要がある。でないと……」

「マディ」遠くから呼びかける声が聞こえた。「あなた、私の電話で何をしているの？」

「何もかも台無しにしちゃってごめんなさい」少女は急いでそう言うと、電話を切った。

エリックはスツールをすべり降りてそのまま床に座り、両手で顔を覆った。しばらくそうしていたが、やがて仰向けに寝転んで天井を見上げた。そろそろ問題と正面から向き合い、薬を飲むのをやめるべきだと思った。

いままでたくさんの患者にふんぎりをつけさせてきたじゃないか。

あらゆることが一番深い闇に包まれれば、あとは明るくなるしかないんだ、と自分に言い聞かせる。

ため息をついて立ち上がると、顔を洗ってから、ガラスドアを出て外の石段に腰を下ろした。

ヨーナはうっとうなって向きを変えると、棒を地面近くで振るい、次に背後に突きを入れた。そこで動きを止め、エリックに目を向けた。

ヨーナの顔は汗で濡れ、血液を十分送り込まれた筋肉は躍動していた。荒い息をついていたが、息切れというほどではない。

「昔の患者を調べる時間はあったかね？」

「牧師の子どもというのを数人見つけたよ」と、エリックは言った。そのとき車が近づいてきて、玄関の前で停まるのが聞こえた。

「マルゴットに名前を教えてやったほうがいいな」

「でも、まだアーカイブを調べ始めたところなんだ」

ネリー・ブラントが家を回り込んで、ふたりのところへやって来た。あつらえ物らしい乗馬用の上着に、タイトな黒のパンツを合わせている。「私たち、ほんとうならラケル・イエフダの講義に出てなければならなかったのよ」と、エリックの横に腰かけながら、ネリーが言った。

「今日だったのか？」

ヨーナの携帯電話が鳴り、彼は電話に出る前に納屋のほうへ歩き出した。

ネリーが疲れて沈んだ様子であることに、エリックは気づいた。目の下の薄い皮膚は土気色で、顔をしかめている。

「僕が自分でマリア法に基づいて通報することはできないかな？」と、エリックは言った。「ずっとそれを考えていたんだ」

ネリーは黙って首を振ると、生気のない目でエリックを見た。

「あなた、私の口は醜いと思う？」と、彼女は尋ねた。「年をとると、唇がどんどん薄くなるんだって。マルティンは口のことになると、とても敏感に反応するの」

「じゃあ、マルティンのほうはどうなんだい？　彼は年をとってないのか？」

「笑わないでよ。実は私、整形手術をしようかと思ってるの。年をとる覚悟ができていないのよ。マルティンが同情心から私と寝ているなんて、誰にも言われたくない」

「きみはきれいだよ、ネリー」

「お世辞を言わなければすまないように仕向けてるわけじゃないのよ。そんなふうに思えないだけ。いまはもう」口を閉じたネリーの顎は小きざみに震えていた。

「何があったんだね？」

「何にも」目の下をそっとこすると、ネリーは目を上げた。

「もしそれで怒ってるんなら、ポルノのことはマルティンと話し合ったほうがいい」

「そんなことじゃないの」と、ネリーは言った。

話し終えたヨーナが、携帯電話を持ったまま、ふたりのほうへ近づいてきた。「スラブ研究所が時計の裏の銘を翻訳してくれたよ。どうやら、ベラルーシ語だそうだ」

「どういう意味なんだい？」と、エリックが尋ねる。

「〝アンドレイ・カリオフの偉大なる業績を祝して、軍事学部、ヤンカ・クパーラ大学〟」

ヨーナが先に立って、三人は書斎へ入った。彼は五分とたたずに、インターポールを通じてその名前を追跡することができた。インターポールには百九十カ国が加盟しており、すぐにミンスクにあるロシア国家中央事務局ベラルーシ支局につないでくれた。

アンドレイ・カリオフなる人物が失踪した件は見つからなかったが、ホメリ在住のナターリア・カリオヴァという女性の失踪届が提出されていた。

電話に出た女性は英国訛《なま》りの英語で、ナターリア――ロッキーがティナと呼んだ女性――は人身売買の犠牲者らしいと教えてくれた。

「家族の話では、友人がスウェーデンから電話してきて、居住許可なしにフィンランド経由で来るように誘ったらしいの」

「それしかわからないのか？」と、ヨーナが訊いた。

「その人の妹に話を聞いてみればいいわ」と、電話の女性は言った。

「妹？」

「彼女を探しにスウェーデンに行ったんだけど、まだそちらにいるはずよ。何か知らせがないか訊くために、定期的に家族に電話しているから」

「その妹の名前は？」

「イリーナ・カリオヴァ」

七九

ストックホルムのクングスホルメンにある集中調理施設は、ゆでたポテトのようなにおいがした。コックたちが防護用の調理白衣にヘアネットという姿で、レンジに向かっている。スライサーの立てる音がタイル貼りの壁と金属のカウンターに反響する。

イリーナ・カリオヴァを訪ねるにあたり、エリックはネリーに一緒に来てくれるよう頼んだ。その女性が、自分の姉が人身売買の犠牲になって性労働をさせられた末に殺されたのを知ったとき、そばに女性の精神科医がいれば心強いと考えたからだ。

イリーナは白衣にヘアネットという、ほかのみんなと同じ服装をして、大型のフライパンがフックにずらりと掛かっている前に立っていた。ディスプレイ・パネルにじっと目を注いでいたが、やがて指示を打ち込み、レバーを引いてフライパンをひとつフックから外した。

「イリーナだね？」と、ヨーナが呼びかけた。

イリーナは顔を上げて、不審そうに三人の見知らぬ人間に目を向けた。頬は赤らみ、額は沸騰する湯の蒸気で汗ばんで、乱れた前髪が眉毛のうえに垂れている。

「スウェーデン語は話せるかね？」

「ええ」仕事を続けながら、イリーナが答えた。

「われわれは国家警察の者だ」

「居住許可書は持っています」と、彼女は急いで言った。「全部、ロッカーに入れてあります。パスポートも書類も全部」

「どこか、話をできるところはないかい？」

「ボスの了解をとらなければ」

「きみのボスには話をしておいたよ」と、ヨーナは言った。

イリーナが同僚の女性のひとりに何か言うと、女性はにっこり微笑《ほほえ》んだ。イリーナはヘアネットを外してポケットにしまい、先に立って騒がしいキッチンを歩き出した。

食材用カートの列の脇を通り抜けて、シンクに汚れたマグがあふれている小さなスタッフルームへ入る。真ん中にリンゴの鉢が置かれたテーブルを囲んで、椅子が六つ置かれていた。

「クビになるのかと思ってました」と、ぎごちない笑みを浮かべて、イリーナが言った。

「座ってもいいかな？」と、ヨーナが尋ねる。

イリーナはうなずいて、椅子のひとつに腰を下ろした。愛らしい丸顔の女性で、十四歳と言ってもおかしくない。ヨーナは白衣の下の細い肩を見て、とっさに墓穴のなかの姉の骸骨を思い浮かべた。

ナターリアはティナという名で娼婦をしていて、殺されてゴミのように埋められた。それは彼女がひとりで、身元書類もなく、助けようとする者もいなかったからだ。彼女はスウェーデンという国に使い潰《つぶ》された末に、きちんとした身元証明を行う費用もかけてもらえなかった。

近親者の死を伝えることほど難しい仕事はほかにない。相手に与える苦痛に、顔から血の気が一掃される様子に慣れる方法は見つけようがなかった。雰囲気をやわらげる試みは、ジョークにしろ笑いにしろ、あとかたもなく消え失せてしまう。

イリーナは震える手でテーブルのうえの何かのくずを集めていた。顔には希望の色と恐怖の色が交互に浮かんでは消えていった。

「残念だが、悪いニュースがある」と、ヨーナは言った。「姉さんのカタリーナは亡くなった。遺体が見つかったんだ」

「いまになって？」と、うつろな声でイリーナが訊き返した。

「亡くなったのは九年前だ」

「どういうことなの」

「遺体がつい最近発見されたんだ」

「スウェーデンで？　私は姉を探していたのよ。どういうことなのか、私には理解できない」

「埋葬はされたんだが、身元がわからなかった。それでこんなに長くかかったんだ」

くずを集めていた小さな両手が膝のうえにすべり落ちた。

「何があったんです？」魂の抜けたような目を見開いて、イリーナが尋ねた。

「まだはっきりしないんだ」と、エリックが答えた。

「姉の心臓はずっと前から……私たちに心配させないようにしてたけど、ときどき止まってしまうことがあった。そのまま動かなくなるんじゃないかと思うと……」イリーナの顎が震え始めた。片手で口を覆い、うつむいてごくりと唾を飲む。

「あなた、仕事以外で話のできる相手はいるの？」と、ネリーが訊いた。

「何ですって？」イリーナは急いで頬の涙をぬぐい、もう一度喉をごくりとさせた。

「平気です」いくらか自分を取り戻して、そう言った。「私は何をすればいいの？　何かの費用を払う必要があるの？」

「きみは何もする必要はない。われわれはいくつか質問をしたいだけなんだ」と、ヨーナが言った。「さしつかえないかな？」

　イリーナはうなずいて、またテーブルのくずを拾い始めた。厨房《ちゆうぼう》から金属のぶつかる音が聞こえ、誰かがドアを開けようとした。

「お姉さんがスウェーデンにいるあいだに、連絡を取り合ったことはあるのかい？」

　イリーナは首を横に振った。口をかすかに動かしてから、目を上げる。「姉がストックホルムに行くのを知っていたのは私だけでした。でも、誰にも言わないと約束したの。私は幼かったから、その理由が理解できなかった。姉は私にきびしく言い渡したわ。初めての給料をもらったら、ママをびっくりさせるんだって。でも何も送られてこなかった。一度電話で話しただけ。何も問題はない、と姉は言っていた」

　イリーナは口をつぐんだ。思いにふけっている様子だった。

「どこに住んでいるのか言わなかったかね？」

「私たちには男の兄弟はいなかった」と、イリーナは答えた。「父は姉と私が幼い頃に亡くなった。私はまったく覚えてないけど、ナターリアには父の記憶があった。ナターリアがいなくなると、私とママのふたりだけになった……ママは姉にとても会いたがっていた。よく泣きながら、姉の弱い心臓のことを心配していた。何か恐ろしいことが起きたのは間違いないと言ってたわ。だから私は、姉を探し出して連れて帰れば、何もかもうまくいくと考えた。ママは行くのに反対した。結局、ママはひとりぼっちで死んだわ」

「お気の毒に」と、ヨーナが言った。

「ありがとう。そしていま、ナターリアが死んだことがわかった」イリーナは立ち上がった。「そうじゃないかとは思ってたけど、ようやくはっきりしたわ」

「お姉さんがどこに住んでいたか知っているかね？」

「いいえ」

イリーナはドアのほうに一歩近づいた。この状況から逃げ出したいと思っているのは明らかだった。

「もう少し座っていてくれ」と、エリックが言った。

「仕事に戻らなければ」

「イリーナ」ヨーナの声の重苦しさに、若い娘は耳を傾けざるをえなかった。「きみの姉さんは殺されたんだ」

「まさか。言ったでしょう、心臓が悪かったって……」

イリーナの白衣が椅子の背に引っかかり、椅子が一緒に動き出した。事実が徐々に頭にしみ込んでいくと、表情を取り繕うことができなくなった。頬から血の気が引き、唇は震え、瞳孔が開く。「そんな」と、ささやく。

イリーナはカウンターに背中を預けると、首を振り、何か支えを求めるように冷蔵庫の扉を手探りした。

ネリーが落ち着かせようと手を伸ばしたが、それを振り払った。「イリーナ、あなたに必要なのは……」

「ああ、嘘よ、ナターリアじゃないわ！」と、イリーナは叫んだ。「約束したのに……」冷蔵庫の取っ手をつかんだまま、彼女は倒れかかった。扉が開いて、ジャムやケチャップが詰め込まれた棚が外れる。

ネリーが急いでそばへ行き、細い肩を抱いた。

「姉じゃない《ニエ・モヤ・シアストラ》」と、イリーナはうめくように言った。「ニエ・モヤ・シアストラ」

イリーナはネリーの膝のうえで身体をまるめ、口に手を当てて叫んだ。手のひらに向かって悲鳴を上げ、身体は抑制がきかなくなって震え続けた。

しばらくたつと、彼女は落ち着きを取り戻して身を起こしたが、まだ呼吸は不安定で、すすり泣きを続けた。涙をぬぐい、弱々しく咳払《せきばら》いをして、息を整えようとする。

「誰かが姉を痛めつけたの？」と耳障りな声で言う。「姉を殴ったの？　ナターリアを殴ったの？」

　顔をゆがめて涙を押し戻そうとしたが、それでも涙は頬を流れ落ちた。

　ヨーナはカウンターのうえにあった袋からナプキンを取り出して渡すと、椅子を引いてイリーナを座らせた。「もし少しでも何か知っているなら、ぜひそれをわれわれに話してほしい」

「私が何を知っているというの？」戸惑ったように、イリーナはそう言った。

「私たちはいま、こんなことをした人間を探し出そうとしているの」と、イリーナの額から髪を払いながら、ネリーが言った。

「きみは電話でお姉さんと話している」と、ヨーナが先を続ける。「どこに住んでいるとか、どんな仕事をしているとか言わなかったか？」

「いい仕事があるとか言って、貧しい国の娘をだます男たちがいるけれど、ナターリアは馬鹿じゃなかった。姉はそんな仕事ではないと言っていた。本物の仕事だって。はっきりそう言ったわ。私はその家具工場に行ってみた。でも、誰もナターリアのことは知らなかった。工場では誰も雇っていなかった。ここ何年も」

　泣いたせいで彼女の目は充血し、額の白い肌に赤い斑点が浮き出していた。

「その工場の名前は？」と、エリックが尋ねた。

「〈ソファ・ゾーン〉」と、イリーナが答えた。「ヘグダーレンの近くだった」

ネリーはイリーナのそばで床に座り込み、若い娘の髪をなでながら、いてほしければいつまでも一緒にいると約束した。エリックはネリーに目配せすると、ヨーナとともに騒がしい厨房を通り抜けて外へ出た。

八〇

マルゴット・シルヴェルマン警部補は調査室のコンピューターの前に腰を据えて、もう一度エリックが撮ったロッキーの催眠のビデオを見直した。

ロッキーは大きな頭をうなだれて、けだるげな声で〈ゾーン〉へ行ったときのことをしゃべっていた。ドラッグの密売業者やストリッパーのこと、借金の取り立てができると思ったことなどを。

その声に耳を傾けながら、マルゴットの視線は壁に沿って移動し、大きな地図に達した。地図には三つの色で被害者の行動パターンが描かれていた。牧師と出会う可能性のあったあらゆる場所、あらゆる通りにピンが刺してある。

コンピューターの画面では、ロッキーが頭を振りながら牧師は魚の内臓のにおいがしたと話している。

マルゴットは、レベッカ・ハンソンのサレムの自宅に刺したピンに目を留めた。

普通シリアル・キラーは自分のホームグラウンドに固執するものだが、今度の事件の現場はスカンジナビア諸国で最も人口密度の高い都市の全域にわたっていた。

〝牧師は鼻をすり上げると、えらく甲高い声でしゃべり始める〟と、ロッキーが不安定な呼吸を繰り返しながら話している。

マルゴットは身震いすると、大男が椅子のなかで身をのたくらせ、おどおどしながら牧師が女性の腕を切り落とした場面を描写するのを眺めた。

〝それはシャベルを泥に刺したときのような音を立てる〟

スコッグスシルコゴーデン墓地で見つかったもののことを考えれば、汚れた牧師がいま追っているシリアル・キラーであることは疑問の余地がない。

マルゴットは、ヨーナがノーレンを説得して棺を掘り出したことを知っていた。おおやけにヨーナと協力して捜査ができれば、どれだけ楽になるだろう。だが、ベニー・ルービンとペッテル・ネースルンドはヨーナの関与に反対するアダム・ヨーセフに味方していた。

ヨーナを捜査に加える権限はマルゴットにはないが、彼が独自に捜査を進めることを止めるつもりは毛頭なかった。

ロッキーが首を振ると、その影が背後の壁に貼られた『プレイボーイ』のつやつやしたピンナップ写真のうえをさまよった。

〝牧師は彼女の腕を肩から絶ち落とす〟ロッキーはあえぎながらそう言った。〝止血帯がゆるむと、やつは飲み始める……〟

〝僕の声を聞きなさい〟と、エリックが言う。

〝彼女の腕から血を飲む……ティナは床に倒れて死にかけている……ああ、神よ……天にまします神よ……神よ……〟

マルゴットの子宮のなかで胎児が激しく動いたので、椅子の背にもたれて一瞬、目を閉じた。

捜査は進んでいたが、次の殺人を阻止できるとは誰も信じていなかった。

警察は何百軒もの家を訪ねて聞き込みを行っている。現場周辺の防犯カメラや交通監視カメラの画像もしらみつぶしに調べていた。

早々にロッキーがカーシュウデン病院に戻ってエリックの質問に答えなければ、警察は公開捜査に踏み切って情報を求めなければならなくなるだろう。

マルゴットはビデオのスイッチを止めた。誰かに見られている感じがしてならなかった。立ち上がって、公園を見下ろす窓のカーテンを引く。

バッグを開けて、コンパクトを取り出した。小型の鏡に顔を映して、フェイスパウダーを少しはたいてみる。鼻がてらてらして、目の下の隈が黒ずんでいた。口紅を塗り直し、国家警察委員会からの手紙を口にくわえてべたつきを取る。そのあと髪を整えてから、ジェニーをスカイプで呼び出した。

相手が出るまで画面に映る自分の顔を見つめた。電話がつながると、ブラウスの一番上のボタンを外し、襟を少し後ろにずらす。それで頬の見栄えがだいぶよくなった。

ジェニーはすぐに応答した。腹を立てているようだったが、豊かな黒髪を肩まで垂らした姿は相変わらず魅力的だった。洗いざらしのシャツを着て、首もとで小さな金のハートがきらめいている。

「ハーイ、かわい子ちゃん」と、マルゴットが言った。

「もう悪党は捕まえたの？」

「私が悪党かと思ってたわ」

ジェニーはにやりとして、あくびを噛《か》み殺した。

「例の法外な請求について、銀行に問い合わせてみた？」

「ええ。どうも間違いではないみたいね」

「そんなはずないのに」

「じゃあ、自分で電話してみてよ」

「私はただ……いいわ、忘れて。給料から差し引かれたんでむかついているのよ……ああ、いやになる」

「何かご用？」腋《わき》の下をかきながら、ジェニーは尋ねた。

「娘たちはどんな様子？」と、マルゴットが訊く。

「元気よ」ジェニーはちらりと脇に目をやった。「でも、リンダはまだいじけてるわ。新しい友だちの見つけ方を学ぶ必要があるわね。ちょっと気むずかし《ナイス》すぎるわ」

「かわいい《ナイス》はほめ言葉のはずよ」

「でもあの娘《こ》、一番の親友にあんたにはうんざりだと言われて、どうしていいかわからないのよ。ショックで引っ込み思案になっている」

「いつか学ぶわよ」

マルゴットはジェニーに捜査のことを、人を殺人に追いやる不可解な憎しみのことを、牧師がすぐそばにいて、みんなを見守っていることを打ち明けたかった。

マルゴットは不安だった。自分が、普通の人間なら知っていることを全部忘れてしまったような気がした。まもなく赤ん坊を産むことも、人が安全で幸せな暮らしを送れることも。

「あなた、とても素敵《ナイス》よ」と、頭をかしげながら、マルゴットは言った。

「いいえ、全然」ジェニーはにやっと笑うと、大きなあくびをした。「さてと、そろそろテレビ鑑賞に戻らなければ」

「いいわ。また連絡する」と言って、マルゴットは少し間を置いた。「ジェニー、わかってるでしょうけど、あなたを愛してるわ」

ジェニーは投げキスをすると、電話を切った。携帯電話の画面にはまたマルゴットの顔が映し出された。〝鼻と無色の濃い眉毛は父そっくりだわ。まるでどこかのおばさんね。父とおんなじ。違いは女であることだけ〟と、マルゴットは思った。

どうも最近、ジェニーとの仲がしっくりいかないなと考えていると、アダムが部屋に入ってきて、公園に面した窓を開けた。

アダムは殺人捜査特別班のナータン・ポロックやエリック・エリクソンと容疑者リストを絞り込み、捜査を前進させるための会議を行ってきたところだった。

「ポロックは私が訓練を受けた教官のひとりよ」と、マルゴットが言った。

「彼もそう言ってましたよ」と言って、アダムは腰を下ろし、分厚い書類をめくり出した。

「新しいプロファイルは受け取ったの？」と、マルゴットが訊く。

アダムはいらだたしげに濃い髪を両手でかきむしった。「もうわかってることを繰り返しているだけでした」

「そんなものなのよ。明白と思える事実を規定要因《パラメーター》にして組み上げていくんだから」椅子の背に寄りかかりながら、マルゴットはそう言った。

「この一連の殺人は、高い危険負担、法医学の知識、過度の暴力性で特徴づけられる」と、アダムは読み上げた。「被害者は出産可能の女性、犯行現場は被害者の自宅。

動機は〝道具的〟かもしれないが、暴力は自己表出の可能性がある」

マルゴットはその概要に耳を傾けながら、アーニャの作ったリストがいまや手に負えないほどふくらんでいることに思いを馳《は》せた。世界で最も世俗的な国家と言えるスウェーデンにも、驚くほどたくさんの牧師や聖職者が存在する。ストックホルム周辺だけでも、宗教団体の直接的な関係者で概括的プロファイルに合致する者が五百人ほどもいた。

捜査は停滞している——知らず知らずそう考えている自分に、マルゴットは気づいた。目撃証言がひとつでも、価値ある情報がひとつでもあればなんとか前に進めるのに。

いまは焦点を絞る必要がある。五百人以上の対象者をいちいち調べていく時間はない。加速している犯人の動きを考えれば、いつ次の犠牲者のビデオが送られてきてもおかしくなかった。

捜索を限定するためには新たなパラメーターが必要だ。たとえば、暴力犯罪の前科とか人格障害とか。

「別の事件で容疑者になった者が四十二人います。九人が暴力犯罪で有罪になっているけれど、ストーカーや殺人者はいません。それに今回のシリアル・キラーと類似する残虐行為を犯した者も」と、アダムが言った。「十一人が性犯罪で、三十人がドラッグ関連で有罪になっています」

「撃ち殺してもいいやつをひとり教えてちょうだい」と、うんざりしながらマルゴットが言う。

「三つ名前が挙がっています。完全な合致とは言えませんが、ふたりは複数の女性に対する暴力犯罪の容疑を受けている」

「それは先を聞きたいところね」

「ひとり目はスヴェン・ヒューゴ・アンデション、ダンデリード教区の牧師です。もうひとりがパーシー・ヨーカラ、以前はフィラデルフィア教団で活動していましたが、いまはヤートゥーナ信仰復興運動者と呼ばれる自前の教団を持っています」

「それで、三人目は？」

「はっきりはしないんですが、この男には五百人中ただひとり、プロファイルに合致する人格障害をわずらった経歴があります。二十二歳のときに境界性精神障害になっている。とはいえ犯罪歴はなく、警察や社会福祉機関の記録には残っていない。それに結婚して十年ですから、プロファイルには当てはまりません」

「何もないよりはましよ」

「ともかく、その男の名はトーマス・アーペル、ヤコプスバーリにあるモルモン教会の地方部長を務めています」

「まずは暴力的なふたりから始めましょう」と、マルゴットは言った。

アダムは家に電話をかけ、妻に仕事で遅くなると伝えた。マルゴットはキッチンへ行き、食器棚を覗いてペッテル・ネースルンドのジャムクッキーの包みを見つけると、それをバッグに放り込んで外へ出た。

アダムが読み上げた犯人のプロファイルから、マルゴットは訓練中にレポートのテーマにしたデニス・ラーデルというストーカーで、シリアル・キラーだった男のことを思い出した。彼は警察やメディアに電話をかけてきて、自分の犯した殺人のことを話した。被害者から奪ったものを警察に送りつけてきたことさえある。

彼のケースでは、プロファイルが示した犯人像は完全に間違っていた。警察は独り者で、性的不能な人間を探していたが、デニスは結婚して子どもまであり、教会やボーイスカウト組織で活動していた。

八一

マルゴットとアダムは、マルゴットのリンカーンの車内にいた。彼女はハンドルが腹にぶつからないようにシートを目いっぱい後退させていたので、足がアクセルによ
うやく届く状態だった。

ふたりはスヴェン・ヒューゴ・アンデションの調べを終えたところだった。彼はサンドラ・ルンドグレンが殺されたとき、バイパス手術のためにダンデリード病院に入院していた。いまや残るのはふたりだけになった。

セデテリエの用がすむと、車は菜の花畑のあいだを抜ける二百二十五号線を進み、高圧電力線の下に広がる広大な森を通り抜けた。マルゴットはクッキーを口に入れ、最初に砂糖とバターが合わさった粒々の感触を、次にジャムタルトの甘さを味わいながらもぐもぐと食べた。

〈アストラゼネカ〉の工場が大半を占める工業地区を通過し、

「それはペッテルのクッキーですか?」と、アダムが尋ねた。

「彼がくれたの」マルゴットはもうひとつクッキーを口に放り込んだ。

「あの人は、自分の奥さんにだってひとつもあげないと思いますよ」

「だって、ひとつふたつ食べてみろとうるさいのよ」と言って、マルゴットはクッキーの包みをアダムに差し出した。

アダムは食べくずをマルゴットの車に落とさないように片手を口の下に当てて、うれしそうにクッキーをひとつ食べた。

進むにつれて道が狭くなり、土埃が飛びすさっていくようになると、マルゴットは車の速度を落とした。湖畔に建つコテッジが見えてきた。

パーシー・ヨーカラは加重暴行と強姦《ごうかん》未遂で有罪判決を受けていた。

むろんマルゴットは妊娠してから捜索活動の現場には参加していなかったが、今回はパーシー・ヨーカラの電話番号が登録されていなかったので、オフィスワークの延長と考えることにした。

「危険な男なのでは？」と、アダムが訊いた。

ふたりとも特殊部隊を連れてくるべきであることはわかっていた。マルゴットはグロックと予備の弾倉四個を持ってきた。

「彼は、攻撃性と衝動抑制の欠如という問題をかかえている」と、マルゴットは言った。「でも、誰だってそうじゃなくて？」

パーシー・ヨーカラの登録住所は、ヤートゥーナ信仰復興運動者教会と同じ場所になっていた。

マルゴットは細い砂利道に曲がり込み、疎林《そりん》のなかを通り抜けた。まもなく、また湖が見えてきた。十五台ほどの車が道路脇に駐車していたが、マルゴットは車をフェンスぎりぎりまで進めてから停めた。

「いまはここまでする必要はないんじゃないですか？」と、アダムが言った。

「ちょっと覗いてみるだけよ」マルゴットは拳銃を点検してからホルスターに戻すと、苦労しながら車を降りた。

ふたりは赤錆《あかさび》色の建物の前に立った。ＬＥＤ電球を並べた白い十字架が妻壁を覆っている。壁材のすき間からコテッジ内部の明かりが漏れている。建物の反対側は草地が湖まで延びていた。

窓はなかから遮蔽《しゃへい》されていた。

外壁を通して、大きな声が響いてくる。

男が何か叫んでいる。マルゴットは急に不安になった。

拳銃を身体に押しつけながら、マルゴットは歩き続けた。腹が大きくなったせいで、ホルスターの位置がずれ上がってしまう。天水桶《てんすいおけ》や一メートルも伸びたアザミ、錆びた芝刈り機の前を通り過ぎる。外壁近くの暗い草むらを、何十匹ものスペイン・ナメクジが這《は》いまわっている。

「終わるまでここで待っていたほうがいいのでは？」アダムはためらった。

「私は入るわよ」と、マルゴットがきっぱりと言う。

ふたりはドアを開けて入り口通路に入ったが、なかはしんと静まり返って音ひとつ聞こえない。まるでふたりが来るのをみんなで待ち構えているようだった。

壁には湖畔で開かれる催しと、アラバマへの団体旅行のポスターが貼ってあった。テーブルのうえには、ヤートゥーナ信仰復興運動者の新教会建設募金を呼びかけるチラシの束が、留め金の付いた募金箱と二十部ほどの賛美歌集と並べて置かれていた。

アダムはためらっていたが、マルゴットがそばに来るよう手招きした。教会という場所ではあったが、銃撃戦にでもなったときにはしかるべき位置にいてほしかった。

マルゴットは片手で腹をかかえて、次のドアを通り抜けた。

あちこちでつぶやく声が聞こえた。

会堂が建物のほとんどを占めていた。何本もの柱が天井の梁《はり》を支え、どこもかしこもまばゆい白に塗られている。白い床に白い座席が何列も並び、正面に小さな講壇がしつらえてある。

二十人ほどの会衆は椅子から立ち上がっていた。その目はどれも講壇に立つ男を見据えている。

その男がパーシー・ヨーカラであるのが、マルゴットにもわかった。血のように赤いシャツを、袖口を留めずにだらりと垂らして着ている。髪の束が頭の片側から突き出し、顔は汗まみれだった。わずかな数の会衆は口をぽかんと開け、黙って彼を見つめていた。パーシーはぼんやりと顔を上げると、会衆を見渡した。

「私は主の足裏の泥であり、主の目に入ったゴミであり、主の爪の垢《あか》である」と、パーシーは言った。「私は罪を犯した。意図して罪を犯した。私自身に対して、ほかの人々に対して行ったことを、みなさんもご存じだろう。私が両親に、自分の父親と母親に対して行ったことを」

会衆はため息が漏らし、居心地悪げにもぞもぞと身じろぎした。

「罪の病が私のなかで荒れ狂っていた」

「パーシー」と、ひとりの女性が目を潤ませて彼を見つめ、すすり泣くように言った。

会衆が口々に祈りの言葉をつぶやく。

「私が男を襲い、石で殴りつけたことはご存じだろう」と、パーシーはさらに熱のこもった口調で続けた。「私がエマにしたことも知っている。彼女は私を赦《ゆる》したのに、私が彼女とミコを捨てたことも。酒に溺れて病院にかつぎ込まれたことも」

会衆は興奮して身体を揺らし始めた。椅子が床をこすり、あちこちでひっくり返る。男がひとり、床にひざまずいた。

ますます張りつめた雰囲気になっていき、説教をするパーシーの声がしゃがれてきた。礼拝集会は最高潮を迎えていた。マルゴットはドアのほうにあとずさりながら、ふたりの女性が手を握り会い、奇妙な言葉で話しているのを見つめた。理解不能な言葉を何度も繰り返しているのだが、それがどんどん速くなっていく。

「だが私は自分の人生を神の手にゆだね、聖霊による洗礼を受けた」と、パーシーは説教を続けた。「いまの私はキリストの頰を流れ落ちる血のしずくである。血のしずくなのだ」

会衆が歓声をあげて拍手した。

わずかな人数の聖歌隊が力いっぱい歌い始めた。「罪の鎖は断たれたり、私は自由、

私は自由、罪から解き放たれたり、私は自由、救われ解き放たれたり、ハレルヤ、ハレルヤ、イエスは私のために死なれた、ハレルヤ、ハレルヤ、私は自由」

会衆が手を打ち鳴らしながら合唱に加わった。目を閉じて立ち尽くすパーシー・ヨーカラの顔を汗が流れ落ちた。

八二

マルゴットとアダムは教会の外で、会衆が次々と出てくるのを見守った。みんな笑みを浮かべながらおしゃべりしたり、携帯電話の電源を入れてメールをチェックしたりしながら、自分の車へ向かった。手を振って、さよならを言い合っている。

しばらくたって、パーシーがひとりで姿を見せた。

ボタンを外して着ている赤いシャツの腋の下は、汗で黒ずんでいた。〈スタトイル〉のビニール袋をかかえて、教会のドアに鍵をかけた。

「パーシーね？」二、三歩彼のほうに近づいて、マルゴットが話しかけた。

「荷台《パレット》はガレージの裏に置いてあるが、私は閉まる前に協同組合に行かなければならないんだ」と言って、パーシーは門のほうへ向かった。

「われわれは国家警察の者です」と、アダムが言った。

パーシーはそのまま歩き続けた。

「止まってちょうだい！」と、マルゴットが強い口調で言う。

パーシーは足を止め、片手を門柱に置いてマルゴットを振り返った。「広告を見て来たんだろう？　処分したい〈ミスター・マッスル〉の錆び落とし剤が五パレットある。ふだんはディスカウントストアに卸してるんだが、注文数を減らしてきたんでね」

「あなたはここに住んでいるの？」

「近くに小さなコテッジがある」

「それとガレージがね」と、マルゴットが補足した。

パーシーは何も言わずに、地面に突き刺してある錆びたパイプをさらに深く押し込んだ。

「家を見せてもらってもいいかな？」と、アダムが訊いた。

「だめだ」

「では、一緒に来てもらうしかないな」

「まだ身分証も見せてもらってないぞ」と、ささやくような声でパーシーが言った。

アダムがバッジを目の前に突き出したが、パーシーはろくに見ようともしなかった。

黙ってうなずくと、パイプを地面から引き抜いた。

「それをいますぐ放しなさい」と、マルゴットが言った。

パイプを両手で持ったまま、パーシーはゆっくりマルゴットに近づいた。

アダムが横に動いて、シグザウエルをホルスターから引き抜いた。

「私は罪を犯した」と、パーシーが穏やかな口調で言う。「だが、私は……」

「止まれ！」アダムが叫ぶ。

その瞬間、パーシーの張りつめた姿勢がゆるんだ。彼は足を止めて、パイプを地面に落とした。

「私は罪を探し求めていた。だが、許されたのだ」と、力なくパーシーは言った。

「神様はそうかもしれない」と、マルゴットが応じる。「でも、私はこの二週間、あなたがどこにいたのかを知りたいの」

「私はアラバマにいた」と、パーシーが答えた。

「アメリカの？」

「トロイの教会を訪問した。二カ月そこにいて、一昨日《おととい》帰ってきたばかりだ。屋根の付いた橋で末日教徒の集会があった」と言って、パーシーはにやりとした。「まるで大砲の砲身に祈りや歌が満ちあふれるようだった。それだけで旅をした価値があった」

マルゴットとアダムはパーシーを足止めして、旅券課に連絡して彼の話の裏をとった。確認がとれると、ふたりは手間をかけたことをパーシーに詫《わ》びて車に戻り、暗い林を抜けて走り出した。

「明るい光が見えましたか?」しばらくして、アダムがそう尋ねた。

「もう少しでね」

「僕は家に帰りたい」

「いいわよ。トーマス・アーペルにはひとりで話を聞きにいくから」

「だめだ」と、アダムが言った。

「粗暴な人間ではないことはわかっているから」

リストに載っている五百人のなかで、境界性精神障害をわずらっているのはトーマス・アーペルただひとりだった。

「明日にしましょうよ」と、アダムが懇願する。

「わかったわ」と、マルゴットは嘘をついた。

アダムは横目でマルゴットを見て、「カトリーナはひとりで家にいるのが好きではないってだけですから」と告白した。

「了解。あなた、このところ家を離れることが多かったからね」

「そんなんじゃありません」

マルゴットは曲がりくねる林の道をゆっくり運転した。腹のなかで胎児が動いて、伸びをした。「ジェニーに頼んでみようか。きっとあなたの家に行って、カトリーナと一緒にいてくれるわ」

「そうは思えないけど」

「何ですって？」と言って、マルゴットは笑った。

「だって……」

「カトリーナが処女を失うのを心配してるの？」

「やめてください」と、アダムはシートのうえで身をよじりながら言った。

マルゴットはクッキーをひとつ手に取って、アダムが何を言いかけたのか明かしてくれるのを待った。

「カッタの考えていることはわかります。彼女は僕に、誰か一緒にいてくれる人を手配することなど望んでいない。僕がふたりの関係をどれだけ大切にしているか証明するのを望んでいるんです。トーマス・アーペルと話をしたら、すぐに家に帰ります」

「それでいいわ」マルゴットは、ジェニーがカトリーナとひと夜を過ごさなくてよくなったことを安堵《あんど》せずにはいられなかった。

八三

〈ソファ・ゾーン〉は、ヘグダーレン工業地区にあるヘグダルス駅近くのキヴィックスウンス通りにあることがわかった。

エリックとヨーナは有刺鉄線を張ったフェンスに沿って進み、ゴミ収集車が三十台ほど駐車している場所へ向かった。灰色のこぬか雨が砂のような光を放ちながら落ちていた。

イグニッションキーの先で小さな猿が揺れている。

はるか遠く、送電塔の向こうにある煙突から煙が立ち上っている。

ふたりは工場の低い建物のあいだを抜ける幅の広い道を通り抜けた。トレーラーやトラック、コンテナなどが停められた駐車場の前のフェンスがかすかに光っている。ワイパーが雨を横へ押しやり、その先端で汚れた三角形を描き出していた。

「停めてくれ」と、ヨーナが言った。

エリックは道路脇に置いてある古タイヤを回り込み、速度を落として停車した。道路の反対側では、上部に四本の有刺鉄線を張ったフェンスに貼りつくように花を終えたタンポポの繁みが伸びていた。

ふたりは波形鉄板の巨大な建物を見つめた。〈ソファ・ゾーン〉と書かれた大きな看板を支えるネジには錆が浮いていた。

「これが〈ゾーン〉なんだろうか?」と、エリックが真剣な顔つきで言った。

「そうだ」と、ヨーナが考え込みながら答えた。

ワイパーを止めたとたん、フロントウィンドウで小さな雨粒が何本もの流れをかたちづくった。

〈ゾーン〉には、正面のオフィスに窓がひとつあるだけだった。フェンスに面した駐車場には車が九台、バイクが二台停まっていた。

「僕らはこれから何をやるんだね？」しばらくして、エリックがそう問いかける。

「もしロッキーがここにいれば、連れ出す努力をする」と、ヨーナが答えた。「もし応じなければ、きみはここで彼に質問をする。もっとも……いま必要なのは、牧師がドラッグをやっていたとか、化粧をしていたとかいった程度のものではなく……」

「わかってる。わかっているさ」

「必要なのは住所であり、名前だ」と、ヨーナは最後まで言い終えた。

「で、どうやってなかへ入るんだ？」

ヨーナがドアを開けると、湿った草のにおいが車内に流れ込んできた。さっきより強くなった雨の向こうから列車の走る音が響いてくる。

ふたりは車を降りて道路を渡った。雨が地面を冷やし、アスファルトからもやが立ち上っていた。

「尻の具合はどうだね？」と、エリックが尋ねた。

「悪くないよ」

門を通り抜けてなかへ入る。三人掛けのソファとリクライニングチェアと書かれたぼろぼろのラベルが貼ってある段ボールが地面で濡れていた。汚れた窓を通して見えるオフィスは真っ暗だった。

車が一台駐車場に入ってきて、ダークグレーのスーツを着た男が車を降り、建物の一番奥へ向かって歩いて行った。

ふたりは少し間を置いてから、窓のない外壁沿いに男のあとをつけた。男の車の前に差しかかると、ヨーナが携帯電話でナンバープレートの写真を撮った。

倉庫の一番奥には、金属の階段が付いたコンクリート製の荷役作業用プラットホームがあった。大型の貨物用ガレージドアの横に小さな金属ドアが見える。ふたりはアスファルト舗装のうえを倉庫の正面の壁沿いに進み、高く積まれたパレットの前を通り過ぎた。男の姿はなかった。

エリックとヨーナは目配せし合うと、そのまま建物の角を曲がった。

梱包《こんぽう》用の発泡スチロールが濡れた地面のあちこちに放り捨ててある。

倉庫の裏には、アザミに囲まれて大型のゴミコンテナが置かれていた。フェンスまで続く地面に敷かれた砂は濡れていた

砂のうえに、ふたりの足跡がついた。あの男はこちらへは来なかったのだ。

荷役作業用プラットホームの横にある金属ドアが建物の入り口らしい。

雨滴が首筋に落ちてくるのを感じながら、ふたりは砂地を横切った。奥の角のそばに階段があり、その下にもうひとつ金属ドアがある。階段にはゴミ箱を運び上げたり下ろしたりするのに便利なように、金属のレールが付いていた。ヨーナは車のナンバーの写真を添付したメールをアーニャに送ってから、階段をドアまで下りて、ノブを回してみた。

「車のキーをくれ」と、ヨーナが言った。

エリックが渡すと、ヨーナは猿の飾り物を取り、キーを金属リングから外してエリックに返した。リングをまっすぐに伸ばし、端を少し折り曲げる。ポケットからボールペンを引っ張り出してクリップをもぎ取ると、それをドアの錠に差し込み、脇に伸ばしたリングをすべり込ませてからクリップを持ち上げて錠を回した。

八四

天井に吊《つ》り下げられた電球は焼き切れていた。床はこぼれた液体のしみで汚れ、四つのゴミコンテナから腐りかけの食べ物のいやなにおいが漂ってきた。壁には、ぼろぼろになった安全規則と就業規則一覧の残骸が垂れ下がっている。外から差し込む弱い光で、部屋の奥にもうひとつドアがあるのが見えた。

「こっちだ」と、ヨーナはエリックに言った。

慎重にドアを開けて、ねじ曲がった水切り台のある狭いキッチンを覗き込む。壁の向こうからどすんどすんとリズミカルな音が聞こえる。天井灯はついていたが、人影はなかった。テーブルのうえには、油のしみた紙袋とまな板が置かれ、そのまわりに何かのくずや砂糖の結晶が散らばっていた。

正面に、閉まっている木製のドアがふたつあった。ひとつには鍵がかかっていたが、もうひとつは引くと開いた。

足音を忍ばせてなかへ入ると、そこは無人のロッカールームだった。壁を通して音楽が聞こえてくる。

ふたりは四つのシャワー室と、鏡付きの化粧テーブル、ロッカーの列の前を通り過ぎた。

背後の閉まったドアから、誰かがトイレの水を流す音がした。

急いでその部屋を横切ると、ドアが十個ほど並んでいる狭い廊下に出た。どれも小さな部屋で窓はなく、光沢のあるビニールのマットレスを敷いたベッドが置かれていた。

閉まったドアのひとつから、機械のように規則的なうめき声が聞こえてくる。

明かりは天井を横切って吊り下げられているクリスマスツリー用の豆電球だけで、

小さなハートや花の色つきの光がむき出しの壁にちらちらと反射している。

廊下の先は大きな倉庫になっており、天井をアルミフォイルが巻かれた通風管が何本も走っていた。

舞台で点滅する光のおかげで、そこには三十人ほどの男と十人ほどの女がいることがわかった。あちこちにソファや肘掛け椅子が置かれている。ひとつの壁に沿って、ビニールで包んだ家具のパレットが並んでいる。暗すぎて、人間の顔は見分けられなかった。

脈打つような音楽が何度も何度も繰り返し流れている。

舞台では、裸の女が垂直のポールにつかまって踊っていた。

ヨーナとエリックは弱い光を頼りに、慎重に前へ進んだ。部屋は湿った空気のにおいがした。

ふたりはロッキーの巨体を探した。もし立っていれば、舞台の光を受けて見分けられるはずだ。

これが賭けであることは、ふたりとも承知していた。ロッキーがここに来たとしても、もう帰ったあとかもしれない。だが、貸した金を回収するつもりか、ヘロインを手に入れるつもりであれば、まだ留《とど》まっている可能性もある。

酔っ払った男が女と値段の交渉をしていた。警備員のひとりが急いでそのそばへ行って何か言うと、男は素直にうなずいて立ち去った。

音楽は途切れることなく別のリズムの曲に変わった。舞台の女はポールの両側で、股を開いてしゃがんでみせた。

警備員はバーのそばに戻り、ピクリとも動かない顔で室内を見渡している。

ヨーナは黒いジャーマン・シェパードが家具のあいだをうろついているのに目を留めた。犬は場慣れしているらしく、床に落ちているものを食べたり、においを嗅《か》いだりしながら移動していた。

大柄な男がひとり、廊下から姿を現した。鼻をかんで、バーのほうへ向かう。ヨーナは少し脇に寄って、その男から目を離さないようにした。

「彼ではない」と、エリックが言った。

ふたりは舞台からさほど遠くない壁際で足を止めた。まわりはほとんど暗闇だったが、天井がはね返す反射光でさまざまなシャツや顔がかろうじて見分けられた。

黒縁メガネの男が舞台の前に置かれた、手すりに値札がぶら下がっている赤い肘掛け椅子に座っていた。男の手の甲には、真ん中に輝く星をあしらった十字架のタトゥーが彫ってあった。

低いテーブルのうえで、音楽のリズムに合わせて二本の瓶をぶつける音がしている。ドラッグは意外なほど目につかなかった。コカインを鼻に吸い込んでいる者や口に錠剤をすべり込ませているカップルはいたが、ここで取引される主要商品はセックスらしい。

黒いラテックスのビキニに飾り鋲の付いたチョーカーというでたちの若い娘がエリックのそばに来て、にっこりと微笑んで意味の通じない言葉をしゃべりかけた。短いブロンドの髪を片手ですき上げながら、エリックに向かってまばたきしてみせる。エリックが首を横に振ると、娘は隣の男のほうへ移動した。

バーの奥にあるテレビには映画が流れていた。粗暴な男が部屋を歩きまわり、ドアを殴ったり、引き出しを開けたりしている。突き飛ばされた女は向きを変え、もう一度ドアを開けようとする。男がつかつかと歩み寄り、女の髪をつかんで引き戻すと、顔を殴った。女が床に倒れた。エリックとヨーナのすぐ脇に、荒れ肌の顔と肉厚の額の男が立っていた。男のグレーのジャケットの肩は雨で濡れていた。

「アナトーリか？　金は身体検査されたときに払ったぞ」と、男はぶっきらぼうに言った。

「わかってるよ。いらっしゃい」まだ十代と思える声がそう答えた。

ヨーナは脇に寄り、その声の主である長身の若者に目を向けた。黄ばんだ肌で、目の下に黒い輪のピアスをしている。

「例の部屋に行こうと思っている。ブラウン（ヘロインの隠語）ふた袋ばかり手に入るかな？」

「欲しいものは何でも買えるよ」と、若者が答える。「アフガニスタンの上物も、イラン産のヘロも、トラマドールも……」

ふたりの会話は、彼らがソファや人々のあいだを歩き去るにつれて聞こえなくなった。

犬がふたりのあとについていき、若者の手をなめた。ヨーナも彼らのあとを追い、ふたりが舞台の脇を右へ曲がるのを確認した。

エリックはうっかり丈の低いコーヒーテーブルにつまずいた。テーブルのビール瓶が倒れ、床に転げ落ちる。彼は向きを変えて、革張りのソファぎりぎりを回り込んだ。

舞台の横に立つ警備員がエリックを見守っている。

あばたのあるふっくらした頰の若い女が、革のベストを着た男にまたがって座っていた。男は女の黒い髪の房を人差し指にくるくる巻きつけながら、電話で話していた。

あたりが暗かったせいで、ヨーナはドラッグを売りつけようとしていた若者の姿を見失った。さっきより室内の人数がぐんと増えている。ヨーナは、左右に揺れているビーズのカーテンの下を黒い犬が通り抜けるのに気づいた。揺れが収まると、カーテンにモナリザの顔が描かれているのが見えた。それもつかの間、また開いて、胸をむき出しにしてタイトな革のパンツをはいた若い女が姿を現した。

八五

エリックとヨーナがモナリザのあいだを通り抜けると、小さなビーズがちゃりちゃりと鳴った。空気が急に、甘い煙と汗と着古した服のにおいで濃密になった。その部屋にはくたびれたソファや肘掛け椅子が所狭しと置かれていた。まだ舞台からベースの重い響きが届いてくる。

半裸の人々がソファや床に座り込んでいた。ほとんどの者が眠っているようだが、なかには無気力に身をくねらせている者もいる。

全員が恍惚《こうこつ》の世界を漂っているかのように、鈍重な動きをしていた。

エリックとヨーナは、しみだらけでクッションもないソファに座った中年女性の前を通り過ぎた。サイズの大きすぎるジーンズをはき、肌色のブラジャーをつけている。肉の落ちた顔で、一心に丸めたアルミフォイルの下にライターの火を当てていたが、やがて大急ぎで小さなビニールのストローを使って吸引した。細い煙の渦巻きが波形鉄板の天井へ曲がりくねりながら上っていく。

コンクリートの床には、タバコの吸い殻、キャンディの包み紙、ペットボトル、注射針、コンドーム、錠剤の空のパック、布地見本の束などが転がっている。

煙の幕を通して、アナトーリという名の若者がさっきとは別の客と、何かで切られてそこから詰め物がはみ出しているソファに座っているのが見えた。

ヨーナとエリックは家具のあいだを進んだ。

七十歳は超えているやせた男が、しみのある花柄のソファにふたりの女性と並んで座っていた。

ソファの後ろの床には、下着と白い靴下を着けただけの男が意識を失って横たわっていた。子どもような顔つきだが、頬と目が落ちくぼんでいた。注射器はなくなっていたが、根もとに小さなプラスチックの付いた注射針が手の甲の血管に突き刺さったままだった。その脇の肘掛け椅子には、うつろな顔つきの女性が座っていた。女性は身をかがめて男の手の甲から針を抜き取ると、それを床に落とした。

警備員が嘔吐《おうと》した男を引きずっていく。ここは金持ちの子女の乱交《サトゥルナーリア》パーティとはまるで正反対の場所だ、とヨーナは思った。

ここで夢がかなうことはない。いるのは囚人と奴隷だけで、金は一方向にしか流れない。みんながそれぞれ依存症のなかに閉じこもり、死が訪れるまでゆっくりとすべてを吐き出していくのだ。

背後に目をやると、アナトーリが立ち上がって部屋のなかを歩き出した。黒い犬があとに従う。

迷彩模様のズボンに黒いジャケットをはおった太った男が、ピンクの下着にハイヒールという姿の女性を押しのけた。女性は後戻りして、ヘロインをねだりながら男にキスしようとした。男はいらだって、しっかりしろ、まだ十分稼いでないぞ、と女性に言った。

「無理よ、あたしを痛めつけるんだもの。あの人たちは……」

「黙れ。そんなことはどうでもいい。あと三人は相手をしてもらわないとな」と、男は言った。

「でも、あなた、気分が悪いし。どうしても欲しいの……」

女性は男の頰をなでようとしたが、男はその手をつかむと、すばやく小指を後ろへ折り曲げた。一瞬のことだったので、女性は何が起きているのか理解できないようだった。目を見開いて折れた指を見つめた。

ごま塩髭《ひげ》の男がふたりのそばに来て、男とふた言三言話をすると、すすり泣いている女性を引っ張ってカーテンのほうへ歩き出した。女性がつまずいて、靴が脱げる。男が女性を殴りつけた。彼女は倒れ、その拍子に電気スタンドが床に落ちた。

ヨーナとエリックは人目につかないように位置を変えた。

男が女性を引っ張って立ち上がらせると、電気スタンドが転がり、髭面の大男を正面から照らした。

ロッキー・キルクルンドだった。

彼は全裸で赤い肘掛け椅子に座って眠っていた。頭を前に垂れていたので、髭が胸毛とつながっているように見えた。右脚に注射したらしく、黒ずんだ血が足首まで流れ落ちている。

ロッキーはひとりではなかった。肘掛け椅子の横に置かれたマットレスのないソファベッドに、茶色のブラジャーをつけた脱色ブロンドの女性が座っていた。彼女の薄いブルーのパンティがすぐそばの床に落ちている。膝から半分剝《は》がれかけたバンドエイドがぶら下がっていた。

女性はすすだらけのスプーンの下にライターの火を当て、泡が液体に変わっていくのをどんよりとした目つきで見守っていた。舌なめずりしながら粉が溶けるのを待っていると、やがてスプーンが薄黄色の液体で満たされた。

エリックは足載せ台をまたぎ越して、鼻を刺すヘロインのにおいと熱い金属のにおいを嗅ぎながら、ロッキーと女のほうへ近づいた。

「ロッキー」と、エリックは小声で呼びかけた。

ロッキーがゆっくりと頭を上げた。まぶたが重そうで、瞳孔は黒いインクのひとしずくのようだった。

「イスカリオテのユダだ」エリックに気づくと、ロッキーが言った。

「そうだな」と、エリックが言った。

ロッキーはうれしそうに笑って、ゆっくりまぶたを閉じようとした。隣にいた女性は溶液をコットンボールにしみ込ませ、その天辺に注射針を刺して液体を吸い上げ、針を注射器に差し込んだ。

ヨーナは、迷彩模様のパンツの男がスタッフルームの前の椅子に陣取り、携帯電話の画面を見ているのに気づいた。部屋の反対側では、ごま塩髭の男が女性と一緒にビーズのカーテンの向こうに姿を消した。

「あなたは僕に、汚れた牧師のことを話してくれたのを覚えてますか?」ロッキーの前に身をかがめて、エリックが尋ねた。

ロッキーはとろんとした目を開けて首を横に振った。「それは俺のことじゃないのか? 牧師だろう?」

「そうじゃないと思います。誰か別の人間です」と、エリックが言った。「あなたは、化粧をして、傷ついた血管のある男のことを話していた」

ふたりの隣で、女性がパンティを止血帯がわりに腕に巻きつけた。ペンを差し込んで何度かねじって、締めつけを強くした。

「その男がこの〈ゾーン〉で女性を殺したことを覚えていますか?」

「いや」ロッキーは歯をむき出した。

「その女性の名はティナ。でも、本名はナターリアでした」

「ああ、そうだ……それをやったのはそいつだ。牧師だ」と、ロッキーがつぶやく。

ソファベッドの女性は手慣れた様子で、針の刺し場所を探った。傷があまりなくて、やわらかい場所を。

「ぜひ教えてほしい。話に出てきたのは現実の牧師、聖職者なのですか？」

ロッキーはうなずいて、目を閉じた。

「どこの教会です？」と、エリックが尋ねる。

ロッキーが何かつぶやいたので、エリックは身を乗り出した。ロッキーの息は不快なにおいがした。

「牧師は嫉妬《しっと》する。神のように」と、ロッキーはささやいた。

隣の女性は注射針を刺した。注入する前に、黄色い液体が血のしずくと混ざり合った。女性は止血帯を外し、快感が全身に広がっていくのを感じて長いうめき声を漏らした。足を伸ばして足首に力をこめたが、やがて身体からこわばりがすべて消えた。

「僕らは、その牧師が少なくとも五人の女性を殺したと考えている。だから彼の名前か教区、あるいは住所を知る必要がある」と、エリックが言う。

「いったい何の話だ？」と小声で言うと、ロッキーはまた目を閉じた。

「あなたは僕に牧師のことを話そうとしていた」エリックは執拗《しつよう》に迫った。「名前か教区か……」

「その人を困らせるのはやめなさい」ソファベッドの女性がロッキーの毛深い太ももに寄りかかってそう言った。

「インに挨拶しろよ」彼女の髪を不器用になでながら、ロッキーがつぶやく。

エリックがロッキーに話をさせようとしているあいだ、ヨーナは周囲に目を配った。

迷彩ズボンの太った男はスタッフルームの前の椅子から立ち上がり、部屋を見渡した。携帯電話をポケットにしまい、ソファのあいだを歩き出すと、口に火のついたタバコをくわえたまま目を閉じて横たわっている男のそばでしばらく立ちどまった。やがて男はもとの位置に戻った。

「あんたはおれにいろいろ話をさせようとする」と、ロッキーが言った。「だけど、俺が煉獄《れんごく》の苦しみのなかで覚えているのは、自分がちっぽけな猿の檻《おり》に座っていたことだけだ……そこには先が赤熱した長い木の棒があって……」

「とか何とか言っちゃって」と、女性が口をはさむ。

「俺は叫んで逃げようとした。餌皿で身を守ろうとした……とか何とか言っちゃって」と言って、ロッキーはにやりとした。

「真面目に話してくれ」と、エリックが声を高める。「やつを見つける手がかりを教えてくれれば、あとは好きなようにしていいから」

ロッキーは居眠りを始めたように見えた。わずかに開いた口から、唾の糸が髭に垂れている。

部屋の反対側にあるビーズのカーテンが開いて、ごま塩髭の男が戻ってきた。カーテンはしばらく揺れて、黄色い輝きを部屋に投げかけていたが、やがてモナリザの顔がふたたびかたちを成した。

「ここにはあまり長くいられないぞ」と、ヨーナがエリックに言った。

インがパンティをはこうとしたが、爪先にひっかかった。彼女は背をそらせ、目を閉じて静止した。

「俺の脳みそはぐじゃぐじゃだ」と、ロッキーがつぶやく。「必要なら……」

「とか何とか言っちゃって」と、インがまぜ返す。

「俺に催眠をかけなければならないかもしれない。もし……」

「立てますか?」と、エリックが訊く。「力を貸しましょう」

ヨーナは、迷彩ズボンの男がまた椅子から立ち上がるのに目を留めた。男は電話で話しながらこちらへ近づいてくる。

飾り鋲付きチョーカーをつけた女性がステージに続く出入り口に現れて、ビーズのカーテンを開いて立ち止まった。入ろうか入るまいか迷っているようだ。

その背後に、漁師が着るようなだぶだぶの黄色いオイルスキンのレインコートを着て、フードをかぶった長身の人物の姿がちらりと見えた。

最初ヨーナは、目に映ったのが牧師その人であるのがどうしてわかったのか理解できなかった。だが不意に、頭のなかの記憶の断片にぴたりと焦点が合った。

「エリック」と、小声で呼びかける。「牧師はここにいる。カーテンの向こうの黄色いレインコートを着たやつだ」

チョーカーの女は誰かを手招きして、おぼつかない足どりでなかへ入ってきた。カーテンのビーズが揺れ戻り、黄色い人影の前で左右に振れた。

それを見て、ヨーナは思い出した。保管スペースで倒れる直前に聞いた話だ。フィリップ・クローンステッドはマリア・カールソンを撮影していたやせた男のことをしゃべっていた。ビデオカメラを持った男は、ロフォーテン諸島の漁師のように黄色いオイルスキンのレインコートを着ていた、と。

ヨーナは歩き出したが、迷彩ズボンの男が花柄のソファを回り込んできて、彼を制止した。

「きみときみの友だちには一緒に来てもらわなければならない」と、男は言った。

「エリック」と、ヨーナは言った。「見ただろう？　ビーズのカーテンの向こうだ。あれが牧師だ。きみはあとをつけて、やつの顔を確認してくれ」

「このクラブは会員制だ」と、男が言った。

「ソファを買おうと思って来たんだ」とヨーナが言っているあいだに、エリックは急ぎ足でカーテンのほうに向かった。

八六

迷彩ズボンの男は止まれと叫んだが、エリックはソファのあいだを縫って、歩き続けた。男がヨーナに、そこをどけと怒鳴る。肘掛け椅子がひっくり返って、床をこする音がした。

「失礼《プーダン・アンテクシ》」と、ヨーナはフィンランド語で言って、もう一度男を足止めした。

男はヨーナの手を振り払い、一歩後退すると、テーザー銃を取り出した。

「そんなものを出すと痛い目にあうぞ《ヌユーッ・セ・ピアン・サットゥタ》」ヨーナは笑みを浮かべてそう言った。

次の瞬間、ヨーナは一歩前に出て射線から身を外すと、テーザー銃を横へ押しやり、太った男の膝を蹴った。男の足ががくりと折れる。男がうめき声をあげるのと同時に、二本のらせん状のワイヤーにつながった射出体がふたつ、ソファの裏側に当たった。ヨーナは男の手からテーザー銃をねじり取り、それを相手の鎖骨に叩きつけてから、二本のワイヤーを首に巻きつけて引っ張った。男は床に倒れ、転がって身を起こそうとした。ヨーナは足で男の身体を押さえつけ、ワイヤーを手に巻いて締めつけた。男は意識を失い、床に横たわった。

エリックは舞台に通じるビーズのカーテンの向こうに姿を消していた。

部屋の奥のスタッフルームのドアが開いた。光沢のあるジャケットを着た肩幅の広い男が現れ、携帯電話を耳に当てながら部屋を見まわした。

ヨーナは姿を見られないように身をかがめたが、男にエリックを追わせないようにしなければならない。

ロッキーは相変わらず目を閉じたままで、口からタバコをぶら下げている。

チョーカーを巻いた娼婦が、使ったティッシュをソファのクッションのすき間に押し込むと、ハイヒールをはいてヨーナのほうに歩いてきた。

「部屋に行かない？　素敵な時間を過ごさせてあげるわよ」と言いながら、さらに近づく。

「脇にどいていろ」と、ヨーナが急いで言った。

娼婦は口をぬぐうと、ビーズのカーテンのほうへ歩き出した。

光沢のあるジャケットの男がヨーナに目を向け、椅子を押し分けて近づいてきた。

ヨーナが身を起こすと、男が尻の脇に拳銃を隠し持っているのが見えた。銃身の短い大口径の銃だった。

太った男は床に仰向けになったまま、首からワイヤーを外した。咳をして、起き上がろうとする。

光沢のあるジャケットの男が花柄のソファをはさんで、ヨーナの前で足を止めた。男はシグザウエル・プロにサイレンサーをねじ込みながら、「言うことをきかないと、おまえの両膝を撃つぞ」と言った。

ヨーナは落ち着けというように片手を上げてあとずさろうとしたが、床の太った男が彼の足をつかんだ。

「ここが会員制のクラブとは知らなかったんだ」足を引き抜こうとしながら、ヨーナが言った。

サイレンサーの装着を終えた男は、銃をかまえて引き金を絞った。ヨーナはとっさに横へ身を投げた。そのまま肩から床に落ち、額をしたたかに打ちつける。

銃声はしなかったが、硝煙が空中を漂った。ヨーナの後ろにいた裸の男が立ち上がった。腹に開いた射創から血が流れ出している。そばにいた女が悲鳴をあげ、あわてて逃げ出した。

「殺してやる」男は荒い息をつきながらソファのうえに上り、裏側を見下ろした。

ヨーナは落ちていた電気スタンドをつかむと、重い基部を先にして半円を描くように振った。それが肩に当たり、男は片側によろめいた。スタンドのコードが蛇のようにのたくり、音を立てて床に落ちる。男はソファに寄りかかった。ヨーナは引き金をひくいとまを与えず、手を伸ばして銃口の向きをそらすと、男の喉に正面から突きを入れた。

ヨーナは熱い銃身をつかみ、頬を強く殴打されるのを感じながらも、身をかがめて銃口を上に向かせた。

男は身体を丸めて、喉を押さえた。息ができず、ぽっかり開けた口からよだれがしたたる。

ヨーナは一歩下がって奪った拳銃の向きを変えると、男の右肺を撃ち抜いた。轟音《ごうおん》は響かず、ぴしっという鋭い音がしただけだった。空薬莢《からやっきょう》がコンクリートの床にはね返る。

男はよろめいて咳き込みながら、身体に開いた穴を片手で押さえようとしたが、やがてソファに背中から倒れ込んだ。

よろよろと立ち上がった太った男の手にはナイフが握られていた。片方の肩がだらりと垂れ、首に巻きついたワイヤーからテーザー銃がぶら下がっている。

ヨーナはビーズのカーテンのほうにちらりと視線を投げた。

太った男は数歩前に出て、ナイフの突きを入れてきた。刃の先端がジャケットに触れる間際に、あとずさったヨーナの背中がテーブルにぶつかる。彼はナイフの動きに合わせて前へ出ると、拳銃でナイフを脇へ押しやり、身体をひねって相手の頬に右肘の強烈な一撃を加えた。男の頭ががくんと横に折れ、汗の玉が飛び散る。ヨーナはバランスを崩さないよう気をつけながら、大またで男のそばに近づく。尻がずきずきと痛み始めるのを感じた。

男は気を失って床に倒れ込んだ。ヨーナはぶつからないように身をよけ、部屋のなかを見まわした。

まもなく脱出は不可能になるだろう。頭を低くし、銃口を床に向けて、ヨーナはビーズのカーテンのほうへ向かった。

アナトーリからヘロインを買った新規の客がソファの脇に横たわったまま息絶えていた。唇は灰色になり、目をぽっかり開けている。

丈の低いガラステーブルを回り込んで進むヨーナの目に、チョーカーの娼婦がソファをよけながら近づいてくるのが映った。

「私をここから連れ出してちょうだい」娼婦はすがりつくような目でそう言った。「お願い、何とかして。ここから逃げたいの」

「走れるか？」

娼婦がにっこりとしてうなずいた瞬間、彼女の頭ががくんとかしいだ。こめかみから血が噴き出る。

ヨーナがくるりと振り向くと、銃弾がすぐ脇の肘掛け椅子の背に当たり、詰め物が床に飛び散った。ごま塩髭の男が拳銃を構えて、ふたりの女性のあいだを近づいてくる。

銃身から硝煙が立ちのぼっている。

ヨーナは銃の狙いをつけ、銃口を数ミリ下げて三発続けざまに発砲した。音は空砲のようだったが、男の背中から血しぶきが上がった。

男はそのまま二歩前に進んでから、ふたりの女性のうえに両膝をついた。拳銃を放した手が足載せ台のほうへ伸びる。

チョーカーの娼婦はまだ立っていた。血がポンプのように噴き出して、身体を流れ落ちている。女はヨーナのほうに目を向け、何か言おうとするように口を開いた。

「助けを呼んでくる」と、ヨーナは言った。

女は戸惑ったように血まみれの髪に触れたが、次の瞬間、横向きに肘掛け椅子のうえに倒れ、眠るように身を丸めた。

遠くから、猫背の男が身をかがめて、ソファを遮蔽物がわりにして近づいてきた。

ヨーナは最後の道のりを走った。銃弾がすぐ脇の壁に当たって、漆喰《しっくい》のシャワーを降らせた。ビーズのカーテンをくぐると、ヨーナは拳銃を身体にぴたりとくっつけるように持ち、できるかぎりの速歩で狭い廊下を目指した。

舞台では、シャツをパンツの外に垂らした太った男が踊っていた。

エリックのいる気配はなかった。廊下に達すると、ヨーナは走り出した。背後から追っ手が迫る音を聞きながら、彼はロッカールームに入ってドアをロックした。シャワーを浴びている者がいるらしく、その体重で床がきしんだ。化粧テーブルの前にいるふたりの女性の横を通り過ぎる。

キッチンでは、背の低い男がガスレンジで冷凍のミートボールをフライにしていた。男がナイフをつかむ前に、ヨーナはその太ももを撃ち抜いた。

男は床に倒れた。ヨーナがいまは使われていない倉庫の古い段ボール箱のあいだを走り抜け、建物の裏手に出たときもまだ男の悲鳴が聞こえていた。ヨーナは可能な限りのスピードで倉庫の脇を回り込み、丈の高い草むらを突っ切って、金網フェンスのあいだに口を開けている門を通り抜けた。門の横にはヴァンが一台停まっていた。

エリックの車はいなくなっていた。ヨーナはわずかに足を引きずりながら、警察と救急医療隊に連絡するために、ヘグダルス駅の方角へ歩き出した。

八七

道路に車はほとんど走っていなかった。エリックは工業地区を抜けてエルフェヴァゲンまで、前の車と十分距離をとって走った。牧師はブルーのプジョーに乗っていたが、車はひどく汚れていて、ナンバーを読みとることはできなかった。エリックには特にプランはなく、気づかれないようにひたすら後を追うだけだった。街灯の琥珀《こはく》色の光が車内を満たしたが、そこを過ぎると次の街灯まで光は届かなくなる。まるで、ゆっくりと呼吸しているかのようだった。

牧師が〈ゾーン〉へ行ったのは、ドラッグを買うためだったのか、それともロッキーに会いに行ったのか、とエリックは思いをめぐらせた。

ヨーナはどうしただろう？　不安がちらっと頭をかすめる。

〈ゾーン〉では、エリックは振り返ることもせず、自分の役目を果たそうとした。ビーズのカーテンをくぐると、人を押し分けて進んだ。流れる音楽の低音が重く響き、リズムが身体の奥深くまで浸透してくる。ときおり何かの割れる音が混じった。点滅する舞台の光で、黄色いレインコートがちらりと見えた。見ず知らずの女性が何か話しかけてきたが、エリックは首を振って出口に向かう牧師を追った。

警備員の前を通過したあとは、金属ドアを抜けて荷役作業用プラットホームへ出るまで、ほかの人間の姿は見なかった。

ヨーナの出した指示には確信がこもっていたので、エリックの頭にあるのは、手の届くところにいる牧師を逃してはならないということだけだった。

暗闇のなか、かすかに輝く黄色いオイルスキンが駐車した車のあいだを遠ざかっていく。エリックは足音を聞かれないように気をつけて、急いでそのあとを追った。牧師は門を出て、ブルーのプジョーの前で足を止めた。

それから十五分ほどたったいま、エリックは赤いテールライトを追っていた。置いていかれないように注意しろ、と何度も自分に言い聞かせた。長い直線道路に出ると、少し速度を上げて砂利混じりのサッカー場と学校の前を通過する。大きなアパートメント・ビルのまばらな明かりが、木々の緑のなかにちらついている。一瞬、牧師の車を見失ったエリックは、アクセルを踏み込んで対向車線に入り、バスを追い越した。

前方の信号が赤に変わった。エリックは速度をさらに上げ、ハンドルを大きく切って、ぎりぎりのところで前を通過する車の後ろを回り込んだ。

それでも間に合わなかった。ブルーのプジョーはすでに右折していた。建ち並ぶ家のすき間から、またたくヘッドライトの光が見えた。

考えている余裕はなかった。なんとしても牧師を取り逃がしたくない。

プジョーの進行方向を予想し、エリックは次の交差点を曲がった。空き瓶の入ったレジ袋がトランクのなかで転がり、カタカタと音を立てる。派手に飾りたてた庭や明かりのない家々の前を通過する。

ブレーキをかけ、郵便ポストを回り込むようにして左折すると、エリックはアクセルをふかして何軒かの家の前を通り過ぎた。次の交差点を越えると行き止まりになるのがわかると、とっさにブレーキを踏んだ。タイヤがアスファルトのうえを横滑りする。エリックは急ハンドルを切って右に曲がった。

後輪が摩擦力を失ってスリップし、車の後部が送電塔にぶつかって衝撃が走った。トランクの空き瓶が倒れて砕ける音がした。気を取り直し、道路に出てスピードを上げる。

丘に差しかかると、さらにアクセルをふかした。頂上まで登りつめたとき、ちょうど牧師の車がトンネルに入るところが見えた。

エリックはハンドルを握る手が震えているのを感じながら、車の速度を落とした。補修したサイドミラーがまた外れて、ワイヤーでぶら下がっている。

トンネルのコンクリート壁には、スプレーで〝違う世界もどこかに存在する〟と落書きがされていた。

まもなくまったくの暗闇を抜けると、瀟洒《しょうしゃ》な四階建てのビルが建ち並ぶ地域に出た。ブルーのプジョーはゴミ収集トラックの横を通り過ぎた。牧師はこんなところに住んでいるのだろうか、とエリックはいぶかしんだ。

牧師が普通の暮らしをしているとはとても思えなかった。被害者の顔に死後かなりたってから何度もナイフを突き立てた男が、そのあとリンゴの木と芝生のスプリンクラーのある快適な自宅に帰り、家族と一緒にテレビを観たりするだろうか?

コープモッセ通りからクリエンスメス通りへ曲がったブルーのプジョーのあとを追ったが、三つ目の交差点を過ぎると、牧師はスピードを落として停車した。

エリックはそのままの速度でブルーの車を追い抜いて、バックミラーで車内灯が消えるのを確認した。小さな林を過ぎたところで横道に入り、車を停めて降りると急いで後戻りした。黄色いレインコートが道路の左側の森に消えていくのが目に入った。

エリックは自分の足がぶるぶると震えているのを感じた。

八八

モルモン教会はヤルファラ通りの大きな駐車場の横にあった。テラコッタ色の壁、パネル貼りの屋根、丸い石の基礎のうえに立つ赤い塔を備えた平屋建てだった。

地方部長のトーマス・アーペルは妻とふたりの子どもとともに、教会のすぐ近くに建つセメントグレーの家で暮らしていた。木々の梢とタイル貼りの屋根越しに、赤い塔が見える場所だった。

アダムとマルゴットはレモネードのグラスを手に居間に座っていた。その向かいに、トーマスと妻のイングリッドがいた。トーマスは細身の男で、グレーのパンツをはき、白のワイシャツに薄グレーのネクタイを締めている。顔もほっそりとして髭はきれいに剃《そ》ってある。明るい色の眉毛と、少しねじれた薄い唇の持ち主だった。

トーマスはふたりの刑事に、殺人のあった日は家族と家にいたと話していた。

「それを証明してくれる人はいますか?」イングリッドのほうを見ながら、マルゴットが尋ねた。

「そうですね、むろん子どもたちは家にいました」と、トーマスの妻は愛想よく答えた。

「ほかには誰も?」と、アダムが訊く。

「われわれは静かな暮らしをしているので」と、それで全部説明がつくとでもいうように、トーマスが答えた。

「とっても素敵なお宅ですね」部屋を見まわしながら、マルゴットが言った。

壁にはアフリカで作られた仮面が、黒いドレスを着て赤い本を膝に置いた女性の絵の隣に掛けてある。

「ありがとう」と、イングリッドが言った。

「家庭はどこも王国です」と、トーマスが言う。「イングリッドはわが女王で、娘たちは王女です」

「もちろんそうでしょうね」と、笑みを浮かべてマルゴットが言った。

マルゴットはイングリッドを見つめた。顔には化粧っ気がなく、耳たぶから小さな真珠が下がっている。ロングドレスは首を覆い、袖も肘までの長さがある。

「きっと古くさて面白みのない服装をしているとお思いでしょうね」見られているのに気づいて、イングリッドがそう言った。

「とても素敵ですよ」背にかぎ針編みの掛け布が飾られた奥行きの深いソファで、座り心地のよい姿勢を探しながら、マルゴットは嘘をついた。

トーマスが身を乗り出して、彼女のグラスにレモネードを注ぎ足した。マルゴットが小さな声で礼を言う。

「われわれの暮らしは面白みがないのでね」と、トーマスが言った。「ドラッグもなし、アルコールもなし、タバコもコーヒーもなしという意味ですがね」

「なぜコーヒーも？」と、アダムが尋ねる。

「肉体は神から授かったものだから」と、トーマスはあっさりと答えた。

「では、あなたがたはコーヒーを飲まないのですか？」と、アダム。

「もちろん戒律で定められているわけではない」と、トーマスが静かに言った。「指針のようなものだ」

「なるほど」と、アダム。

「でも、その指針に耳を傾ければ、死の天使がわが家を素通りして、われわれを殺さないと神が約束してくれる」と言って、トーマスはにっこりと微笑んだ。

「間違いを起こしたら、どれぐらい早く死の天使が飛んでくるのかしら？」と、マルゴットがつぶやく。

「それは、私の予定表をご覧になりたいという意味ですね？」と言ったトーマスのこめかみの血管がかすかに濃くなった。

「私が取ってきます」イングリッドが立ち上がる。

「お水を少しいただくわ」と言って、マルゴットはイングリッドのあとに続いた。

トーマスも立ち上がりかけたが、アダムが地方部長の役割はどんなものなのかと質問して、動きを制した。

マルゴットが磨き抜かれたキッチンに入っていくと、イングリッドはデスクの前に立ってカレンダーを探していた。「お水をいただけますか？」と、マルゴットが言った。

「ええ、もちろんです」

「この前の日曜日ですが、あなたはお宅にいらっしゃいましたか？」

「ええ」と、イングリッドは答えたが、鼻梁《びりょう》に小さな皺《しわ》が寄った。「みんな、自宅におりました」

「何をなさっていたの？」

「そうね……いつもどおりだったわ。夕食をして、テレビを観ました」

「テレビは何をご覧になったの？」

「私たちはモルモン・チャンネルしか観ません」と、蛇口がしっかり締まっているか確かめながら、イングリッドは言った。

「夜に、ご主人がひとりで外出されることはありますか？」

「いいえ」

「教会へ行かれることも？」

「ちょっと寝室を見てきます」そう言うと、イングリッドはキッチンを出て行った。

マルゴットは水を飲んで、グラスをカウンターに置くと居間へ戻った。アダムの顔がこわばり、上唇のうえにうっすら汗をかいているのに気づいた。頬が赤らんでいた。

「何か薬は飲んでいらっしゃいますか？」と、彼は尋ねた。

「いや」と、薄グレーのパンツで手のひらを拭きながら、トーマスが答えた。

「向精神薬や抗鬱剤は？」マルゴットがソファに腰を下ろしながら質問した。

「何でそんなことを訊くんだね？」冷静で無表情な目で彼女を見ながら、トーマスが訊き返す。

「なぜなら、あなたは二十年前に精神疾患の治療を受けているからです」

「とてもつらい時期だった。神の声を聞く前のことだ」

トーマスは口をつぐんで、そのとき部屋に戻ってきたイングリッドに温かい視線を向けた。イングリッドは手に赤い手帳を持って、戸口に立っていた。

マルゴットは手帳を受け取り、読書用メガネをかけてページをめくった。

「あなたはビデオカメラをお持ちですか？」と、マルゴットが手帳に目を通しているあいだに、アダムが尋ねた。

「ええ」と、いぶかしげな顔で、トーマスが答えた。

「拝見できますか？」

トーマスの喉仏がネクタイの結び目のうえで上下に動いた。「何のために？」

「ほんの形式的なことですよ」と、アダムが応じる。

「あいにく、カメラは修理に出しているんだ」ねじれた口を引き結んで、トーマスがそう答えた。

「どこに？」

「友人が直してくれている」と、穏やかな声でトーマスが言った。

「そのお友だちの名前を教えてもらえますか？」

「もちろんだ」と、つぶやくようにトーマスが答えた。

そのとき、アダムの携帯電話が上着のポケットで鳴り出した。「失礼」と言うと、彼は立ち上がり、トーマスに背を向けてポケットを探った。

アダムは窓越しに、隣の家の者がフェンスの向こうからこちらを見ているのに気づいた。窓ガラスに映った自分の豊かな髪と濃い眉毛も見えた。携帯電話に目を落とすと、国家警察のＩＴ担当技師アデからの電話だった。彼もたまたま同じヘクモッセンの住人だった。

「またビデオが届いた！」アデの声はほとんど悲鳴に近かった。

「できるだけ早くそちらへ……」

「きみの奥さんが映っている。あれはカトリーナだ……」

アダムはその先は聞かなかった。まっすぐ玄関へ向かう。よろけて肩が壁にぶつかり、ふたりの少女が微笑んでいる写真の額を叩き落とした。

「アダム？」と、マルゴットが呼びかける。「何があったの」

手帳をソファに置いて立ち上がった拍子に、うっかりコーヒーテーブルのうえのレモネードのグラスを倒してしまう。

アダムはすでに玄関のドアに達していた。マルゴットには彼の顔が見えなかった。気分が悪くなるのを感じて腹に手をあてがうと、彼女はアダムのあとを追った。

アダムは小道を車へと走った。

マルゴットがドアに手を伸ばす前に、アダムは車を発進させた。マルゴットは荒い息づかいで足を止め、アダムがアクセルをふかし、道路で鋭角にUターンするのを見守った。車はスリップして、どこかの子どもが道路脇に張ったホッケー用のネットに突っ込んだ。マルゴットが停まるよう手を振りながら近づいていく途中で、彼女の携帯電話が鳴り出した。

八九

ブルト通り五番地の家には部屋は三つしかなかったが、キッチンにしゃれたダイニング・スペースがあり、地下室と森のあいだには小さな庭も付いていた。街のはずれだったので購入費は安くすんだが、冬を何度も越すにはそれなりの修理が必要だった。

カトリーナ・ヨーセフはテレビの前の白いソファに座っていた。やわらかいブルーのホリスター社製スウェットパンツにピンクのTシャツという姿だった。

爪に塗ったポリッシュオイルがもう乾いているのはわかっていたが、まだ指を広げたままワインのグラスに手を伸ばした。アダムがいないので、爪の手入れがおおっぴらにできる。いるときにすると、彼はにおいのせいで頭痛がすると言って外へ出て行き、車のなかで終わるのを待っている。

カトリーナはワインをひと口すると、膝に置いたiPadに目を落とした。カロリーヌはまだSNSのステータスを更新していなかった。この一時間、何の投稿もしていない。まさか、そのあいだずっとシャワーを浴びていたわけじゃないでしょうね？

テレビでは『フェイス／オフ』という映画をやっていた。カトリーナには、ちょっと現実離れしすぎた話に思えた。

明日の朝は早かったので、ほんとうはアダムの帰りを待たずに寝るべきだった。待ってるつもりもないんだけど、と思いながら窓のほうを横目で見る。庭の繁みが強くガラスをこすっている。

カトリーナは片手をスウェットパンツのなかにすべり込ませて、しばらく目を閉じてマスターベーションを始めた。やがて、なおも性器を愛撫しながら窓のほうに目をやる。ふと、夕方熊手を借りていった隣人が返しに来るかもしれないと思って、手を止めた。カーテンを閉めに立つ気はなかった。どっちみちただのひまつぶしで、欲望に駆られてしたことではない。

カトリーナはあくびをして、足首をかいた。さっきツナサラダを食べたのに、もう腹がすいていた。iPadに目を落とし、画面をスクロールして自分のコメントを読んでから、新たにもうひとつ書き込む。

彼女はカロリーヌ・ヴィーンバーリの一番新しい写真を眺めた。このところずっと追いかけ《ストーキング》ている女性だ。

カロリーヌはサッカーの練習に行く途中、地下鉄でスカウトされ、いまやスーパーモデルになっていた。噂《うわさ》では、二万五千ドル以下の仕事ではベッドから出てこないそうだ。

カトリーナはソーシャルメディアでカロリーヌを追いかけ、いまどこにいて、何をしているかを常に把握していた。彼女はワイングラスに手を伸ばし、外灯の具合が悪いことを思い出して、ぶるっと身震いした。窓ガラス越しに、庭の繁みが黒々と見える。今夜は外灯がちゃんとついているのかどうか確信がなかった。以前に何度も消えてしまったことがある。アダムにヒューズ・ボックスを調べてもらわなければ。自分で地下室に行くつもりはなかった。あんな侵入があったあとでは。

カトリーナは暗い窓に映る自分の姿を見てワインをひとすりすると、爪に目を落とした。

先週の木曜日、アダムと彼女が仕事に出ているあいだに誰かが家に侵入した。いまでも地下室の錠は壊れたままだった。ふたりは錠をロープの切れ端で縛り、軽く引いただけでは開かないようにした。値打ちのあるものは何も盗まれていなかった。ホームシアター一式も、ステレオも、Xboxも。

それが不思議だった。もしかしたら、侵入者は額入りの警察学校の卒業証書を見て住人が刑事であるのを知り、あわてて逃げ出したのかもしれない。

アダムは、退屈したティーンエイジャーの仕業だろうと考えていた。でも変だ、とカトリーナは思う。ウィスキーでもワインでも持っていけたはずなのに。彼女の宝石類や、二年前にアダムがプレゼントしてくれたプラダのハンドバッグも。なくなっているのがわかったのはひとつだけだった。祖母が刺繍した小さな布だ。アダムは彼女の言うことを信じなかった。きっといつか出てくると言って、警察への届け出に記入するのを拒んだ。

それは祖母が守護神ラマスを白い布に薄い赤の糸で刺繍したもので、いつも本棚の銀の十字架像の横に置いてあった。

カトリーナは、誰かがそれを持ち去ったと信じていた。

布には長い髭を編み込んだ男の顔に雄牛の身体、背中から巨大な天使の羽が弧を描いて伸びている姿が細かい針使いで描き出されていた。幼い頃、カトリーナはその刺繍が嫌いだった。母親はラマスが家を見守ってくれていると言っていたが、少女の目には怪物にしか見えなかった。

またしてもカトリーナの頭に、アダムが地下室のドアの取っ手に巻いて水道管と結びつけたロープのことが浮かんできた。家のなかを点検してくれと何度も夫に頼んだことを覚えている。

地下室のほかに、彼女が特に不気味に感じていたのは、居間とキッチンのあいだにある大きなクロゼットだった。

それはドレッシングルームのようなもので、ちょっと見かけないほど厚い木製のドアが付いていた。ドアには木のかんぬきがあったが、締まりが悪くなっていた。アダムや彼女がドアを閉めても、二枚のドアがこすれてわずかにすき間ができた。まるで誰かがそこから覗いているような気がした。

車のヘッドライトの光が差し込むと、壁に掛かった聖像やアダムの思い出のユニフォームを入れた額のガラスがちらちらと光った。どんな家にもそういう不気味な場所があるものだ、とカトリーナは身震いしながら思った。何世代にもわたって子どもの恐怖心をため込んできた部屋や空間が。

カトリーナはワインを飲み干すと、立ち上がってキッチンへ向かった。

九〇

カトリーナは箱ワインをカウンターの端に移し、小さな栓からグラスに中身を満たした。細かいしずくが手に降りかかる。

風のせいでキッチンの通気口がかたかたと鳴った。ガラスドアの先にあるオリーブの繁みのすき間から人気《ひとけ》のない通りが見える。

しばらく大型クロゼットの二枚のドアがぶつかり合っていたが、やがてぴったり閉じて動かなくなった。

カトリーナはグラスを〈セフォラ〉の化粧品のチラシのうえに置き、手の甲についたワインのしずくをなめながら、子どもを産もう、中絶はやめようと心を決めた。

その決断はアダムのためでなかった。

もし彼が変わらなければ、別れるつもりだった。

アダムにメールを送ってこの気持ちを伝えるべきだろうか？　これをきっかけにふたりの新しい暮らしをスタートできるだろうか？　カトリーナは重い木製ドアに目を向けながら、ゆっくりと歩き出した。ドアにはどうしても見ずにはいられない力があるような気がした。そのとき遠くの側の一枚がわずかに開くのを見て、一瞬、足を止めた。大きく息をつき、急ぎ足で前を通り過ぎる。走らないように自分を抑えたが、ドアが動いたせいで背筋に冷たいものが走った。

ソファに腰を下ろして、映画の続きを観た。ジョン・トラボルタとニコラス・ケイジが顔を取り替える話だが、中身も一緒に取り替えたようにしか思えなかった。

カトリーナは隣人のことを思い出した。熊手を借りるとき、男は妙な目で彼女を見ていた。こちらがひとりでいるのを知っているのだろうか。

iPadの画面は暗くなっていた。指で画面を押す。明るさが戻ると、指がちょうどカロリーヌの笑顔に当てられていたことに気づいた。

左に首を回せば、家の裏窓に映るクロゼットのドアが見えることはわかっていた。こんなことはやめなければ。だんだん強迫観念みたいになっている。家に入り込んで布を盗んだのは隣人なのだろうか？　洗濯かごからパンティやテーブルクロスを盗むみたいに？

地下室のドアがロープで結ばれただけであるのを知っていれば、音を立てずになかへ入れる。

カトリーナは立ち上がり、窓に近づいた。カーテンを閉めようとしていると、誰かが草のうえを走っているような気がした。

窓に顔を寄せる。

暗くて何も見えない。

鹿だわ、鹿にちがいない、と彼女は思った。心臓をどきどきさせながら、カーテンを閉めた。

ソファに腰を下ろし、テレビを消してから、アダムへのメールを書き始める。文章の途中で携帯電話が鳴り出し、驚いて飛び上がりそうになる。

見覚えのない番号だった。

「カトリーナです」と、おそるおそる言う。

「もしもし、カトリーナ」と、男が早口で言った。「僕は国家警察のアダムの同僚なんだが……」

「いま留守ですが……」

「よく聞いてくれ」と、男がさえぎる。「いま自宅かね？」

「ええ、私は……」

「すぐ玄関へ行って、外へ出るんだ。服や靴は気にするな。まっすぐ通りへ出て、歩き続けろ」

「そうする理由を訊いてもいいかしら？」

「動き出したか？」

「これから出るところよ」

カトリーナは立ち上がって部屋を歩き出した。クロゼットのドアを見つめながら、ソファを回り込み、玄関へ向かう。

黄色いレインコートを着た人物がドアマットのうえに立ち、彼女のほうに背を向けてドアを閉めようとしていた。

カトリーナはあわてて後退し、廊下の角を曲がって足を止めた。

「誰かいるわ」と、ささやく。「外へ出られない」

「部屋に入って鍵を閉めろ。電話をつないでおけ」

「そんなことを言っても、隠れる場所なんか……」

「どうしても必要でないかぎりしゃべらないこと。トイレに行け」

カトリーナがおぼつかない足どりでキッチンに入ると、クロゼットのドアが少し開いているのが見えた。頭がまともに働かず、とっさにドアを開けてクロゼットのなかへ入り、電気掃除機の横に立つ。ドアを閉める。

すき間に指が入らず、ドアがぴったり閉まらない。爪でドアの端を押さえて手前に引っ張る。

息をひそめていると、部屋を歩く足音が聞こえた。キッチンの方角へ向かっている。

二枚のドアがぶつかって、また数ミリすき間ができる。

暗闇のなかで目を見開いていると、キッチンの引き出しが開き、金属がぶつかるカチャカチャという音がする。速い息づかいで呼吸しているうちに、なぜか突然、セデテリエの教会の聖遺物のことが思い浮かぶ。アダムは一緒に行きたがらなかったので、カタリーナはひとりで見に行った。それは十二使徒のひとりトマスの遺骨の破片だった。聖職者は、大理石のテーブルに置かれたガラスの円筒のなかの黄ばんだ骨の破片には、いまなお聖霊が宿っていると主張していた。

カトリーナは手を伸ばしてドアをぴったり閉めようとしたが、爪が木の表面をすべってうまくつかめない。用心しながら横へ動こうとしたが、そこにはモップとバケツが置いてあった。モップの柄が彼女の冬用のコートに触れ、数本の空のハンガーがかさかさと小さな音を立てた。

なんとかドアは閉まったが、そのとたん手がドアから離れた。ドアが振れてわずかに開いた。すき間から、黒い人影がすぐ目の前に立っているのが見えた。

九一

ドアが大きく開くと、拳銃をもった男は一歩後ろに下がった。口をなかば開いて、カトリーナを見つめている。汗のにおいが漂ってくる。カトリーナは一瞬で、相手の姿を細かいところまで頭に刻みつけた。すそを折ってある着古したジーンズ、その膝にくっついている草のしみ、帽子にぞんざいに縫いつけられたニューヨーク・ヤンキースのロゴ。

「僕は警官だ」とあえぐように言うと、男は拳銃を下ろした。

「ああ、神様」と、カトリーナは小声で言った。涙がまたあふれ出すのを感じる。

警官は彼女の手を取ると、無線で報告をしながら玄関に通じる廊下へ向かった。

「カトリーナは無事だが、容疑者はキッチンのドアから逃亡した……そうだ、道路封鎖を手配しろ。それと、警察犬捜索班を送ってくれ」

カトリーナは警官の横を歩いた。壁ぎりぎりに進んだので、美容学校の卒業証書に肩が当たった。

「ちょっと待っててくれ」と言うと、警官は出口を確保するために玄関のドアを開けた。

カトリーナがスニーカーを履こうと身をかがめた瞬間、玄関ホールの鏡に血のしぶきが飛んだ。その直後にぴしっという鋭い発射音が聞こえ、それが道路の向かいにある家に反響する。

私服警官は両手を伸ばしてなんとか壁に掛かっているコートをつかんだが、それをそのまま引きずってくずおれた。何足も並べて置かれている靴のうえに仰向けに倒れる。ハンガーがかたかたと音を立て、警官の黒いジャケットに開いた穴から血がどくどくと噴き出す。

「隠れろ」と、警官は苦しげに言った。「戻って、隠れるんだ」

また二発銃声が響いた。カトリーナは後戻りした。外で獣のような叫び声が聞こえる。傷を負った警官のほうを見ると、タイル貼りの床の割れ目に血がしみ込んでいくのが見えた。窓ガラスが割れて、また銃声が響き、家々のあいだに反響する。

カトリーナは頭を低くして居間を駆け抜けた。タブリーズ絨毯で足をすべらせ、壁に肩をぶつけたが、なんとか体勢を立て直す。廊下に出て、クロゼットの片方のドアを引き開ける。モップの柄が赤いバケツを引きずって倒れかかってくる。バケツから絞り器が外れて、床で大きな音を立てる。カトリーナはモップを拾い上げ、服のあいだに立てようとした。ジャケットが一枚落ち、電気掃除機の太いホースが倒れかかってもう片方のドアが開いてしまう。

さらに二発銃声が聞こえると、カトリーナはクロゼットを出て、キッチンへ向かって走った。ガラスドアと外の闇が見える。彼女は地下室のドアを開き、急な階段を降り始めた。

息もろくにできないほどおびえきっていた。これはヘイトクライムにちがいない。アダムの買ったジャガーの新車が差別主義者を怒らせたのだ。

石の塀の向こうからパトカーのサイレンが聞こえてきた。警察が侵入者を捕まえるまで、ボイラー室に隠れていればいい、と彼女は思った。

闇のなかへ降りて行くにつれ、不安がさらに募っていく。

冷たい手すりにつかまり、まばたきして目を見開いたが、ほとんど何も見えなかった。石塀や湿ったパイプ、古い温水ポンプの油のにおいがする。

用心深く足を運んでも、体重のかかった階段がきしるのを止められなかった。ようやく、タイル貼りの床にたどり着く。まばたきをすると、闇のなかに洗濯機の青白い影が見分けられた。その隣に、取っ手にロープを巻きつけたドアがある。カトリーナは向きを変えて反対の方向へ進み、アダムの古いピンボールマシンの前を通過してボイラー室へ入った。慎重にドアを閉めたとき、すすり泣く声が聞こえた気がした。ドアの取っ手に手をかけたまま、しばらく立ち尽くして耳を傾ける。通気管がカチカチと鳴るかすかな音以外は、すべてが静まり返っている。

ドアを離れて、さらに奥へ入っていく。ここで座って待っていればいいのだろうか、と考える。それほど長くはかからないだろう。もうパトカーが着いている頃だ。

すすり泣くような音がまた聞こえた。すぐそばから。

振り返ったが、何も見えない。

すすり泣きは、ぜいぜいと息を切らすような音に変わった。

音は温水タンクの安全弁から出ているらしい。

カトリーナは動き続けるべきだと思った。前に進むと、壁にペンキで汚れたはしごが立てかけられているのに気づいた。音を立てないようにはしごを伸ばし、天窓の下の壁にそれを立てる。

誰かがラマスを盗んだせいだ、と彼女は思った。刺繡された布を、私の守護神を。だからこんなことが起きたのだ。

この家にいてはいけない。ふたつの掛け金をひねり、草むらのなかにある小さな窓を押し上げる。足首に冷たいすきま風が当たるのを感じた。

あとを追われているのは間違いない。おそらく地下室のドアから入ってきたのだろう。ドアを押さえていたロープを切り、なかへ入ったのだ。

窓は開かなかった。もう一度試したが、何かが邪魔をしている。荒い息をつきながら、すき間から草むらに手を伸ばすと、すぐそばに芝刈り機があるのがわかった。力をこめてそれを押しのけようとしたとたん、足もとではしごがずれるのを感じる。手で芝刈り機の車輪を前方に回すと、ようやく数センチ回転した。窓が開き、カトリーナはそこから這い出ようとした。

いきなりボイラー室のドアが開く音がした。明かりが点《つ》く。古いグローランプのせいで、蛍光灯がちらちらとまたたく。カトリーナがよじ登ろうとしたとたん、はしごが傾き、大きな音を立てて床に倒れた。足が壁にぶつかり、両膝に刺すような痛みが走る。それでもなんとか窓枠にしがみつき、身体を引き上げようともがいた。

その瞬間、最初の一撃が彼女の背中を刺し貫いた。すぐ前の壁をナイフの切っ先がこする音が聞こえた。

九二

アダム・ヨーセフは自宅の石畳の邸内路にうつ伏せに横たわっていた。両手は背中で手錠をかけられている。太ももがずきずきして、黒いジーンズは血で濡れていたが、撃たれた傷は浅手で、さほど痛みはなかった。さまざまな緊急車両が発する青い光が、庭の黒々とした木々や草を奇妙なリズムで脈打たせている。

アダムが作戦行動チームに事情を説明しようとすると、警官が膝で彼の肩甲骨を押さえつけ、静かにしろと怒鳴った。

「カトリーナがまだなかにいるんだ」と、アダムは荒い息づかいで言った。

チームの指揮官はストックホルム緊急対応班と直接連絡をとり、作戦行動の調整を行っていた。第一チームが窓とドアを破って家に入り、出口を確保してから、救急隊員をなかへ通した。

撃たれた警官はストレッチャーで外へ運び出された。すでにカロリンスカ病院には、麻酔と手術の準備をするように緊急電話で要請してあった。

アダムはなんとか身を振りほどこうとしたが、肝臓を強く押さえつけられ、呼吸もまともにできなかった。彼が咳き込むと、警官は膝を首の後ろに移し、ジャケットをつかんでおとなしくしろと声を張り上げた。

「僕は警官だ。なかに……」

「黙れ！」

別の警官がアダムの財布を引っ張り出し、一歩後ろに下がった。踏まれた砂利ががさがさと音を立てる。警官はアダムの身分証とバッジに目をやった。

「確かに国家警察だ」と、彼は認めた。

アダムを押さえていた警官が膝を背中から外して、息をはずませながら立ち上がった。首と肺にかかっていた圧力が消えると、アダムはふっと息をついて、横向きになろうとした。

「おまえは私服警官を撃ったんだぞ」と、警官が言った。

「彼は妻と一緒にいた。妻のそばにいるのを見て、僕は彼が……」

「彼は最初に現場に到着した警官で、彼女を連れ出そうとした。その情報は全員に伝えられていた」

「早く妻を連れ出してくれ！」と、アダムは懇願した。

「あんたたち、何してるのよ！」と、女性の叫ぶ声がした。

マルゴットだった。アダムにも、彼女が道路脇のブラックベリーのやぶを通り抜け、門から入ってきて足を止めるのが見えた。

「彼は警官なのよ」と言って、マルゴットが浅い息を何度かつきながら言った。「それに彼の妻が……」

「こいつは同僚を撃ったんだ」と、警官のひとりが言った。

「あれは事故だった」と、アダムが言った。「僕は彼が……」

「それ以上しゃべらないで」と、マルゴットがさえぎる。「カトリーナはどこなの？」

「わからない。何が何だかさっぱりわからない。マルゴット……」

「なかへ入ってみるわ」と言って、マルゴットは邸内路を歩き出した。

「愛していると妻に伝えてくれ」と、アダムがささやくように言った。

「起こしてあげて」と、マルゴットはふたりの警官に言った。「それと、手錠は外すのよ。とりあえず、どこかの車に乗せておいて」

マルゴットは両手を腹に当てて、家に向かった。

緊急対応班の若い警官が、ヘルメットを手に玄関を出てきた。マルゴットとすれ違ったとたん、玄関の階段に嘔吐し、そのままうつろな目で邸内路を歩き続けた。彼は防弾ベストを脱いで地面に落とすと、よろよろと通りまで出て二台の車のあいだでまた嘔吐し、ボンネットに寄りかかって唾を吐いた。

ふたりの警官はアダムの腕をつかんで立たせて、家から遠ざけた。アダムは太ももを血が流れ落ちるのを感じた。ふたりは彼をパトカーのところへ連れて行き、手錠は外さずに後部座席に乗せた。

また一台、救急車が規制線を越えてきて、警官の指示で先へ進んだ。ヘリコプターの甲高い回転音を聞きながら、アダムは玄関から目を離さずに、マルゴットがカトリーナを連れて出てくるのを待ち受けた。

四番目のビデオを受け取ると、国家警察の各部門はただちにしかるべき行動を始めていた。

技師のひとりがアダムの友人だった。彼はビデオに映っているのがカトリーナだとわかると、国家警察全体に緊急即時通報を流してから、アダムに電話した。

時間の無駄をはぶき、戦術的効果を生み出すために、この件は〝特別案件〟に指定され、ただちに各方面の警察組織の連携がとられた。市南部の各警察署はもとより、市中心部、西部地区、ナッカ、ソダートンに警報が発せられた。

アダムの家に一番近い場所にいたのが、撃たれた私服警官だった。彼は警察がビデオを受け取った七分後に現場に到着していた。

九三

マルゴットがふたたび姿を現すまでに、アダムには永遠と思える時間がたっていた。彼女は手すりをつかんでゆっくり階段を降りきると、腹に手を当てて足を止めた。やがて、鼻から血の気をなくし、額に汗を光らせて、アダムのいる通りへ歩き出す。

「手錠は外してと言ったはずよ」かろうじて怒声になるのを抑えて、マルゴットが言った。

ふたりの警官はすぐに車を降りると、アダムを自由にした。アダムは手首をさすりながら、マルゴットの広がった瞳孔を見つめた。胃に吐き気の波が押し寄せた。「どうなっているんです?」と、震える声で尋ねる。

マルゴットは首を横に振ると、家のほうを見てから、目をアダムに戻した。

「アダム、とても残念だわ。この気持ちはとても伝えきれない」

「何の話ですか?」

「座ってちょうだい」

だがアダムは車を降りると、マルゴットの目の前に立った。身体の重さがなくなってしまったような奇妙な感じがした。「カトリーナのことですか?」と、尋ねる。「教えてください。彼女は負傷したんですか?」

「カトリーナは亡くなったわ」

「僕は玄関にいる彼女を見た。彼女があそこにいるのを……」

「アダム」と、マルゴットが訴えるように言う。

「嘘でしょう? 救急隊員とは話したんですか?」

マルゴットはアダムを抱きかかえたが、アダムは身をふりもどき、あとずさった。

真っ黒なブラックベリーが細い枝で揺れているのが見えた。

「ほんとうに残念だわ」と、マルゴットがまた言った。

「彼女が死んだというのは何かの間違いでは？　だって救急車が……救急車はここで何をしてるんですか？　もし彼女が……」

「カトリーナは鑑識の調べが終わるまでここにとどまるのよ」

「彼女がどこにいるのか教えてもらえますか？」

「ボイラー室よ。きっとそこに隠れていたのね」

アダムの太ももがずきずきと痛み始め、それが全身に広がっていった。彼は警官が全員、家を出てきて、指揮車に集まって状況説明を受けるのを見守った。

ある考えが頭をさっとよぎった。妻はもう少しで安全な場所に逃げられたのに、自分が彼女を連れ出そうとした警官を撃ってしまったのだ。

「僕は同僚を撃った」と、アダムは言った。

「そのことはいまは考えないで。今夜は私の家に泊まりなさい。ボスには連絡しておくから」マルゴットはアダムの腕をつかもうとしたが、アダムはそれを振り払った。

「ひとりにしてください。悪いけど、僕は……」

ふたりからさほど離れていない空中で、ヘリコプターがホバーリングしていた。

「牧師は捕まえたんですか？」と、アダムが訊いた。

「アダム、いま捕まえようとしているところよ。あいつはこの地域にいて、私たちは持っているものを全部ここに展開している。文字どおり、ありとあらゆるものをね」

アダムは数度うなずくと、顔をそむけた。「少し時間をください」とささやく。数歩前に出て、灌木《かんぼく》の枝に触れた。

「ここにいなさい」と、マルゴットが言った。

アダムは何秒か彼女を見つめていたが、やがてゆっくりと庭に入っていった。彼は両手で顔を覆い、マルゴットの言ったことを頭にしみ込ませているふりをしたが、自分の目で確かめる必要があるのはわかっていた。カトリーナの死が信じられなかったからだ。ありえない。そんなことがあるはずない。カトリーナはこの事件と何の関係もないのに。

アダムは家の周囲を歩き出した。伸びっぱなしの芝生のうえに緑色のホースがとぐろを巻いていた。警察車両のまばゆいブルーの光で、羽虫が群れをなしているのが見える。家の裏手に入ると、暗さが増した。

自分の黒い影が、丸いバーベキューグリルの赤いドーム型のふたに映っているのが見えた。地下室のドアは開けっぱなしだった。ロープは切られていた。アダムはなかへ入った。明かりは全部点いていた。

上の階を歩きまわる足音が聞こえた。鑑識係が歩行用の板を敷いている。

アダムはさらに一歩奥へ入った。そのとき、ボイラー室の冷たい蛍光灯の光のなかにカトリーナがいるのが見えた。全身血まみれになり、スウェットパンツにタンクトップという姿で床に横たわっていた。髪は片方の耳の後ろにたくし込まれていたが、顔は切り刻まれ、ほとんどなくなっていた。胸郭を横切る血が黒い輝きを放ち、左手は右手の指を包み込んでいるように見える。

アダムはよろよろとあとずさった。自分の呼吸音がはっきり聞こえた。洗剤の箱をひっくり返し、ウェリントン・ブーツにつまずいて倒れかける。体勢を立て直し、ふたたび庭に出た。

口を大きく開けて呼吸していたが、十分な量の空気が肺に入ってこないので、口を手でつつき始める。

何もかもが狂っているとしか思えなかった。アダムは向きを変えてパトカーのほうに歩き出した。堆肥の山の前を通り過ぎたとき、森のなかで枝が折れる音がした。警官がひとり、家の角を曲がって呼びかけてきたが、アダムは人の動いている気配を追って森へ入った。

彼の背後で投光照明が点灯され、家と庭が煌々《こうこう》と照らし出された。木の幹が灰の層に覆われたように灰色に輝く。まるで地下の森にいるような感じだった。

二十メートルほど奥へ入ると、男がひとり、立ってアダムのほうを見つめていた。ほのかに輝く枝のすき間越しに、ふたりの目が合った。相手が誰かわかるのに、数秒かかった。

精神科医のエリック・マリア・バルクだ。

頭のなかを稲光が走り、一瞬であらゆることがはっきり理解できた。気づきの衝撃が、材木に打ち下ろされる斧《おの》のようにアダムを襲った。

アダムは手を伸ばして、足首に付けた小型拳銃を抜いた。マジックテープが剝がれる何かをこするような音がする。弾丸を薬室に送り込み、銃口を上げて引き金をひく。銃弾はエリックのすぐ前の枝に当たった。枝がゆがんで木くずが散る。エリックは顔をしかめた。

アダムは震える手で狙いを少し低くしようとした。精神科医があとずさっていくのを見て、もう一度発砲する。銃弾はどこかへ消えていき、ふたりのあいだの黒い枝が揺れただけだった。

アダムは精神科医が身をかがめて走り出し、斜面を下り、太い幹の後ろに姿を消すのを見た。すぐにあとを追いかけたが、もう姿はなく、モミの枝に行く手をはばまれた。銃声を聞いた警官が何人か庭から走り寄ってくる。森の端が突然まばゆい光に包まれる。

「銃を下ろせ！」と、誰かの声が叫んだ。「アダム、銃を下ろすんだ！」

アダムは声のほうに向き直ると、両手を高く上げた。

「犯人は森のなかだ！」と、あえぐように言う。「催眠学者だ。あの催眠学者だ」

九四

エリックは大きく息をついて、夜空を見上げた。転落して気を失ったらしい。背中がひどく痛かった。斜面をすべり落ちるあいだに、自分で身体を引っかいてしまった。立ち上がって、片手を湿った岩の表面に伸ばす。苔《こけ》とシダのにおいがする。木々の上方では、まばゆい光がちらちらと揺れている。

エリックは頭を低くして、下生えをかき分け、枝を押しやりながら進み始めた。遠くに聞こえる犬の吠《ほ》え声がヘリコプターの爆音と混ざり合う。

エリックは牧師を追って狭い小道をたどっていたが、枝が密に繁り、あたりが暗くなってきたために足跡を見失ってしまった。しばらく足を止めて耳を傾けてみたが、聞こえるのは梢を駆け抜ける風の音だけだった。仕方なく、車へ戻ってそこで待つことにした。そのとき、たくさんの緊急車両のサイレンが聞こえた。森の反対側の道路に集まってきているようだ。

エリックはそちらの方角へ歩き出した。おそらく警察が牧師を追い詰めたのだろう。

森の木々は伸び放題で、岩があちこちに突き出ていた。暗いなかを進むのには時間がかかったが、しばらくすると木々のあいだから青灰色のライトが点滅するのが見えた。そのとたん、自分が国家警察のアダム・ヨーセフと向き合っていることに気づいた。

アダムは目が合うと、いきなり銃を撃ってきた。少なくともエリックにはそう思えたので、思わず斜面を駆け下りていた。いったい何が起きたのだ？　自分が出たあと、〈ゾーン〉で何があったのだ？

うっかり石を踏んで足がすべり、危うく転びかけたが、とっさに枝をつかんで転倒をまぬがれた。だが、何かで手を切ってしまった。手のひらが血で湿ってくる。エリックは足を止め、呼吸を整えようと荒い息をついた。また梢の上方からヘリコプターが飛ぶ音が聞こえた。

僕が真実を全部話していないことに気づかれたのだろうか？　警察は僕が殺人にかかわっていると考えているのか？

エリックは、自分が警察にどんなふうに嘘をつき、ロッキーのアリバイをどんなふうに隠蔽し、催眠状態のビヨーン・ケルンが言ったことをどんなふうに隠したかを思い返した。

ヘリコプターは森のうえでホバーリングしながらサーチライトで捜索し、だんだん近づいていた。どこかに身を隠す必要がある。ローターブレイドの震動が身体に伝わってくる。エリックは木の幹に身体を押しつけ、枝が揺れて身体を打ってくるのもかまわず、じっと立ち尽くした。

まったく狂気の沙汰《さた》としか言いようがない——かき乱された空気が服を引っ張るのを感じながら、エリックはそう思った。危うく撃たれるところだったのだ。乾いた土と枯れた松葉が顔に降りかかってくる。ヘリコプターが位置を変え、サーチライトが木の幹を輝かせながら森のなかを動いていく。

彼らが追っているのは自分なのだ。

二十メールほど離れたところに、ヘルメットに防弾ベスト、アサルトライフルという重装備の警官がふたりいるのが見えた。ちょうどヘリコプターの光が木々の梢のあいだから射し込み、エリックの姿を浮かび上がらせた瞬間、警官のひとりがこちらに目を向けた。

エリックの血管に、氷を注射されたようにアドレナリンが注ぎ込まれる。

周囲がふたたび闇に包まれると同時に、一発の銃弾が放たれた。エリックには銃口の閃光《せんこう》が見えた。銃弾は頭のすぐうえの幹にめり込み、銃声が岩のあいだに反響する。

やがてヘリコプターは上昇し、ローターの音が小さくなった。エリックは身をかがめ、後ろも振り返らずに森の空き地を走った。背中で斜面をすべり下り、密生する下生えを駆け抜けると、木々のあいだから道路照明の光が見えた。

慎重に道路に近づく。一台の車が走り過ぎ、少し離れたところに道路封鎖用のブロック、鋭利な歯の付いたスパイクストリップ、パトカー、黒い制服の警官の姿が見える。

エリックはやぶの後ろに身を隠した。背中を汗が流れ落ちる。何人かの制服警官が近づいてきた。無線機で何か話す声が聞こえたが、やがて彼らは窓を黒く塗った指揮車のほうへ歩き出した。

ヘリコプターは森の上空で新しい捜索軌道へ移った。音が通り沿いの家々のあいだに強く反響する。エリックは警官のほうには目を向けずに道路へ出ると、まっすぐ道路を横断した。錆びた回転式ゲートの脇のかしいだ扉のあいだを抜け、砂利道をヴェストバーリア小学校の校庭へ向かう。サッカー場を囲んで赤い競走路《トラック》が大きな楕円を描き、高い支柱の先端からサーチライトが光を投げている。

エリックはゴールの後ろのフェンスに転がっていたサッカーボールを蹴って、ピッチのコーナーへ向かった。鼓動があまりに速すぎて、喉が痛んだ。ドリブルしながら丸い光の外へ出たとき、ヘリコプターがまた近づいてきた。エリックはそちらを見上げもせず、ボールを蹴り続けた。

一メートル、また一メートルと警察との距離は広がっていく。足からボールを離さずに、ピッチを進んだ。

エリックがゴールにボールを蹴り込んだときには、ヘリコプターはすでに遠ざかっていた。トラックを横切り、ゲートを乗り越え、何事もなく車が流れている通りに出る。地下鉄のテレフォンプラン駅へ着いたが、そのまま歩き続けて警察部隊との距離をさらに広げる。そのとき、携帯電話が鳴り出した。

ヨーナだった。「いったいどうなってるんだ?」エリックはできるだけ冷静な声でそう切り出した。「警察は僕を追っている。ヘリコプターまで使って。僕を狙って撃ってきた。狂ってるよ。僕は何もしてないのに……牧師を追っていただけなのに……」

「ちょっと待て、エリック、落ち着くんだ。いまどこにいる? 無事なのか?」

「わからない。車が一台も走っていない道を歩いて、テレフォンプラン駅を通り過ぎたところだ。なんでこんなことになったのか、さっぱりわからない」

「きみはアダムの家まで牧師を追っていった」と、ヨーナが言った。「彼の妻が一番新しい被害者だ。亡くなったんだ」

「そんな……」エリックは言葉に詰まった。

「みんな、パニック状態だ」と、重苦しい声でヨーナが言った。「きみが犯人だと思い込んでいる。なぜなら……」

「じゃあ、彼らに事情を話してくれよ！」と、エリックがさえぎる。

「きみは殺人の直後に家の近くで姿を見られている」

「確かにそうだが、でも僕が……」エリックの耳に車が近づいてくる音が聞こえた。そばの家の戸口に入り込み、道路に背を向ける。車が遠ざかると、「僕が出頭すればすむんじゃないのか？」と尋ねる。

「いまはだめだ」

「警察を信用しないのか？」

「きみを問答無用で撃とうとしたんだぞ」と、ヨーナが言った。「警察部隊のなかには仕返しをしたくてうずうずしている人間もいる」

エリックは濡れた髪に手を走らせながら、ここ数日に起きた、およそありえない出来事をなんとか理解しようと努めた。

「僕に与えられた選択肢は？」と、彼は問いかけた。「きみは僕がどうすればいいと思うんだ？」

「少し時間をくれたら、何が起きているのか調べてみる」と、ヨーナが答えた。「警察内部でどんな話がされているのか、きみが出頭したときにどうしたら身の安全を保てるかを」

「わかった」

「だが、きみは隠れている必要がある」

「どうすればいい？　何をしたらいいんだ？」

「きみの車は押収されるだろうから、家に帰ることはできない。友人を頼るのもだめだ。この話が終わったら、すぐに携帯を処分すること。電源を切っても位置を追跡できるからな。もう追跡を始めているかもしれないから、時間の余裕はない」

「わかった」

ヨーナのアドバイスに耳を傾けるエリックの頬を、汗が流れ落ちた。

「ＡＴＭを見つけたら、金を下ろせ。それが最後のチャンスになるから、できるだけ多く引き出したほうがいい。だが金を下ろす前に、急いで街の別の地域に移動する算段をつける必要がある。あちらはきみがわずかでもミスをするのを待ちかまえているのだから」

「わかった」

「プリペイド式の携帯を買って、私に電話しろ。それで番号がわかるから」と、ヨーナは先を続けた。「誰とも連絡をとるな。身分証の必要ない宿で眠っていろ」

「みんな、僕が犯人だと思うようになるだろうな」と、エリックが言う。

「私が牧師を見つけるまではな」と、ヨーナは答えた。

「もしロッキーに催眠をかけることができれば、細かいことがもっとわかるのは間違いないんだが……」

「もうそれは不可能だ」と、ヨーナが口をはさむ。「ロッキーは勾留された」

九五

翌朝、ヨーナが自分の元のオフィスを訪ねると、マルゴットは〝トラック野郎にレズビアンはいない〟と書かれたTシャツを着て、デスクの前に座っていた。髪の太い三つ編みがほどけかけ、目の下に黒い隈が浮き出し、口のまわりには深い皺が寄っている。

「もうすぐ上級局員の緊急会議があるの」袋からキャンディを取って口に入れながら、マルゴットが言った。「県警本部長やカルロス長官も出席する。捜査はいまや最優先事項になっていて、人力も資材もどんどん投入されているわ。全国に指名手配されて、明日には記者会見も行われる」

「アダムはどうしている？」と、ヨーナが訊いた。

「知らないわ。任務を解かれたけど、カウンセラーに会うのは拒否している。家族がそばについているみたいだけど、でも……」

「やりきれないな」と言いながら、ヨーナが自分のアドバイスどおり、携帯電話を処分していればいいがと願った。

〈ソファ・ゾーン〉に対する警察と救急隊による手入れは、逮捕者全員をフディンゲの拘置所に連れて行くためにバスを一台借り切らなければならないほど大がかりなものになった。勾留された者はそこで、起訴するかどうかの検察の判断を待つことになる。多くの死者と負傷者はヘロイン売買の支配権をめぐる血なまぐさい権力闘争の犠牲者と見なされた。

ロッキー・キルクルンドはヘロイン所持のかどで勾留された。彼は服に、ヘロイン含有量三十パーセントの二百五十ミリグラム・カプセルを十一個隠し持っていた。

「私たちは〈ゾーン〉で殺人犯を見つけて、エリックがカトリーナの家まで追跡したんだ」

「あなたはどうしてそれをご存じなの？」

「エリックがやったんじゃない」と、ヨーナは言った。

「ヨーナ」マルゴットがため息をついた。「私にならそういう話をしてもかまわない。あなたがたが友だちであるのを知っているから。でも、ほかの人の前では口に気をつけてね」

「エリックが無実であることを知らせなくては」

「エリックではないと思いたい気持ちはわかるけど、彼があなたをだましていたかもしれないのよ」と、辛抱強く、マルゴットが説得する。

「私は〈ゾーン〉で黄色いレインコートの男を見て、フィリップ・クローンステッドが黄色のオイルスキンのことを話していたのを思い出した。エリックがその男をつけ、アダムの家にたどり着いたんだ」

「じゃあ、彼が被害者全身を知っていたことをどう説明するの？　カトリーナを含めて」マルゴットはヨーナの目をまっすぐ見つめてそう言った。

「いつ彼はカトリーナに会ったんだ？」

「アダムと私があの人の家に行ったときに一緒についてきたの。それに、スサンナ・ケルンはカロリンスカ病院で看護師をしていた。エリックが講師を務めた講義にも出たことがあった。彼がスサンナに話しかけている映像が防犯カメラに残っていたわ」

ヨーナは手を振って、それはいま関係のない情報だと伝えた。

「じゃあ、なんでエリックが牧師ということになるんだ？」

「彼は頭が切れる。あなたをだましたのよ。彼なら、ロッキーに思いどおりのものを思い出させることができる」

「なぜそんなことをした？」

「ヨーナ、私だって何でも知っているわけじゃない。でもエリックは捜査にかかわって、私たちの邪魔をしたんだわ。ビヨーン・ケルンからようやく証言を引き出すことができたんだけど、彼はスサンナの死体が片手を耳に当てていたのを、催眠中にエリックに話したことを覚えていた」

「だから?」

「エリックは、耳に関する情報が入れば、私たちがロッキーを訪ねることを知っていた。そこで彼は……」

「それじゃあ、つじつまが合わないよ、マルゴット」

「彼は私たちが行く数日前に、カーシュウデン病院のロッキーを訪ねている」

ヨーナの目が氷のように冷ややかになった。彼はフォルダーに手を置いた。「これはどれも状況証拠にすぎない。きみだって、わかっているだろう?」

「それでも、彼を勾留するには十分よ。捜索令状を発行して、全国手配をする根拠にはなる」と、マルゴットは頑固に言い張った。

「私には、彼が自分なりに捜査を行っていたとしか思えないね。そのこと以外は偶然の一致にすぎない」

「プロファイルにも合致するわ。離婚して独身だし、薬物乱用の履歴もあって……」

「そんなのは、半分の警官にも当てはまるよ」と、ヨーナが口をはさむ。

「犯人は極度の窃視症よ。エリックは患者を撮影することに取り憑《つ》かれていた。患者が催眠状態であっても」

「メモをとらなくてすむからさ」

「でも、彼は何千時間ものビデオを保管している……それに、ほとんどのストーカーは時間をかけて、きちょうめんに事を進める。時間をかけることが所有過程の一部であり、彼らがつくり出す犠牲者との関係性の一部でもあるのよ」

「マルゴット、きみの言いたいことはわかる。だけど、エリックが無実である可能性も考慮に入れてもらえないだろうか？」と、ヨーナは言った。

「もちろん、その可能性はあるわ」と、マルゴットは素直に答えた。

「もしそうなら、われわれがほんとうの犯人を見逃している可能性も考えなければならないはずだ。われわれが牧師と呼んでいる人物を」

マルゴットは無理にヨーナから目をそらし、時計を見た。「会議が始まる時間よ」と言って、立ち上がる。

「私にそうしてほしいなら、牧師を見つけてみせよう」と、ヨーナが言った。

「もう見つけたわ」と、マルゴットは答えた。

「銃が必要だ。それに資料を全部。鑑識や検視解剖の報告書など一切合切を」

「そんな要求は拒否すべきなんでしょうね」と、ドアを開けながら、マルゴットが言った。

「それに、拘置所にいるロッキー・キルクルンドに面会させてもらえないか？」

「最後まであきらめないっていうわけね？」と、笑みを浮かべてマルゴットが言った。

ふたりは並んで、ゆっくり廊下を進んだ。会議室の前で、マルゴットがヨーナの足を止めさせた。

「覚えていてちょうだい。ここで待っている人はアダムの同僚よ」と、会議室のドアのノブを指さす。「会議の雰囲気はかなり険悪になるでしょう。みんな、怒りのはけ口が欲しいから。それがアダムを支援していることを示す、彼らなりの方法なの。警察全体が支援しているのを」

九六

ヨーナはマルゴットに続いて、広い会議室に入った。入るなりマルゴットは、しぐさで全員に挨拶すると同時に、座ったままでいてほしいと伝えた。

「始める前にひと言……いまみなさんの気分が高揚しているのはわかっていますが、あくまで礼儀正しい言葉遣いで話すようお願いしておきます」と、マルゴットは言った。「捜査は新しい局面に入りました。検察が陣頭に立ち、私たちは結束して迅速な逮捕を目指しています」

マルゴットはそこで言葉を切り、呼吸を整えた。

「カルロスの要望で、ヨーナ・リンナをここへ連れてきました。彼がかつて最高の成果をあげた殺人課の刑事だからです。並ぶ者はないと言っていいくらいに」

出席者の何人かは拍手したが、ほかの者は黙ってテーブルを見つめていた。

「むろん正式に捜査に加わっているわけではありませんが、彼が捜査の過程で私たち凡人になにがしかのヒントを与えてくれることを希望しています」と、マルゴットは軽口をたたいたが、自分でも面白がっていないのは明らかだった。

ヨーナが一歩前に出て、白っぽい木製テーブルの周囲に座っている元同僚たちを見まわしてから、口を開いた。「エリックは犯人ではない」

「何を言ってるんだ」と、ペッテルが小声で言った。

「彼の話を聞いてちょうだい」と、マルゴットがぴしりと言う。

「彼を指さす証拠がそろっていることは認めるし、聴取を受けるべきであるとは思っている。だが、私は自分の考えていることをあなた方に伝えるよう要請され……」

「ヨーナ、われわれは検事と話をしてきたんだ」と、ベニーが割って入った。「検事もわれわれの持っている証拠には説得力があると考えている」

「パズルは三つのピースがぴたりと合わないと完成しない」

「よしてくれ、エリックはあそこにいたんだぞ」と、ベニーが続ける。「家の外に。やつの車も見つかったし、被害者とも面識があった。やつは警察に嘘をついた。ほかにもいろいろある」

「銃で撃ったのも無理はないってわけだな」と、ヨーナが言う。

「きわめて危険と見なされた。武器を所持している可能性もあった」と、ベニーが言った。

「だが私は、それがすべて間違いであることを断言できる」と言って、ヨーナは椅子を引いて腰を下ろし、きしる音を立てながら背に寄りかかった。

「エリックをここへ連れてくるわ」と、マルゴットが言った。「勾留して、公正な裁判を受けさせればいい」

「そうはならないと思うな」と、ヨーナが言った。法は決して正義を成就できない運命にあるのだ、と思いながら。

「何が言いたいんだ？」と、ベニーが訊き返す。

「きみたちは自分の怒りを無実の人間に向けて……」

「そのとおり。われわれは怒り狂ってるよ」と、ペッテルが口をはさむ。

「冷静に」と、マルゴットが言う。

「おとなしく座り込んで、そんなたわ言に耳を貸すつもりは……」

「ペッテル」と、マルゴットが警告する。

マグダレーナ・ロナンデルが自分のグラスに水を注いで、ヨーナと目を合わせた。

「ヨーナ、あなたはもう警官ではないから、私たちとは少し違う考え方をしているのかもしれないわね。侮辱するつもりはないけど、だからあなたは私たちの言っていることを理解できないのよ」

「われわれは全員、こんなことをした人間を捕まえたがっている。私が言いたいのは、きみたちは真犯人を野放しにしてるってことだ」

「よしてくれ、与太話はもう聞きたくない」とうなるように言うと、ベニーはテーブルを両手で叩いた。

「酔ってるんじゃないか?」と、誰かがささやく声がした。

「ヨーナは警察のことなどどうでもいいんだ。われわれの気持ちなど意に介していない」と、ペッテルが大声で言った。「彼のことは誇張した話が出まわっているが、僕には理解できない。彼は銃を捨てたんだぞ。アダムが撃たれたんだって、彼の手落ちだ。それがいまになって……」

「あなたは退席したほうがよさそうね」と、マルゴットがヨーナの肩に手を置いて言った。

「……いまになってのこのこやって来て、われわれに捜査のやり方を教えようとしている」と、ペッテルが言い終えた。

「もうひとつだけ」立ち上がって、ヨーナが言った。

「黙れ！」と、ペッテル。

「話を聞きましょう」と、マグダレーナが言った。

「私もこういうことはいやというほど見てきた」と、ヨーナは言った。「家族や友人、同僚が直接かかわった事件になると、仕返しをしてやろうという考えがすぐに浮かんでくるものだ」

「あんたは、われわれがプロらしからぬ行動をとっていると言いたいのかね？」と、ベニーが冷笑を浮かべて言った。

「私が言いたいのは、おそらくエリックは私に連絡してくるだろうから、彼に安全な移動の方法を提供してやりたい、ということだ」と、ヨーナは真剣に言った。「そうすれば彼は出頭して、法廷で無実を証明できる」

「当然よね」と、マグダレーナが言った。

「だが、きみたちはすでに彼を撃っている。どうすれば彼を自首する気持ちにさせられるだろうか？」

「われわれが身の安全は保証すると教えてやれ」と、ベニーが言った。

「それで十分でなければ？」

「うまい嘘をつけよ」ベニーはにやりとした。

「ヨーナ、きみはカトリーナの写真を見たか？」と、ペッテルが興奮した口調で言う。

「あれが彼女だとはわからなかった。自分の妻にどう説明すればいいんだ？　異常としか言いようがない。アダムのことを考えてやれってことさ。あいつがいまどんな気持ちでいるか考えてみろ。はっきり言わせてもらえば、僕個人はきみの友人がどうなろうとまったくかまわない」

「みんな、興奮してるわ」と、マルゴットが言った。「言うまでもなく、私たちは彼が出頭しやすい状況をつくることを望んでいるし、当然公正な裁判を受けることになるけど……」

「その前に独房で首を吊らなければね」と、いままで黙っていた若手の捜査官が言った。

「もうたくさんよ」と、マグダレーナが言った。

「あるいは、ガラスのかけらを飲み込むとかな」と、ベニーがつぶやく。

ヨーナは椅子を後ろに押しやって立ち上がると、出席者にうなずいてみせた。「真犯人を見つけたら知らせるよ。だがこれだけは言っておく。催眠学者は犯人ではない」と言うと、部屋をあとにした。

「哀れで、とても見ていられんな」と、足音が廊下を遠ざかっていくのを聞きながら、ペッテルが言った。

「会議を続ける前にひと言いっておきます」と、マルゴットが口を開いた。「あなたがたと同様、私もエリックが犯人であると考えていますが、でもここは一歩引いてみたらどうかしら……私たちが間違っていて、エリックが無実である可能性を検討してみない？」

「あんた、もうすぐ子どもが生まれるんじゃなかったか？」と、ベニーが言った。

「この件が解決したら産むわ」と、マルゴットはそっけなく答えた。

「仕事を始めましょう」と、マグダレーナが言った。

「わかったわ。現状をまとめておきましょう」と、マルゴットは言った。「私たちは全国に指名手配を行ったが、エリックは国外に逃げるのに十分な現金を持っている。捜索は彼の自宅とオフィスから始めた。携帯電話も追跡している。クレジットカードの利用を停止したけれど、昨夜大金が引き出されている。ATMの周辺の捜索は実施中。五つの住所を監視していて……」

そのときノックの音がして、マルゴットは途中で言葉を呑み込んだ。アーニャ・ラーションが部屋に入ってきた。ほかの者には挨拶もせず、身をかがめてマルゴットの耳にささやいた。

「わかったわ」と、やがてマルゴットが言った。「エリックの携帯電話の追跡は成功したみたいね。彼はスモーランド地方のベクショー周辺にいる。どうやら南へ向かっているらしいわ」

九七

エリックは駐車中のバイクから剝がしてきた灰色のカバーに身を包んで横たわっていた。凍えながら目覚めると、もう明るくなっており、自分が装飾用の低木の繁みの下で寝ていたのがわかった。三時間ほども眠っただろうか、身を起こして周囲を見まわすと、身体が寒さでこわばり、あちこち痛みが走るのを感じた。古代衣装を着けた女性の黒いブロンズ像が、台座から見えない目を彼に向けていた。日差しが緑の葉を照らし、寒さのなかで輝いている。

エリックは赤いフェンスを乗り越え、通りの日陰になった側へ移った。歩くにつれて身体が温まってくる。ヨーナと電話で話したあと自分の身に起きたことがとても信じられなかった。彼はアスプダンへ徒歩で向かう途中、ヨーナと話した。ヨーナはすぐに電話を切るよう指示した。エリックは門へ入り、連絡先リストに重要な番号をコピーしてから携帯電話の電源を切った。

ヘーゲルステンス通りの自転車販売店の前にバスが一台停まっていた。しわくちゃの服を着て、疲れた顔つきの若者が歩道に集まり、親たちがバスの扉の開いた荷物室からバックパックや寝袋を下ろすのを手伝っていた。

エリックはバスに乗り込み、忘れ物を探しているようなふりをして自分の携帯電話をふたつのシートのすき間に押し込んだ。

後部ドアを降りるときに、ダッフルバッグに入っていた帽子をつかんでジャケットのなかに隠すと、そのまま地下鉄駅まで歩いた。そのベースボールキャップをかぶって、ノルデア銀行のATMの前で足を止める。防犯カメラを意識して、口座から限度額いっぱいの現金を引き出すあいだも顔を上げなかった。

それを終えると、バスのほうに逆戻りした。扉がドアが閉まり、バスが走り去っていくのが見えた。

歩道に残ったのは数名の若者だけだった。

エリックは帽子をかぶったままセデテリエ通りの坂を急ぎ足で昇り、リーリエホルム橋を渡ってから、〈ジンケン〉で水と大きなハンバーガーを買った。路地に入り、通りに面したドアの前でそれを食べる。食べ終えると、また歩き出す。銀行や交通監視カメラのある大きな通りを避け、できる限り歩き続け、ヴィータバーリ公園にたどり着いた。

エリックは指で髪をなでつけた。服は皺が寄っていたが、人目を引くほど汚れてはいない。ヨーナと話ができるときまで、どこかに隠れている必要がある。どんな小さなリスクも冒してはならない。たとえいまごろ、運に恵まれて疑いが晴れていたとしても。

彼は通りを渡ろうとしたが、コンビニが目に入り、二台の車のあいだで足を止めた。腹がごろごろと不穏な音を立てた。

宝くじの当選番号公告とスポーツくじの案内に混じって、タブロイド紙の見出しが踊っていた。〝警察、スウェーデン人のシリアル・キラーを追跡〟

エリックは、モザイクのかかった写真が自分であるのがわかった。報道倫理に従って、まだ身元は明かされていなかった。時間の問題ではあるが、それでもまだ彼の姿は粒の粗い四角形の集合体によって見えないようになっていた。

ほかのタブロイド紙の早版には写真は載っていなかったが、見出しが大文字で一面全部を覆っている。〝全国に指名手配——スウェーデン人精神科医を四件の殺人で捜索中〟

その見出しの下に、記事の内容が羅列されている。〝被害者、写真、残虐性、警察〟

そのまま足を止めずに歩道を進み、店の前を通り過ぎる。そうするあいだに、カトリーナやほかの女性を殺害した犯人は彼だと警察が思い込んでいることを、頭が徐々に理解し始めた。

エリックは歩道へ引き返したが、足ががくがくして速く歩けず、しかたなく立ち止まった。その場に立ち、震える手で口を押さえる。「ああ、なんてことだ」とささやく。

ることだろう。

エリックを知る者はみな、新聞を読んで、話題になっているのが彼だとわかるはずだ。いま頃はたがいに電話をかけ合い、ショックを受け、興奮し、愛想をつかしている
なかには悲しむ者もいるだろうし、ニュースを信じない者もいるにちがいない。

彼の名は地に堕《お》ちたが、それでもまだ打ちのめされたわけではない。

ベンヤミンはそれが真実ではないとわかってくれるだろう。だが、身元が明かされればマデレーンはおびえてしまうかもしれない。

近くに停まった車の窓越しに、なかで交わされている会話の断片が聞こえた。エリックは自分の名前が出てくるのではないかと耳をそばだてた。

自分を守るためには、法に身をゆだねなければならないと思った。

こんなことを続けていてはいけない。

〈モガドン〉のブリスターパックを取り出し、一錠手のひらに押し出そうとして思いとどまり、錠剤を全部ゴミ箱に放り込んだ。

オストイェータ通りで、中古の携帯電話を売る小さな店を見つけた。店員が出てくるのを待つあいだ、ラジオのニュースに耳を傾ける。感情のこもらない声が、連続殺人の容疑者の追跡は二日目に入ったと語っていた。

ラジオの声が、四人の女性を殺害した容疑でカロリンスカ病院の精神科医に逮捕状

が発行されたと言うのを聞いて、エリックはもう少しで吐きそうになった。警察は捜査中という理由でそれ以外の情報をほとんど明かしていなかったが、市民から情報が寄せられるのを期待しているという。

セロテープで補修してあるメガネをかけたカウンターの男が、何をお求めですかと尋ねてきた。エリックは無理に笑みを浮かべて、プリペイド式の携帯電話が欲しいと言った。

ラジオでは上級警察官が捜索の進捗《しんちょく》状況と投入された人員と資材について語っていた。

エリックは店を出ると、すぐに進む方角を変えた。何度も通りを変えながら、街の中心部を避けてダンヴィクスツールを目指す。

鉄道博物館を過ぎたところでようやく足を止め、携帯電話を取り出す。黄色いレンガの建物のほうを向いて、ヨーナに電話した。

「ヨーナ、こんなのとても無理だ」と、エリックは早口に言った。「新聞を見ただろう？ いつまでも隠れてはいられないよ」

「もう少し、時間をくれ」

「いや、僕は決心した。逮捕されて警察に連れて行ってもらうつもりだ」

「身の安全を保証できない」

「かまうもんか」と、エリックは言った。

「こんなに警察が熱くなるのを見るのは初めてだ」と、ヨーナは言った。「それもアダムの同僚だけじゃない。警察全体が熱に浮かされている。警官はもともと危険を覚悟でこの職業についたのだが、実際に自分の命を危険にさらすのは、今度のような残虐な事件だ。それも同僚の妻に対して行われた……」

「きみは僕がやっていないことを彼らに話すべきだ。そうすれば……」

「もう話したよ。だけどきみは被害者ひとりひとりとつながりがあり、現場で姿を見られている」

「僕はどうすればいいんだ?」と、エリックがささやく。

「私が牧師を見つけるまで隠れていろ」と、ヨーナが答える。「これからロッキーに会いに行く。フディンゲ刑務所にいるんだ」

「夕刊タブロイド紙に身を預けたらどうだろう」と、エリックが必死の思いで言う。「僕の口から事実を話すことができる。僕が知っていることを全部。そのあと、記者に同行してもらって警察に出頭する」

「エリック、もしそれが可能だとしても、警察の連中はもうきみが拘留中に自殺するなんて話をしている。裁判が始まる前に、首を吊るかガラスのかけらを飲み込むかもしれないと。むろん口先だけのことだが、とにかくいまはきみに危険を冒させたくない」

「ネリーに電話してみるよ。彼女は僕という人間をよく知っているから、こんなことはできないとわかってるはずだし……」

「だめだ。警察は彼女の家を監視している。誰かほかの人間を見つけるんだ。もっと遠くにいて、誰も予想できない人間を」

エリックとヨーナは電話を切った。車の流れが止まり、可動橋が開いた。帆船が三隻、バルト海へ向かって進んでいく。

九八

フディンゲ刑務所はスウェーデンでも指折りの規模をもつ刑務所である。ロッキーの容疑はドラッグ関連の軽罪であり、特別な拘束を受ける対象ではないのだが、逃亡の可能性ありと見なされていた。

刑務所はV字型の茶色いレンガ造りで、高い中央部の横に出入り口があった。そこからふたつの翼が伸びていて、各翼の最上階に八つの運動用スペースが作られている。

ロッキーは汚れた牧師を知る唯一の人間だった。彼は牧師と会い、話を交わし、彼が人を殺すのを目撃していた。

ヨーナは保安検査ゲートでキー類と携帯電話を預けるよう要求された。X線で靴と上着を透視され、金属探知機を通り抜けたあとに身体検査もされた。黒白のぶちのコッカースパニエルがまわりをくるくると走りまわり、爆発物とドラッグのにおいを嗅ぎ出そうとした。

ドアのところで看守がヨーナを出迎え、アーネ・メランデルと名乗った。並んでエレベーターに向かうあいだに、看守は自分が釣り人で、競技フィッシングに出ていると話した。夏の初めにはスウェーデン・フィッシング選手権で三位になり、今週末はフィーリソン川に出かけるつもりだという。

「底釣りに行くんですよ」と、アーネはエレベーターのボタンを押しながら言った。「ピンクと青銅色の混ざったウジを餌にするんです」

「それは賢いね」と、ヨーナが言った。

アーネがにっこりすると、頰が持ち上がって丸みを帯びた。看守は豊かな白い髭をたくわえ、メガネをかけていた。ダークブルーのミリタリーセーターは大きな腹に引っ張られて、ぴんぴんに伸びていた。

彼はベルトに吊るした警棒と警報器をぶらぶらさせながらエレベーターを降り、防護扉まで進んだ。ヨーナを待たせて、自分のカードをリーダーにはさんで引き、コード番号を打ち込む。

ふたりは当直の看守に挨拶した。物憂げな目と薄い唇の白髪の男だった。

「今日は日課が少し遅れていてね」と、当直の看守が言った。「キルクルンドはいま空気を吸いに出たばかりだ。でも、戻ってくる気があるかどうか訊いてみるよ」

「お願いします」と、ヨーナは言った。

看守のカレン・イェブラブが殺害されたあと規則が厳しくなり、係官は囚人とふたりきりになるのを禁止された。収監された者のなかには、逮捕されたことに動揺し、自暴自棄になる者もいたからだ。

ヨーナは、アーネ・メランデルが少し離れて無線で話をするのを見てから、むき出しの壁や扉、つやつやしたリノリウムの床、錠に視線を向けた。

フディンゲ刑務所の警備態勢は厳重で、強化扉や壁、入館検査、監視カメラで完全に密封されていた。だが、看守の武器は警棒だけだった。もしかしたら催涙ガスかペッパースプレーを携帯しているのかもしれない。

警察大学に入る何年か前に、ヨーナは空挺《くうてい》部隊に新設された特殊作戦班に選抜され、軍事用の近接格闘術を学び、都市型戦闘と革新的な武器の使用を徹底的にたたき込まれた。

昔受けた訓練がまだ身体にしみついていた。どこであれ部屋に入ると、無意識のうちに武器の所在を確かめている自分に気づくことがある。

彼はいち早くステンレス製の幅木とドアの横木に目をつけていた。普通の工具では外せないように、ネジ釘の頭の溝は潰してあったが、付けられてから時間のたっている幅木は少し剝がれて床のほうに落ちかけている。おそらく食事用のカートが引っかけたのだろう。あるいは、掃除機のブラシが引っかかったのか。

幅木のなかには足で蹴って剝がせそうなものもある。手を何かの布で包んで引っ張れば、一枚をまるごと剝がせるだろう。それを二度折り曲げれば、二十秒とかからずに輪縄のようなものができ、相手の首に巻きつけて、金属の突き出た部分を利用して締めつけることが可能になる。

ヨーナはオランダ軍中尉のリーヌス・アドフォカートのことをよく覚えている。傷だらけの顔に死んだような目をした、しなやかな動きをする男で、彼は金属の輪縄を使ったテクニックを披露し、相手の動きをコントロールし、輪縄を締めることで文字どおり〝断頭〟してしまえるのを示してみせた。

「まもなく来ます」と、アーネが愛想よくヨーナに言った。

ロッキーはふたりの看守を従えてやって来た。薄グリーンの囚人服にサンダルという姿で、耳にタバコをはさんでいた。

「外に出られる時間を切り上げてくれてありがとう」と、ロッキーに近づきながら、ヨーナが言った。

「どっちみち、檻のなかにいるのは嫌いだからな」と言って、ロッキーは咳払いした。

「どうしてだね？」

「いい質問だ」ロッキーは興味を抱いたような目で、ヨーナを見た。

「監視装置付きの面談室で話してください。十一号室です」と、アーネがヨーナに言った。「私はガラスの裏側に座っていますから」

「たぶん、檻は子どもの頃に使ったザリガニ捕りの罠《わな》を思い出させるからだろう」と、ロッキーは言った。「夜、捕まえにいくんだ。いま頃の季節に」

アーネが鍵を開けるのを、ふたりはドアの外で待った。

「懐中電灯の光をザリガニに当ててやるんだ。光だけ使って、ザリガニを罠に追い込んでやったよ」

十一号面談室は古ぼけていた。テーブルに椅子が四脚、看守を呼ぶための内線電話があるだけだった。

椅子の脚は折れないと思われているが、一本を床に置いてテーブルのうえに上がり、湾曲した部分に飛び降りれば薄層が剥がれて、あっという間にナイフができあがることをヨーナは知っていた。

「じゃあ、看守はガラス越しにこっちを見ているわけだな？」ロッキーは暗いガラスのほうに顎をしゃくって、そう尋ねた。

「ただの安全対策だよ」

「だけど、あんたは俺が怖いんじゃないのか？」ロッキーはにやりとした。

「いや」と、ヨーナは答えた。

大男の牧師は椅子をきしらせながら、腰を下ろした。「前に会ったことがあるかな？」と、額に皺を寄せて尋ねる。

「〈ゾーン〉でな」と、ヨーナはそっけなく答えた。

「〈ゾーン〉で？」と、ロッキーがおうむ返しに言う。「俺が知ってるはずの場所か？」

「警察がきみを逮捕した場所だ」

ロッキーは目を細めて遠くを見る顔をした。「何にも覚えてないな。やつらは俺がヘロインをたんと持っていたと言ってるが、どうして俺にそんなものが買える？」

「〈ゾーン〉を覚えていないのか？ ヘグダーレンにある〈ソファ・ゾーン〉を？」

ロッキーは唇をすぼめて首を横に振った。

「工場だよ。ソファや肘掛け椅子が山ほど置いてあって、娼婦がいて、みんな自由にドラッグを売買して、銃も……」

「俺は交通事故で神経に損傷を負った。そのせいで思い出すのが難しくなっている」と、ロッキーは説明した。

「知っているよ」

「だけどきみは、俺にドラッグ所持の罪を認めさせたいんだろう?」

「そんなことはどうでもいい」と、ロッキーの向かいに腰を下ろして、ヨーナが言った。「これは自分の上着じゃない、床にあったのを拾ったんだと言えばいい」

ふたりはしばらく口を閉ざした。

ロッキーが長い脚をいっぱいに伸ばした。「じゃあ、ほかのことを望んでいるんだな?」と、用心深く尋ねる。

「きみは何度か、〝汚れた牧師〟と呼ぶ人物のことを口にしている。その人物を特定する手助けをしてほしい」

「俺はその牧師に会ったことがあるのか?」

「そうだ」

「そいつはほんとうに牧師なのか?」

「わからない」

ロッキーは髭と首を手でかいた。「まったく何も浮かんでこない」しばらく間を置いてそう言った。

「きみはその男がナターリア・カリオヴァという女性をどうやって殺したか話している。そいつは彼女の腕を切り落としたんだ」と、ヨーナが話を続けた。

「牧師か……」

「レベッカ・ハンソンを殺した人物だ」

「おまえは何を企んでるんだ？」ロッキーは大声でそう言うと、椅子を押し倒して、いきなり立ち上がった。「レベッカ・ハンソンを殺したのは俺だ。俺を馬鹿か何かだと思ってるのか？」ロッキーはあとずさった拍子に倒れた椅子につまずいて倒れかけた。片手を伸ばし、大きな手を強化ガラスに押しつける。

看守が部屋に入ってきたが、ヨーナが手を上げて、落ち着けと制する。廊下をさらに何人かの看守が走ってくるのが見えた。

「われわれはきみが殺したとは思っていない」と、ヨーナが言う。「エリック・マリア・バルクを覚えているか？」

「催眠学者か？」

「彼はきみのアリバイを裏付ける女性を探し出した」

「そんな話を信じると思うのか？」

「オリヴィア・トーレビー」という名の女性だ」

「オリヴィア・トーレビー」と、ロッキーがゆっくりと言った。

「きみは催眠をかけられて思い出した。あらゆる証拠が、きみは牧師が犯した殺人の罪で有罪になったことを示している」

ロッキーがヨーナのほうへ近づいた。「だが、その牧師が誰なのか、きみは知らないんだな?」

「そうだ」と、ヨーナは答えた。

「全部、俺のぐちゃぐちゃになった脳のなかに閉じ込められているからな」と、うつろな声でロッキーが言った。

「もう一度催眠をかけられることに同意してくれるか?」

「きみが俺の立場だったら、しないんじゃないのか?」と、また椅子に腰を下ろして、ロッキーが言った。

「そうだな」と、ヨーナは正直に答えた。

ロッキーは口を開いて何か言いかけたが、話すかわりに片手を額に当てた。片方の目が小きざみに震え始め、瞳孔が振動しているように見えた。彼は身を乗り出し、両手でテーブルにつかまると、荒い息をついた。

「ああ、どうしたらいい」しばらくして、ロッキーはそう言って目を上げた。

彼の額は汗で濡れていた。ヨーナと部屋に入ってきた看守を見つめる目は、夢を見ているようにぼんやりとしていた。

九九

ヨーナは地方裁判所の外で地方検事サラ・ニールセンを呼びとめた。エリックを刑務所に入れないためには、裁判の前に検事にロッキーの保釈を認めさせる必要があったからだ。

「さっき電話したとおり、ロッキー・キルクルンドのことなんだが」検事の前に立って、ヨーナはそう言った。「彼を刑務所に置いておくことはできないぞ」

「それは地方裁判所が決めることよ」と、サラが答えた。

「その根拠が理解できない」

「スウェーデン法の本を買いなさい」

サラは顔にかかったブロンドの髪の束を指で払った。ヨーナが話し始めると、彼女は額に皺を寄せた。

「二十四条二十項によれば」と、ヨーナは言った。「その決定がもはや正当化されなくなった場合は、検察官が容疑者の勾留を撤回できる」

「ブラボー」サラは笑みを浮かべた。「でもロッキーは司法手続きを回避する可能性があり、しかもさらに犯罪を犯す明白な危険がある」

「だが、これはドラッグに関連する微罪なんだから、最大でも一年の刑期だ。そのうえ、所持が立証されるかどうかははなはだ疑わしい」

「あなたは電話で、あれは彼の上着ではないと言っていたわね」と、サラは楽しそうに言った。

「それに、そんな勾留理由は彼の生活をここまで侵犯する根拠にはとうていなりえない」

「なんだか急に、元警官と勾留に関する交渉をするのが新鮮に思えてきたわ」

「彼を監視する態勢は整えることはできる」階段を降りるサラのあとについていきながら、ヨーナは言った。

「そんなふうにはいかないわ。よくご存じのとおり」

「それはわかっている。だが彼は病気で、持続的な治療が必要なんだ」

サラは足を止めて、ヨーナの顔に視線を走らせた。「キルクルンドに医者が必要なら、刑務所に呼べばいい」

「でも、それは刑務所ではできない特殊なものだと言ったら？」

「あなたは嘘をついていると言うしかないわね」

「診断書を用意する」と、ヨーナは執拗に迫った。

「おやりなさい。でも、予定を早めて来週の火曜日に起訴するわ」

「不服申し立てをするぞ」

「頑張ってね」と、サラは笑いながら言った。

一〇〇

ヨーナはアドルフ・フレドリック教会の会衆席の後ろ寄りの席に座っていた。最前列では、少女の聖歌隊がコンサートのリハーサルをしていた。指導者が音の高さを指示すると、十代の少女たちは〝おお、若々しき枝よ《オ・ヴィリディッシマ・ヴィルガ》〟を歌い出した。

ヨーナはスンマが亡くなったあとのナッタヴァーラでの長く明るい夜のことを思い出した。日差しが教会のアーチ型の窓から差し込み、紅葉した葉とステンドグラスが混然とする場面が頭に浮かぶ。

聖歌隊は何分か歌ったあとで休憩に入った。少女たちは携帯電話を取り出し、それぞれにグループに分かれて、おしゃべりをしながら通路を歩いていった。

ポーチに続くドアが開き、勢いよく閉まった。教区委員が読んでいた本から目を上げたが、すぐに本に目を戻した。

マルゴットが重そうなビニール袋をふたつ持って近づいてきた。袋を席にどすんと置くと、ヨーナの隣に腰を下ろした。大きくふくれた腹が賛美歌集を置く棚に押しつけられる。

「ほんとうに残念だわ」と、マルゴットが小声で言った。「あなたが信じたくないのはわかるけど、でもこれを見てちょうだい」

ため息をつくと、マルゴットはビニール袋のひとつを膝に載せ、指紋の照合結果のプリントアウトを引っ張り出した。ヨーナはすばやくさまざまな対照条件に目を通し、自分でも細部をチェックしてみると、線もパターンも共通しているのがわかった。

そこには隅々まで鮮明な三つの指紋が載っており、エリック・マリア・バルクのものと百パーセント一致していた。

「この指紋はどこで見つかったものだね？」と、ヨーナが尋ねた。

「スサンナの手にあった小さな磁器の鹿の頭よ」

ヨーナは教会の身廊《しんろう》を見つめた。聖歌隊が再集合して、指導者が手を叩いて隊員たちの注意を引いた。

「あなたは前に証拠を出せと言ったわね」と、マルゴットが話を続けた。「この指紋は証拠じゃないかしら？」

「法的な意味ではね」と、ヨーナが低い声で答える。

「調べはまだ続いている。私たちはシリアル・キラーを見つけたのよ」

「そうかな」

マルゴットは捜査資料を詰め込んだ袋をヨーナの膝に置いた。

「私は心底あなたを信じたいのよ。牧師が存在するという考えも」マルゴットは背をもたれて、大きく息を吐いた。

「信じるべきだ」と、ヨーナが言った。

「ロッキーには会ったわね。質問ができるように、私が手配したわ」マルゴットはいらだちの色を見せた。「その汚れた牧師とやらを見つけるのに必要だと言っていたから」

「いまの彼は何も覚えていない」

「思い出すものが何もないからじゃない」と言って、マルゴットはその話を終わりにした。

聖歌隊の歌が始まり、少女たちの声が教会にこだました。マルゴットは座り直して楽な姿勢をとると、三つ編みを肩の後ろに押しやった。

「きみたちはエリックの足跡をスモーランド地方までたどったようだな」

「緊急対応チームがチャーター・バスを急襲して、シートのあいだにはさんであった携帯電話を見つけたの」

「そいつはすごい」と、ヨーナがそっけなく言う。

「彼はこれまでひとつもミスを犯していない。まるでプロみたいに、よけいなことは何もしていないわ」と、マルゴットが言う。「誰かにアドバイスをもらっているみたいに」

「私もそう思うよ」と、ヨーナが言った。

「彼から連絡は？」

「ないね」と、ヨーナは短く答えた。

ヨーナはまだふたりのあいだの床に置いてあるもうひとつの袋を見下ろした。「それは私の拳銃か？」

「そうよ」マルゴットは足で彼のほうに袋を押しやった。

「すまない」ヨーナは袋を覗き込んだ。

「もしまだ牧師を探し続けるのなら、それは私の命令でやっているわけじゃないことを忘れないでね」会衆席から身体を押し出しながら、マルゴットが言った。「あなたは私から資料はいっさい受け取っていない。ここで会ってもいない。わかるわね？」

「私は犯人を捕まえるよ」と、ヨーナは言った。

「いいわ。でも、二度と正式なルートでは連絡してこないでね」

ヨーナは会衆席の陰に隠れて拳銃を袋から出すと、膝に弾倉をはじき出し、遊底を引いて内部の構造、引き金、撃鉄を点検した。それを終えると、安全装置をかけて弾倉をもとに戻した。

「コルト・コンバットなんて、誰が使うのかしらね」と、マルゴットが言う。「私なら、一週間もたたないうちに手が腫れてしまうわ」

ヨーナはそれには答えず、拳銃を肩に吊ったホルスターに収め、予備の弾倉を上着のポケットにしまった。

「あなたは、いつになったらエリックが罪を犯したことを認めるの？」と、乱暴な口調でマルゴットが尋ねる。

「いずれ私が正しいことがきみにもわかるよ」落ち着き払ってマルゴットと目を会わせると、ヨーナはそう言った。

一〇一

ネリー・ブラントはコンピューターの前に座ってキーボードを叩いていた。ベージュのスエードのスカートに、身体にぴったりフィットした金色のセーターを着ている。

ヨーナが入ってきて挨拶しても、彼女はそれに答えず、黙って立ち上がると、窓辺へ行って外に生えている繁みから深いピンクのバラを一本摘みとった。

「はいどうぞ」と、バラをヨーナに差し出して、ネリーは言った。「あなたの目覚ましい探偵仕事への心からの感謝のしるしとして」

「きみの気持ちはわかるが……」

「待って」と、ネリーはヨーナの言葉をさえぎった。「もう一本必要ね」

彼女は手を伸ばし、二本目を摘んでヨーナに手渡した。

「スウェーデン警察の全警官へ」と、ネリーは言った。「ほんとうにご立派なものだわ。もちろん、外へ行って、繁みを全部掘り返してくる気にはなれないけどね」

「ネリー、私は警察が見当違いの人間を追っていることを知っている」

そう聞いたとたん、ネリーは身体から空気が全部押し出されたように見えた。デスクの前に座って、両手に頭を載せた。何か言おうとしているが、言葉が出てこない。

「私はいまも真犯人を見つけようとしている」と、ヨーナが言葉を継いだ。「だがそれには、エリックがやり残したことを引き継いでくれる人間が必要だ」

「喜んでお手伝いするわ」目を上げて、ネリーが言った。

「きみは催眠をかけられるか？」

「いいえ」ネリーは面食らって笑い声をあげた。「それは……私の目指す分野じゃないと思ったの。経験したことはあるけど、心穏やかではいられなかった」

「誰か私に力を貸してくれる人はいないだろうか？」

ネリーは、しみのある指にはめた婚約指輪をくるくるとまわしながら首をかしげた。

「催眠は誰にでもできるものではないの」と、そっけなく言う。「でも、評判のいい人が何人かいるわ。だからって優秀とは限らないけど」

「エリックほど優秀な者はいないってことかい？」

ネリーは白い歯を見せて笑った。「足もとにも及ばないってところかしら」

「誰か頼める人はいないかな？」

「この病院のアンナ・パルメルはかなり優秀と言われている。あなたが何を望んでいるかによるわね。当然、対象が心的外傷とショック状態ってことになると、エリックほど経験を積んでいない」

ネリーは先に立って廊下を歩き始めたが、しばらくすると歩速をゆるめて、自分の身に危険がおよぶ可能性はあるのかとヨーナに尋ねた。

「私にはなんとも言えない」と、ヨーナは正直に答えた。

「夫は今週ずっと帰りが遅いの」

「警察の保護を求めることはできるが」

「それはいや」と、ネリーははっきり拒絶した。「大げさすぎるわ。でも、今度のことは私の手にあまる。昨日、家の裏の錠が壊されているのが見つかったの」

「誰か一緒にいてくれる人はいるかい？」

「ええ、もちろんよ」と、かすかに頬を赤らめながら、ネリーは答えた。

「片がつくまでは、そうしてもらったほうがいい」

「考えてみるわ」

一〇二

アンナ・パルメルは、本がずらりと並んだ部屋でヨーナに会った。部屋にはデスクと、病院の庭を見下ろす細い窓があった。アンナは鉛色の髪と血管の目立つ目をした長身の女性だった。

「私の知っている人間で、十年前に交通事故に遭った者がいるのですが」と、ヨーナは切り出した。「脳にかなり重い損傷を受けました。私は専門家ではありませんが、説明を聞いたところでは、脳の両側の側頭葉で持続的なてんかん発作を起こしているようです」

「よくあることです」と、アンナはメモをとりながら言った。

「彼は記憶に大きな問題をかかえています」と、ヨーナが続ける。「短期記憶と長期記憶の両方で。ときには過去の出来事を細かく思い出しますが、起きたことをまったく思い出せないこともある。私は彼がその障害を克服するのに、催眠が役立ってくれるのではないかと期待しています」

アンナはメモ帳を下に置き、デスクのうえで両手を組んだ。ヨーナは、彼女の手の甲に湿疹のかさぶたがあるのに目を留めた。

「がっかりさせたくはないのですが」と、アンナはうんざりしたように言った。「催眠を使ってできることに非現実的な期待を寄せる人が少なくありません」

「その人物が記憶を取り戻すことはとても重要なのです」

「医療睡眠はヒントを与えて、患者が記憶を仕分けする手助けをします。真実を明らかにすることとは何の関係もありません」と、すまなそうにアンナは言った。

「ですが、このタイプの脳損傷は記憶が消し去られたわけではありません。記憶は全部残っているのだが、それが表に出てくる経路がブロックされているのです。催眠が、別の経路を見つける助けにはならないでしょうか？」

「記憶を引き出すことは可能です。よほど腕がよければ」と、アンナは手の甲のかさぶたをかきながら譲歩した。「でも、引き出してどうするんです？　それがほんとうの記憶か、患者の想像か見分けることは誰にもできません。患者の脳がその違いを語ってくれないからです」

「それは確かですか？　われわれは自分が記憶と想像の違いを語れると思っています。そう確信しています」

「それは、私たちがある種の情報を、それが純粋な記憶であると意識して保存しているからです。暗号のようなものなのです」

「じゃあ、その暗号はまだ彼の脳に残っているんじゃないんですか？」と、ヨーナは食い下がった。

「でも、それを引き出すのは患者の記憶を引き出すのとは違うから……」と言って、アンナは首を横に振った。

「それができる人はいませんか？」

「いないわ」と言って、アンナはメモ帳を閉じた。

「エリック・マリア・バルクはできると言ってましたが」

「エリックはとても優秀だから……たぶん、患者を深い催眠状態に導くことでは世界でも最高の腕をもっています。でも、彼の研究はエビデンスにもとづくものではない」

「あなたは彼について新聞が書き立てていることを信じているのですか？」と、ヨーナが問いただす。

「それをどうこう言う立場ではありません。でも彼には、精神病的な倒錯に惹《ひ》かれる傾向が……」アンナはそこで言葉を切ってから、「いまの会話は彼のことなの？」と無愛想に尋ねた。

「いいえ」

「でも、あなたのお友だちのことなんでしょう？」

「そうではありません。私は国家警察の刑事で、器質性の記憶障害を患っている目撃者から話を聞かなければならないのです」

アンナ・パルメルの口もとがかすかに引きつった。「それは非倫理的な行為になります。催眠状態でなされた発言は法的な効力を持ちません」と、彼女はそっけなく言った。

「これは捜査活動であって、決して……」

「これだけは請け合えます。真面目な医療催眠専門家は絶対にそんなことはしない、と」アンナはヨーナの目をまっすぐに見つめて、声を高めた。

一〇三

エリックは帽子を目深にかぶってうつむきながらシッククラ水路にかかる橋を渡り、緑に覆われたハンマルビーバッケンを見上げた。ここでベンヤミンはスキーの回転競技を学んだのだ。そんな思いをめぐらしてから、彼は森のなかへ足を踏み入れた。

カメラの目を逃れてストックホルムを移動するのは事実上、不可能だった。道路沿いには交通監視カメラ、交差点やトンネル、橋には監視カメラが設置されている。商店や鉄道、バス、フェリー、タクシーに防犯カメラ。ガソリンスタンド、駐車場、港、バスターミナル、鉄道駅、プラットホームは二十四時間モニターされている。銀行、デパート、ショッピングセンター、広場、歩行者用道路、大使館、警察署、刑務所、病院、消防署はすべてカメラの目に見守られている。

エリックは疲れきっていた。おまけに森を抜けてビヨルクハーゲンへ向かうあいだに、足の裏の豆が破れた。

空はだんだん暗くなり、彼の元患者ネストルの住むアパートメント・ビルの裏にある小さな公園にたどり着いたときには、エリックの足はがくがくになっていた。

彼は、変色した青銅の郵便箱のあるドアに続く小道を進んだ。建物の色はパテを連想させた。

一階のアパートメントのキッチンには明かりが点《とも》っていた。窓からネストルの居間が見えた。別の窓に移動すると、ネストルが肘掛け椅子に座っているのが目に入った。ほかに人のいる気配はない。

もう一歩も歩けそうにないと思いながら、エリックは震える手でネストルの玄関ベルを鳴らした。

ネストルがドアを開けると、エリックは「入ってもいいかい？」と尋ねた。

「これは意外でした」と、ネストルがつぶやく。「コ、コーヒーでも淹《い》れましょう」と言ってエリックをなかへ入れると、奥へ姿を消した。

エリックはため息をついて靴を脱ぐと、しわくちゃの上着を掛け、自分の汗のにおいを嗅いだ。靴下は出血しているかかとに貼りついていた。冷えきった指先が廊下の暖かさでかゆくなり始めた。

ネストルが生まれたときからこのアパートメントで暮らしていることは知っていた。天井は低く、オーク材の床は古びてニスが剝げていた。犬の飾り物がいたるところに置いてある。

エリックは居間に入った。ソファにひとつ置かれたクッションはすり切れており、丈の低いテーブルのうえにはグラスふたつとクロスワードパズルが、猟犬と獲物のキジの大きな置物の横に並んでいる。

キッチンでは、ネストルがカップとクッキーの皿を用意していた。コンロのうえに、ソーセージとジャガイモの入ったフライパンが置いてある。

「頼みがあれば何でも引き受けると言ってくれたよね」と、テーブルにつきながら、エリックが言った。

「ええ」ネストルは力をこめてうなずいた。

「二、三日、ここに置いてもらえないか？」

「ここに？」いぶかしむような、少年を思わせる笑みがネストルの顔をよぎった。

「なぜです？」

「ガールフレンドと喧嘩《けんか》をしてしまってね」と、ソファの背にもたれて、エリックは嘘をついた。

「あなたに、ガ、ガールフレンドが？」

「そうなんだ」と、エリックは答えた。

ネストルはコーヒーをカップに注ぎながら、ちゃんと片づけてある予備の部屋があると言った。

「残り物でいいから、何か食べさせてもらえないか？」

「もちろんです。気がつきませんで」と言って、ネストルはホットプレートのスイッチを入れた。

「わざわざ温めてくれなくていいよ」と、エリックが言う。

「温めたほうが……」

「その必要はない」

ネストルはホットプレートから料理をこそぎ取ると、それをエリックの前に置いて、向かいに腰かけた。

「犬を飼う決心はついたかい？」

「か、かねを貯《た》めなければならないんで」コーヒーのスプーンをほんの数ミリ持ち上げて、そこに映った自分の顔をこっそり見ながら、ネストルはそう答えた。

「むろん、そうだな」と、エリックは食べながら言った。

「僕はあそこの、き、きょうかいで働いてるんです」ネストルが窓のほうを指さす。

「教会?」エリックの背筋を冷たいものが走った。

「ええ、まあ、教会そのものじゃないんですが」ネストルは片手で口を覆って微笑んだ。「ペット用の墓地で、は、はたらいてるんです」

「ペット用の墓地か」エリックはネストルの細い手とセーターの下の黄ばんだシャツを見ながら、愛想よくうなずいた。

エリックは料理を食べ、コーヒーを飲みながら、ネストルがユールゴーデンにあるスウェーデン最古のペット専用墓地のことを話すのに耳を傾けた。十九世紀に作られた墓地で、作家のアウグスト・ブランシュも自分の飼い犬を埋葬したという。

「退屈させちゃいましたね」と言って、ネストルは立ち上がった。

「いや、疲れているだけだよ」と、エリックは言った。

ネストルは窓辺へ行って、外に目を向けた。青白い空を背景に、木々や繁みの黒い影が前後に揺れている。「もうすぐ暗くなる」と、ネストルは窓に映った自分の姿を見ながらつぶやいた。

窓台には、陶器のグレーハウンドが二匹、鉢植えの植物と並べて置かれていた。ネストルはエリックに見えないように、その頭にそっと触れた。

「バスルームを使ってもいいかい?」と、エリックが尋ねた。

ネストルは居間を出て、カーテンの後ろにある少し大きめのドアを指さした。

「ここは以前、か、かんりにんのフラットでした。たぶんあのドアを避難口にしていたんでしょう」

バスルームは壁の下半分がタイル張りになっていて、深めのバスタブとタツノオトシゴの絵が描かれたシャワーカーテンが付いていた。エリックはドアに鍵をかけると、服を脱いだ。

「その赤い歯ブラシは母のものです」と、ドアの外からネストルが言った。

エリックは傷だらけのバスタブに敷かれたかび臭いバスマットに立ち、シャワーを浴びて身体の傷を洗った。シンクの上方にある浴室用キャビネットのうえに古い電球の箱が置かれていて、そこから何本かの口紅とマスカラチューブが突き出していた。

エリックがバスルームを出ると、ネストルが廊下で彼を待っていた。皺の多い顔には不安の色が見えた。「ちょっと、は、はなしたいことがあるんですが……つまり……」と切り出す。

「何だね？」

「もし……もし犬が死んだら、ぼ、ぼくはどうしたらいいでしょう」

「その話は明日にしないか」

「き、きゃくしつに案内します」と、ネストルは小さな声で言うと、向きを変えた。

ふたりは居間に戻り、キッチンを通り抜けて、いままでエリックが気づかなかった閉まったドアの前まで行った。

客室のベッドの上方には、ウィンブルドンの優勝カップにキスをするビヨン・ボルグのポスターが貼られていた。反対側の壁に打ちつけられた棚には、犬の磁器の置物がところせましと並べられている。

狭いベッドの横には、表にかぼちゃの絵が描かれた古いコーナー用食器棚がはまっていた。一番上の扉には手描きの絵が描かれている。ゆりかごから墓場まで、人間の一生の各年代を表した絵だった。男と女が並んで橋を渡っていた。その一段一段がそれぞれ十年という時間を表している。最上段に立った五十歳のカップルは堂々とした姿だったが、橋の下には草刈り鎌を手にした骸骨という姿で死が待ち伏せしていた。

「素敵な部屋じゃないか」まだ居間にいたネストルに向かって、エリックが声をかける。

「もう寝ます……僕が母の部屋で眠るようになったのは……」ネストルは奇妙な角度で首を伸ばした。まるで、背後にいる誰かを見ようとしているように。

「おやすみ」と、エリックは言った。

ドアを閉めかけたところで、ネストルがそれを押さえ、心配そうにエリックを見つめた。「か、かねもちには必要だけど、貧乏人はもう持っている。でも、人はそれを死よりも恐れている」と、ネストルがささやくように言った。

「眠くて、なぞなぞを解く気分じゃないんだ。ネストル」

「金持ちには必要だけど、び、びんぼうにんはもう持っている。でも、人はそれを死よりも恐れている」ネストルはそう繰り返すと、唇をなめた。

「答えを考えてみるよ」と言って、エリックはドアを閉めた。「とにかく、おやすみ」

エリックは腰を下ろして、気味の悪い壁紙を眺めた。そこには、腕や花輪、クジャクの羽、何百もの目のパターンが繰り返し描かれていた。

ブラインドは下りていたので、エリックは明かりを消した。重いキルトのカバーを折りひろげてベッドに入ると、かすかにラベンダーのにおいがした。

ひどく疲れていたので、何か考えようとしてもすぐにどこかに消えてしまい、少しもまとまらなかった。境界線を越えて眠りのなかに落ちていきかけた瞬間、部屋のなかで小さなきしみ音がした。誰かがそっとドアを開けようとしている。

「何だい、ネストル？」と、エリックが問いかける。

「鍵です」と、穏やかな声が聞こえた。「か、かぎをあげようと思って」

「とても疲れているんだ、だから……」

「牧師はそれが神そのものより、お、おおきいと思っている」と、ネストルがさえぎる。

「ドアを閉めてくれないか。頼むよ」

ネストルが手を放すと、取っ手がかちりと閉まった。足音が居間の寄せ木張りの床を遠ざかっていく。

眠りに落ちたエリックは、小さなマデレーンがベッドの横に立っている夢を見た。少女はエリックにそっと息を吹きかけ、ネストルのなぞなぞの答えをささやいた。

〝答えは、「何も――ない」よ〟マデレーンがささやくと、息がかかった。〝金持ちには何も必要ない。貧乏人は何も持っていない。人が死より恐れるものは何もない〟

一〇四

エリックは顔にかかった微風で目が覚めた。誰かが狂ったように何かささやいていたが、彼が目を開けたとたん、しゃべるのをやめた。まわりはほとんど何も見えないくらいの闇で、自分がどこにいるのかわかるまで何秒かかかった。

寝返りを打つと、古い馬巣《ばす》織りのマットレスがぎしぎしと鳴った。

昨夜はあっという間に眠ってしまったが、身体の一部が警戒を怠っていなかったようで、それが発した警報で眠りから引きずり出されたのだ。

あるいはただ、ビルの配管を水が流れる音か、窓を打つ風の音を聞いたのかもしれない。

部屋のなかでささやいている者はいなかった。すべてが静まり返り、闇に包まれている。

もしかしたら、ネストルが精神に支障をきたしたのは、この部屋で寝ていたせいではないだろうか、とエリックは思った。水道管の音がささやき声に聞こえたり、ブラシで長い白髪のふけ取りをしながら、身内を殺すときは目を見てはいけないよと語って聞かせる老婆の声に変わったりしたのではないか。

むろんエリックには、ネストルが心を病んだのは子どもの頃に安楽死させた犬が原因であるのはわかっていた。それでも、ネストルが女性の甲高い声をまねしてみせるたびにぞっとしたものだ。

ネストルがよくやっていた、両手を膝のうえで組んでうつむく姿が頭に浮かんだ。かすかな笑みが唇に浮かび、少し顔を赤らめながら、子どもを殺すやり方をアドバイスする姿が。

古びたクロゼットがギーギーときしみ、ドアのまわりの黒い影は何のものなのか判然としなかった。エリックはちくちくする目を閉じて眠りに戻ろうとしたが、客室に続くドアが閉まる音でまた目が覚めた。

寝る前に、ネストルにはかまわないでほしい、何度も確認しに来る必要はないと釘を刺しておくべきだった。いまさら起きてそれを言いに行く気にはなれない。

前の通りを車が通り過ぎ、ヘッドライトの光がローラーブラインドのすき間から差し込み、パターン模様の壁紙のうえを動いて消えていった。

エリックは壁を見つめた。車が去っても、光の名残がそこに留まっているような気がした。よく見えないが、棚のそばに何か弱い光源があるのだろう、と彼は思った。

まばたきして、ブルーの光を見ているうちに、部屋と部屋を隔てる壁に覗き穴があることに気づいた。

光はもうひとつの寝室から漏れているのだ。するとまもなく、すべてが闇に閉ざされた。

いま、ネストルがこちらを覗いている。

エリックはぴくりともせずに横たわっていた。自分が唾を飲む音も聞こえるほど静かだった。

やがてまた、ブルーの光が漏れてきた。壁の向こうで、熱のこもったささやき声が聞こえた。

エリックは闇のなかで急いで服を着ると、光のほうに近づいた。

覗き穴は丈の低いふたつの本棚のあいだにあった。低いほうの棚の磁器の動物が違う並べ方をされていたら、きっと見えなかっただろう。

穴は壁紙のいちばん黒々とした部分に開けられていた。とても小さかったので、向こう側を見るためには顔を壁に近づけ、穴に目を寄せなければならない。

エリックはバスケットに入った磁器の子犬を動かし、両手を壁について、慎重に顔をふたつの本棚のあいだに突っ込んだ。本棚が髪をこすり、壁紙が鼻先に触れるのを感じた。

穴に目を近づけると、隣の部屋がはっきり見えた。

ベッドサイドテーブルに携帯電話が置かれている。画面が明るくなっていて、その光が目覚まし時計や壁紙の楕円《だえん》形のパターンに反射している。きちんとメイクされたベッドや洗礼服を着た子どもの額入り写真が目の隅に見える。やがて、携帯電話の光が消えた。

アパートメントのなかを急ぎ足で歩く足音が聞こえたので、あわてて頭を引き戻そうとしたが、髪が本棚のとげにひっかかってしまった。磁器の置物が不気味な音を立てる。

エリックが片手を上げてひっかかった髪を外そうとしたとたん、背後でドアが開いた。なんとか頭をすき間から抜くと、棚の置物がかたかたと鳴った。

ネストルはエリックに近づいてから、一歩あとずさった。「僕は、け、けいさつに電話した。それを伝えるために、も、もどってきた」と、ささやく。「こ、こんどはあなたが助けを求める番だ。僕は何度も彼らと話をした。彼らはもうここへ来ている」

「ネストル、きみはわかっていないんだ……」と、エリックが沈んだ声で言った。

「そうじゃない、わかってないのはあなただ」と、ネストルは親しげな口調でさえぎり、窓際の電気スタンドのスイッチを入れた。「薬を飲むのはあなたの、ば、ばんだと言ってるんだ。それに……」

　不意に、窓に石がぶつかったような音がした。スタンドの光でローラーブラインドが揺れるのが見え、その後ろでガラスの破片が滝のように放熱器のうえに流れ落ちた。ネストルの身体ががくんと揺れた。身体の右側を高速弾で撃ち抜かれていた。血が肩の射出口からあふれ出す。

　彼は驚愕《きょうがく》の目で噴き出す血を見つめた。「約束したのに……」

　そのまま尻から仰向けに倒れ、戸惑った表情で目を上げた。

「バ、バスルームのドアから出てください」と、引きつった声でネストルは言った。「下の洗濯室まで下りて、そこを通り抜ければ、隣のビルに出られます」彼は身体を押し上げるように、ふたつのこぶしを床についた。

「横になっていろ」と、エリックが小声で言う。「じっとしてるんだ」

「学校の校庭を横切って、教会の塀沿いに行けば、も、もりとペット用墓地に着く」

「じっとしていろ」と繰り返すと、エリックは前かがみになってドアへ走った。

彼が居間に入ったとたん、玄関のドアが破られた。ドスンという音がして、錠前の木切れや金属の破片が床に飛び散る。

「小さな、あ、あかい家に隠れてください」背後から、ネストルのきれぎれの声が聞こえる。

振り返ると、ネストルが立ち上がろうとしていた。その瞬間、ビヨン・ボルグの笑顔の前のガラスが砕け、銃声が建物のあいだで反響した。ネストルは片手を首に当て、指のすき間から血がどくどくと噴き出していた。

アパートメントの三つの窓が粉々に砕け、閃光音響手榴弾《スタン・グレネード》が破裂した。凶暴なまでのまばゆい光が目を覆い、一瞬、時間が止まったように思えた。

エリックはよろよろとあとずさった。

その静けさは、まるで砂浜の波のようだった。波がゆっくり寄せてきて、何かにひびが入るような音を立てて引いていく。

エリックは居間を手探りで進んだ。何も見えず、脳裏にあるのは客室の窓を背にしたネストルの凍りついた画像だけだった。

聴力は失われていたが、胸に押し寄せる波は感じとれた。古びたソファに突き当たり、その裏側に沿って前進する。

やがてショックが薄れていき、目が見えるようになった。テーブルとマガジンラックをよけて進むあいだも、酒に酔ったときのようにめまいが続いた。

銃の先端から放たれる光が玄関とキッチンを動きまわっている。

耳はまだがんがんと鳴っていて、音は聞こえなかった。エリックはカーテンの後ろに避難口のドアを見つけ、錠を回して階段室に入った。階段のうえでつまずいたが、手すりにつかまって体勢を立て直す。おぼつかない足どりで階段を下り、そのまま前に進むと金属のドアがあった。なかは地下の洗濯室だった。壁に指を這わせていき、明かりのスイッチを探しあてる。スイッチを入れると、ネストルの言葉を思い出しながら、急いで洗濯機や洗面台、柔軟剤の瓶の横を通り抜ける。

なぜかすべてが他人事のように思え、いま置かれた状況に関心をもてなかった。目はまだはっきりとは見えない。銀色の点々が視線の先をさまよい、五百万カンデラの光を浴びた視神経が活性化して、何もかもが少しずつずれて見える。

長い廊下の先にドアがあった。狭い階段を駆け上がると、さらに階段が続いている。それを昇ると、冷たい夜気のなかに出た。建物のこちら側には緊急車両の姿は見えない。どうやら緊急対応チームとの距離をあけられたようだ。

急ぎ足で小さな公園を横切る。寒さのなかで、自分の右耳が濡れているのを感じた。頬をさわってみると、血が流れているのがわかった。あたりを見まわすこともせずにカールスクルーナ通りを横断して、駐車場と汚れたリサイクル用の瓶の横を通り過ぎる。ガラスの破片が靴底で割れる感触がした。自転車スタンドをまたいで、遠くに見える校舎に向かって歩く。学校の正面に着くと、黄色みがかったレンガの壁際を走り始めた。

学校の校庭には人気《ひとけ》がなかった。ビールの空き缶が風に押されて転がっていく。支柱に取り付けられたバスケットボールのゴールはネットがなくなっていた。

頭上高く、ヘリコプターが近づいてくる。ローターの回転音が聞こえ、聴覚が戻ったことに気づく。

さらに歩く速度を落とし、荒い息をつきながら建物の横を回り込むと、そのまま森のなかへ足を踏み入れる。あたりはほとんど何も見えないほど暗かった。塀に沿って、丈の高いイラクサの繁みをかき分けて進むうちに、恐怖心がよみがえってきた。

森の奥深くへ入ると、突然、小さな墓石が肩を寄せ合って並んでいる場所に行き着いた。墓石には子どものものと思われる飾りが付けられている。犬の首輪やぺちゃんこになったおもちゃ、写真、花、手作りの十字架、彩色した石、燃え尽きたロウソク、すすだらけのランタンなどが、思い思いに飾られていた。

一〇五

もう午前二時を回っていたが、ヨーナは部屋の真ん中に立っていた。床は全部、犯行現場の写真で埋めつくされている。エリックの家は家宅捜索で立ち入り禁止になったので、警察の指示でヨーナはホテルに部屋をとった。

上着と拳銃はメイクしたままのベッドに置かれていた。ルームサービスで食事を取り寄せたが、シーザーサラダだけ食べて、残りの皿はコーヒーテーブルの下に置いてあった。

ヨーナは犯行現場の分析結果を読みながら、それを写真や解剖報告書、科捜研のテスト結果と比較してみた。

ロッキーの悪夢はほんものの記憶だった。催眠状態でしゃべったことは全部、事実にもとづいている。汚れた牧師がふたたび殺人を始めたのだ。レベッカ・ハンソンを殺したあと、このシリアル・キラーは長い冷却期間を置いてから、もっとエスカレートして犯行を再開した。

ストーカーにとって、誰かをつけまわすのは依存症のようなもので、自分でも止めることができない。さらに近づき、接点を作り、時間がたつにつれて、被害者との関係が頭のなかで妄想へとふくらんでいく。外面は礼儀正しいが、心では相手を憎み、嫉妬している。

警察は、基本的な犯人像に合致する七百人近い人間のリストを作っていた。司教や主任司祭、牧師とその家族、助祭、教会委員、管理人、葬儀屋、伝道師、信仰治療師などなど。

ヨーナは、犯人がエリックに狙いをつけて罪を着せようとしたと考えていたが、エリックとリストの人々との接点を見つけることができなかった。

ヨーナがいま見つけようとしているのは、リストからその大半を削除できる決定的な要素だった。

資料には目を惹くものは何もなかったが、おそらくパズルの要素は思いがけないかたちで組み合わされているのだろう。

彼は鹿の頭と溶けたアイスクリームの紙箱の写真を通り過ぎて、サンドラ・ルンドグレンを殺した凶器の写真の前で足を止めた。血にまみれたナイフは置かれていた場所、すなわち死体の脇の床を背景に撮影されていた。カメラのフラッシュの光が、褐色の血のなかで黒い太陽のように揺らめいている。

写真には、刃渡り二十センチのステンレス製の刃をもつシェフ用の包丁という説明書きが添えられていた。次にヨーナは、エリクソンが血の痕と飛散パターンから凶行を丹念に再現した結果をじっくり検討した。

犯人はいつも同じ靴を履いていた。サイズ八のローカットのハイキングシューズだ。ヨーナは見逃されている手がかり、つまり全体像とは必ずしも合致しない何かを探していた。写真を一枚一枚注意深く見ていくうちに、三百十一番の写真が目に留まった。それはブルーの陶器の破片で、鳥の頭を思わせるかたちをしていた。片方の端に白い気泡がいくつかあり、氷のようになめらかな突起が付いていた。

エリクソンの報告書をめくって証拠品リストに目を通すと、それがサンドラの家の床のすき間にはさまっていたものであるのがわかった。鑑識の分析によれば、長さ二ミリの破片で、成分はガラス、鉄、砂、焼粉《やきこ》だという。

次にヨーナは、アダム・ヨーセフの家で起きた事件の報告書に移った。銃撃戦があったにもかかわらず、犯人は自分の計画を最後までまっとうしていた。予備報告によれば、カトリーナの両手の付け爪が抜き取られていたという。

牧師は戦利品を奪い、奪った場所がわかるように被害者の手をそこに置いたのだ。

午前三時十五分にアーニャから電話があって、警察がきわめて信頼性の高い情報を得たことをいま知ったばかりだと伝えてきた。エリックが自分の家の客室で眠っていると通報してきた男がいたらしい。数年前、エリックに精神科の治療を受けていた男だった。「その男はすぐに家から出るように指示されたそうよ」

「その作戦を指揮しているのは誰だね？」

「ダニエル・フリックよ」

「アダムの親友のひとりだな」

「あなたの言いたいことはわかるわ」と、アーニャが言った。「でも、心配ないと思う。作戦を主導しているのは緊急対応チームだから」

ヨーナは窓辺へ行って、自分のレンタカーを見下ろした。六気筒、五百六十馬力のガンメタルグレーのポルシェで、借りるのになけなしの金を払った。

「そのアパートメントはどこなんだね？」

「みんな、私があなたに忠実であるのを知っているから、マルゴットは進行中の捜査から私を外すことにしたの。賢明よね。だって知ってたら、あなたに教えてしまうもの」アーニャは正確な住所こそ知らなかったが、ストックホルム南部のどこからしいと見当をつけていた。彼女が言うには、緊急対応チームは自動小銃、ショットガン、狙撃用ライフルの使用を許可されたという。

電話を切ると、ヨーナは立ったまま部屋を見まわした。何百枚もの写真が列をなして、壁から壁へと並べられている。天井灯の光が光沢のある写真をまばゆく照らしていた。

ヨーナはエリクソンの現場報告書をまた読み始めたが、思いはどうしてもエリックのことに行ってしまう。

彼は、部屋の奥へ行って黄色い繊維の写真を見てから、マリア・カールソンの家のキッチンの床に落ちていた、踏みつけられた葉の断片に関する鑑識報告を読んだ。その断片はイラクサ属のニセホウレンソウの葉であることが判明していた。拡大写真を見ると、葉の小さな断片はとげの生えた緑の舌のようだった。とげは割れやすいピペットに似ていた。

夜が明けて、東の空が白んできた。日差しの細い帯が煙突や妻壁のすき間を通って、建物の屋根や銅の飾り物のうえに差し始めた。

急襲作戦はもう終わっているにちがいないと思い、ヨーナはエリックの新しい携帯に電話した。

二度試したが、応答はなかった。

まだ朝の五時半だが、マルゴットに電話してみることにした。エリックが捕まったのかどうかを知る必要があったが、急襲作戦のことをストレートに訊くことはできなかった。アーニャを窮地に追い込みたくない。

「無実の人間をもう逮捕したのかい?」

「ヨーナ、私、寝てるのよ」

「なあ、何が起きてるんだ?」

「何が起きているって？」と、マルゴットがうんざりしたように訊き返す。「あなたにそれを訊く権利はないけど、でももう訊いちゃったから教えてあげる。エリックの元患者が電話で、彼が自分のアパートメントにいると言ってきたのよ」

「そいつの名前は？」

「秘密事項よ。前に言ったように、あなたには話せない」

「私が知っておくべきことがあったら教えてほしい」

「元患者は、エリックを残して家を出たと言っていた。緊急対応チームが駆けつけて、武装した男を発見、実弾狙撃した。ところが、窓のそばにいたのは元患者だった。家に戻ったのね」

「で、エリックはそこにいなかったのか？」

マルゴットが起き上がる音が聞こえる。

「そこにいたかどうかさえわからない。いま元患者は手術台のうえにいて、聴取もできないし……」

「もし彼が牧師だったら？」と、ヨーナが口をはさむ。

「エリックが犯人よ。その元患者が居場所を知っているかもしれない。できるだけ早く彼から聴取するわ」

「病院に武装した警備官を配置すべきだ」

「ヨーナ、エリックの車から血痕が見つかったの。無関係かもしれないけど、いま分析に出しているところよ」

「元患者のアパートメントに黄色いレインコートはなかったか?」

「特に変わったものは見つかっていない」

「そのフラットの周囲にニセホウレンソウは生えていなかったか?」

「生えてなかったと思うけど」と、面白がっているような口調で、マルゴットは言った。

一〇六

ヨーナはここ数時間で初めて椅子に腰を下ろし、サンドラ・ルンドグレンのアパートメントに残っていた犯人の足跡に関する報告を読んだ。スケッチを見ていて、この犯行にはどこか心の動揺と感情の激発を感じさせるものがあると思った。計画にもとづいてはいるが、合理性が感じられない。

ヨーナはそれを、犯人の芝居がかった攻撃性を描写した死体解剖報告の記述と比較してみた。彼には、自制の利いた準備はただの見せかけで、攻撃性こそ犯人の本性であるとしか思えなかった。

エリックの元患者たちの病歴のメモを始めようとしたとき、電話が鳴った。

「ヨーナ、僕だ」エリックのささやき声が聞こえた。「連中は僕を殺そうとした。僕はネストルの家に隠れていたんだ。僕が以前診ていた患者だよ。警察は、窓から見えるのが僕だと思ったらしい。彼を二度も撃った。まるで処刑だった。スウェーデンの警察があんなことをするとは思ってもいなかった。正気の沙汰とはとても思えない」

「いまは安全なところにいるのか？」

「ああ、たぶん。ネストルは自分のしたことを打ち明けるために家に戻ってきた。警察は自分を傷つけないと約束したと言っていた。それなのに、彼を窓越しに撃ったんだ」

「彼が牧師かもしれないと思ったことはなかったかね？」

「彼は違う」と、即座にエリックが答えた。

「その患者を診ていたとき、彼がどんな問題をかかえていたのか……」

「ヨーナ、そんなことはどうでもいい。僕が望むのは裁判だ。有罪になってもかまうものか。いつまでもこんなところに……」

「エリック、盗聴されているとは思わないが、どこにいるかは言わないほうがいい」と、ヨーナがさえぎった。「私が知りたいのは、きみがどれぐらいいまのところに隠れていられるかだ」

エリックが身動きしたらしく、電話からカチカチと雑音が聞こえた。「わからない。二十四時間ってところかな」と、エリックのささやき声がする。「蛇口はあるけど、食べるものが何もない」

「見つかる可能性が高いのか？」

「その危険はさほどないと思う」エリックがそう答えたあと、電話がしばらく沈黙する。

「エリック？」

「こんな状況では、この先にどんな結末が待っているのか思いもつかないよ」と、エリックが首を振りながら言った。「僕が何かすると、そのたびに状況は悪くなる」

「私が牧師を見つけるよ」と、ヨーナは言った。

「いまとなっては、それも無意味だ。殺されないで逮捕されることにしか望みはないんだ！」

ヨーナの耳にエリックの興奮した息づかいが届いた。「たとえきみが無事に出頭して、拘置所で生きながらえたとしても、終身刑の宣告はまぬがれないぞ」

「だけど、僕は有罪になるとは思わない。裁判の前にロッキーに催眠をかけることもできる」

「そうはさせてもらえないだろうな」

「そうかもしれない、だけど……」

「私はロッキーに会いに行った」と、ヨーナは言った。「彼は麻薬所持の容疑でフディンゲ刑務所にいる。きみのことは覚えていたが、〈ゾーン〉や牧師のことは何も覚えていなかった」

「望みなしか」と、エリックは言った。

ヨーナは窓に寄りかかって、冷たいガラスが額に触れるのを感じた。下の通りで、タクシーが一台、ホテルの前に停まった。車の後ろへ回ってトランクから荷物を下ろす運転手の顔が灰色に見えた。

ヨーナは自分のレンタカーを見下ろしていたが、タクシーが走り去ると、心を決めてもう一度目を上げた。

「今日中にロッキーを外へ連れ出す方法を見つけるつもりだ。それからきみと落ち合えば、きみはロッキーに催眠をかけることができる」

「それがきみのプランなのか？」と、エリックが尋ねる。

「ロッキーにもう一度催眠をかければ、牧師に関する記憶を細かいところまで掘り起こせると言っていたじゃないか」

「ああ、それについてはかなり自信がある」

「それが実現すれば、きみが隠れているあいだに牧師を見つけることができる」

「僕はこのまま出頭したほうがいいと思う。そうすれば……」

「裁判になれば、きみは有罪にされるぞ」

「そんな馬鹿な。たまたま現場の近くにいただけで……」

「それだけじゃない」と、ヨーナが相手の言葉をさえぎる。「きみの指紋がスサンナ・ケルンの手に握られていたものに付着していた」

「ものって？」びっくりして、エリックが訊き返す。

「磁器の動物の一部だ」

「何が何だかさっぱりわからない。そんなものには近づいたこともないのに」

「だが、指紋は百パーセント一致した」

エリックが木製の床を行き来する音が電話から聞こえた。

「つまり、すべてがきみを指さしているわけだ」と、ヨーナが低い声で言う。「きみはネストルの写真を持っているかい？」

エリックは精神診療科の医療記録にログインする方法をヨーナに教えた。ふたりは電話を切った。ヨーナは上着を着て拳銃を身につけてから、ホテルのフロントに行ってネストルの写真のプリントアウトを手に入れた。

ホテルを出て、自分のレンタカーの脇を通り過ぎると、もっとずっと狭いフレイ通りに入った。建物の玄関の前に旧型のヴォルヴォが駐車していた。ヨーナはすばやく左右に目を走らせた。通りに人影はない。彼は一歩下がってから、後部のサイドウィンドウを蹴り破った。

通りに響き渡った車の警報装置の音はやがて聞こえなくなった。ヨーナは内側から運転席のドアを開けると、シートを押し下げ、上着のポケットからスクリュー・ドライバーを取り出した。それでイグニッションのまわりのカバーを外し、ステアリングコラムのパネルをゆるめる。身を乗り出し、ドライバーをステアリングコラムの上部に差し込んで、慎重にハンドルロックを解除した。すばやく手袋を両手にはめ、キー・シリンダーの赤いケーブルをゆるめて、ビニールの被覆を剥がす。ケーブルの端を縒《よ》り合わせると同時に、ラジオから音楽が流れ出し、室内灯が点灯した。ヨーナはドアを閉めて、茶色のワイヤーを二本引っ張り出した。ワイヤーの先端を触れあわせると、エンジンがかかった。

フディンゲへ向かうあいだ、車の流れはスムーズだった。バックミラーには、プラスチックのロザリオが掛かっていた。トラックは何台か道路を走っていたが、通勤者はまだ家でコーヒーを飲んでいる時間だった。

フディンゲに着くと、いかめしい刑務所の建物の前を素通りして南へ走り、森に通じる小道に曲がって車を停めた。ヨーナはそこから、歩いてストックホルムへ戻り始めた。

一〇七

シューブルンス通りでタクシーを降りると、ヨーナは料金を払って通りをグレーのレンタカーを停めたところまで歩いた。エンジンはブーンというやわらかい音を立てて始動した。革張りのシートに背中を預け、路肩を離れる。

フディンゲ刑務所に着くと、正面入り口近くの金属フェンスの前に車を停めてから、エリックに電話した。

「どんな具合だね？」と、ヨーナが尋ねる。

「問題はないが、腹が減ってきた」

「SIMカードを換えたから、もう居場所を言っても大丈夫だ」

「聖マルクス教会の裏手の塀の外側だ。森のなかにペット用の墓地がある。僕は赤い木造の小屋に隠れている」

「ネストルのアパートメントの近くじゃないか」

「そうだ。昨日の夜は救急車のサイレンが聞こえたよ」

「一時間以内にロッキーをきみのところへ連れて行く」と言って、ヨーナは堂々とそびえ立つ刑務所の建物を見上げた。

彼は拳銃と携帯電話をグラブコンパートメントにしまうと、キーは差したまま、車を降りて建物へ入った。

ロビーのキオスクでサンドイッチを三個買い、袋をもらってから、受付デスクへ行って訪問理由を伝えた。

通常の保安手続きをすませて、刑務所の内部に踏み込む。前回と同じ看守、アーネがヨーナを出迎えた。

ヨーナは看守がボノウィ社製の伸縮する警棒を持っているのに目を留めた。ばね鋼を素材にしたその警棒は、上腕と太ももの筋肉を殴打するように設計されている。

毛玉だらけのセーターには、バッジが少し曲がって付けてあった。ベルトに通した手錠が広い背中の下にぶら下がっている。

エレベーターに乗ると、アーネはメガネを外して、セーターで汚れを取った。

「釣りのほうはどうだい?」と、ヨーナが訊いた。

「今年の秋に義兄とエルブカーレビーに行く予定です」

面談室の片側の壁は一面ガラス張りになっており、隣の部屋にいても、なかで行われていることの一部始終を見られるようになっている。

ヨーナが椅子に腰かけ、テーブルのうえに両手を置いて待っていると、通路を近づく声が聞こえた。

「あいつが裸のシェフと呼ばれているのは、最初に出てきたときに裸だったからだ」と話しながら、当直の看守がロッキーを部屋のなかへ入れた。

「いや」と、アーネが言った。「そうじゃないよ……」

「俺と家内は、十五年前にイェーテボリのブックフェアでジェイミー・オリヴァーを見たんだ。やつは真っ裸だった。そのまま突っ立って、スパゲッティ・アレ・ボンゴレを作ってみせたよ」

「肩が痛い」ロッキーがため息をつく。

「静かにしろ」と言って、アーネはロッキーを押して椅子に座らせた。

「サインをもらっておいてくれ。あとは好きにしていいから」当直の看守はそう言って、アーネと連れ立って部屋を出た。

一〇八

今日のロッキーは前より顔色が悪く、目の下に黒い隈ができていた。どうやら禁断症状に苦しんでいるらしい。アーネ・メランデルが隣の部屋からふたりを見ていたが、彼にはこちらの話は聞こえなかった。ガラス壁は、弁護士とその依頼人の会話の秘密を守るために防音になっている。あるいは、警察が容疑者を尋問する際にその内容が漏れないようにするためでもあった。

「彼らの話では、この胸くそ悪いところへ俺を半年閉じ込めておけるそうだ」鼻をかきながら、ロッキーがぶっきらぼうに言った。

「きみは牧師の話をした」プランを実行する前の最後の試みとして、ヨーナは話を切り出した。

「俺の記憶には問題があるんだ、あの事故のあと……」

「わかっている」と、ヨーナがさえぎる。「だが、牧師のことを思い出してほしい。きみは彼がティナという女性を殺すのを見たはずだ」

「そうかもしれない」ロッキーは額に皺を寄せた。

「彼はなたで《マチェーテ》ティナの腕を切り落とした。そのことを覚えていないか？」

「何も思い出せない」と、ロッキーが小声で言った。

「ネストルという男を知らないか？」

「知らないと思う」

「この写真を見てくれ」ヨーナはプリントアウトを手渡した。

ロッキーはネストルの面長の顔に見入っていたが、やがてこくりとうなずいた。

「カーシュウデンにいたやつじゃないかな」

「知り合いか？」

「よくは知らない。別の棟にいたから」

「きみはエリック・マリア・バルクと会って、もう一度催眠治療を受ける気持ちはあるかね？」

「いいよ」と言って、ロッキーは肩をすくめた。

「問題は、検事がきみを外に出すのを許さないことだ」と、ヨーナはゆっくりと言った。

「エリックがここに来ればいつでもできるじゃないか」

「それができないんだ。警察はエリックが殺人事件の犯人だと考えているから」

「エリックが？」

「だがきみと同じく、エリックも無実だ」

「なんという空しさか《ヴァニタス・ヴァニタートゥム》」と、ロッキーは満面に笑みを浮かべて言った。

「エリックがオリヴィアを見つけたんだぞ。きみのアリバイを……」

「わかってるとも。俺は毎晩ひざまずいて、あいつに感謝してるさ。だが、きみは俺にどうしろと言うんだね？」

「一緒にここを出る。きみと私で」と、ヨーナは冷静に答えた。「看守のひとりを人質にする。きみは黙ってついてくるだけでいい」

「人質？」

「七分以内にここを出る。警察が来るずっと前に」

ロッキーはヨーナを見つめてから、ガラス壁の向こうに座っているアーネのほうに目を向けた。

「俺の包みが戻ってくるならやってもいい」ロッキーは椅子の背にもたれて、足を伸ばした。

「それはどんな種類のヘロインなんだね？」と、ヨーナが尋ねる。

「ニームルーズ製の白いやつだ……でも、カンダハール製でもいい」

「わかった」と言って、ヨーナはぺしゃんこにしたダクトテープのひと巻きをポケットから取り出した。

ロッキーは目を半開きにして、元刑事が頑丈なテープを両手に巻きつけるのを見守った。

「自分のやるべきことをよくわかってるみたいだな」と、ロッキーは言った。

「サンドイッチの袋を持ってくれ」と言って、ヨーナは面会終了を知らせる内線電話のボタンを押した。

ほんの数秒もせずにアーネがドアを開けて、廊下に出るようヨーナに指示した。まずヨーナを外まで案内して、そのあとロッキーを独房へ連れて行くつもりらしい。

看守が面談室に鍵をかけてロッキーを閉じ込めているあいだに、ヨーナは幅木が剥がれかけている別のドアに近づいた。身をかがめて指をすき間にすべり込ませ、強く引っ張る。ネジがコンクリート壁から跳ね飛んだ。

「何をするんだ！」と、アーネが怒鳴った。

ヨーナが幅木を引っ張り上げると、セメントの破片がばらばらと床に落ちた。上部のネジが抜けていなかったので、金属をねじりながら強く引くと、バンと音を立てて最後のネジが抜けた。

「聞こえないのか？」アーネが警棒を引き抜いた。「あんたに言ってるんだぞ」

ヨーナは看守を無視した。幅木を正面に持ってくると、力をこめて足で踏みつけた。それを曲げて裏に返すと、もう一度踏みつける。

「何をやってるんだ？」と訊きながら、引きつったような笑みを浮かべて、アーネが近づいてくる。

「すまない」ヨーナはそう言っただけだった。

ヨーナには、アーネがどんな訓練を受けているかわかっていた。そこで、アーネが警棒を水平に振りまわして太ももと上腕を打とうとするのを、左手をいっぱいに突き出して寄せつけないようにした。

ヨーナは大またで一歩近づくと、アーネの腕を払い、肘を胸に打ち込んで相手を後退させた。アーネの膝ががくんと折れ、かろうじて床に片手をついて尻もちをつく。

ヨーナも自分の強打の勢いでよろめいたが、体勢を立て直し、アーネに時間の余裕を与えずに看守用の警報器を奪い取る。腕に切り傷を負いながら幅木の曲がった部分をアーネの首に巻きつけ、相手のベルトから手錠を抜き取ると、幅木が交差する部分に一方の輪をはめ込んだ。

「立ち上がって、ロッキーを部屋から出すんだ」と、ヨーナは言った。

アーネは咳き込み、のろのろと向きを変えると、壁まで這っていった。壁に寄りかかり、それを支えにして立ち上がる。

「ドアの鍵を開けろ」

アーネの両手は自由に使えたが、ヨーナは幅木の輪から突き出した部分を持って後ろに立っていたので、相手の動きをコントロールできた。アーネの首は幅木の首輪にはまっており、金属の鋭利な縁が首を締めつけていた。

「やめてくれ」アーネがあえぎ声を出す。

震える手で面談室の鍵を開けるアーネの顔を汗が流れ落ちた。ロッキーが出てきて、警棒を拾い上げ、床に押しつけてもとの長さに戻した。

「アーネ、きみが協力してくれれば、われわれは四分後にはここを出て、きみを解放する」と、ヨーナは言った。

看守は首に食い込む金属の首輪のすき間に指を入れようとしながら、ふたりの前をよろめき歩いた。

「きみの入館カードを入れて、コード番号を打ち込め」ヨーナは看守をエレベーターのほうへ向かわせた。

建物のなかを歩くあいだ、アーネは幅木の首輪を片手で押さえながら、誰かがこの光景を見てくれることを願って監視カメラを見上げていた。

幅木の金属の縁は、ヨーナの手に巻かれたダクトテープのいちばん上の層を切り開いて二層目に達していた。

三人がロビーに姿を見せると、すぐにほかの看守も何が起きているか察知した。圧力波のように、周囲の雰囲気が弛緩《しかん》から緊張へと一変した。無音の警報が発動したかのようだった。デスクの下で光がきらめき、それまでおしゃべりに興じていた看守たちがあわてて立ち上がる。椅子が床をこすり、書類がデスクをすべり落ちる。

「邪魔するな!」と、アーネを出口に向かわせながら、ヨーナが声を張り上げた。

看守が七人、廊下をおそるおそる近づいてくる。彼らはまだ状況を正確に把握していないようだった。

ロッキーは警棒を伸ばし、ヨーナはロッキーに、背後に注意しろと指示した。

警備指揮センターにいた看守が走り寄ってきた。ヨーナのあとについて気密扉へ向かった。彼の任務は事の進行を長引かせ、逃走をできるだけ遅らせることだった。「外に出すわけにはいかない」と、彼は言った。「だがきみたちが投降すれば、そのときは……」

「同僚の姿を見ろ！」と、ヨーナがさえぎる。

ヨーナが幅木の端を引っ張ると、アーネがべそをかいた。首輪が首を締めつけている。なんとか金属を押し離そうとしても、びくとも動かなかった。

「止まれ！」と、警備主任が叫んだ。「頼む、止まってくれ！」

アーネがよろめいて広報用資料の展示デスクにぶつかり、パンフレットの束が床に落ちる。

「外へ出たら、彼を解放する」と、ヨーナは言った。

「わかった。みんな、下がってくれ」と、警備主任は言った。「彼らを通すんだ。通してやれ」

三人は金属探知ゲートを通り抜けた。看守たちは道を空けた。ひとりの看守が事の成り行きを携帯電話で撮影している。

「そのまま前へ進め」と、ヨーナが言った。

出口に近づくと、アーネがうめき声をあげた。「ああ、神よ」とささやき、右手で左腕をつかんだ。

気密式の防護扉の向こうで、犬が狂ったように吠えている。看守たちがガラスドアを出て隊形を組む。

「通してやれ！」と、三人のあとに続いて気密扉をくぐった警備主任が命じた。彼はカードを装置に通し、コード番号を打ち込んでドアを開いた。「きみはいったい誰なんだ？」と、ヨーナに向かってうめくように言う。

刑務所の外は太陽が輝き、真っ青な空が広がっていた。三人は石敷きの正面玄関前を横切り、ヨーナのグレーのポルシェまで歩いた。

ヨーナは車を回り込んでから、アーネを地面にひざまずかせ、詫びを言いながら彼の手を手錠で車の後ろの金属フェンスに結びつけた。警備主任は立ち止まって、その様子を見守っていた。看守たちは十メートルほど離れたガラスドアの後ろに寄りかたまっている。

ヨーナは急いで車に乗り込み、発進させた。

ロッキーがドアを閉めるのも待たずに路肩を離れると、草地の斜面を走り降り、コンクリートブロックを乗り越えて道路に出た。そこでアクセルを踏み込み、旧型のヴォルヴォが待つ森へと走り出した。

一〇九

ネストルはカロリンスカ病院に運ばれ、病院のチームが手術を行って、なんとか出血を止めた。ネストルは幸運だった。病状は安定し、まもなく集中治療室を出ることができた。

マルゴットは彼の病室の外に制服警官二名を配置した。

ネストルは意識を取り戻したが、ショック状態にあった。鼻にチューブを入れて酸素が送り込まれ、排膿管《はいのうかん》が横隔膜のうえに挿入されていた。泡のような血がチューブのなかを流れ出ていた。

ネリーはネストルのかかりつけの精神科医と話をして、彼の病歴を考えると鎮静剤は弱いものがいいだろうと提案した。

マルゴットが彼の自宅急襲にいたる経緯を警察の視点から説明しようとすると、ネストルは泣き出した。

「でも、エリックは家にいなかったわ。彼はどこにいるの？」と、マルゴットが尋ねた。

「ぼ、ぼくは知らない」ネストルはすすり泣いた。

「なぜ通報してあんなことを言ったのか？」

「ネストル、こうなったことについては何ひとつ、あなたに落ち度はない。そう考えなければいけないわ。これは事故だったのよ」ネリーはネストルの手を握った。

「エリックから連絡はなかった？」と、マルゴットが質問する。

「僕は、し、しらない」マルゴットの背後に視線を据えて、ネストルがさっきと同じ言葉を繰り返した。

「当然、あなたは知っているはずよ」

「ぼ、ぼくはあなたに話したくない」ネストルは顔をそむけた。

「あなたはいま、どんな仕事をしているの？」バッグからサンドイッチを取り出しながら、マルゴットが尋ねた。

「引退した……で、でも、ほんのちょっと庭仕事をしている」

「どこで？」

「参事会で……べ、べつのところの」

「雑草でだいぶ悩まされているんじゃない？」と、マルゴット。

「それほどでもない」ネストルはけげんそうに答えた。

「イラクサはどう？」

「問題ない」と言って、ネストルはチューブをつまんだ。

「ネストル」と、ネリーが穏やかに声をかけた。「あなたもそうだけど、私がエリックととても親しい友だちであることは知ってるわね。私は彼が警察に出頭するのが、本人のために一番いいことだと思うの」

またネストルの目に涙があふれた。彼が泣き出すのを見たくなくて、マルゴットは窓のそばに移動した。

「僕は、じ、じゅうで穴だらけにされた」と声を張り上げて、ネストルは胸の傷に巻いてある包帯のうえに手を置いた。

「あれは避けようのない事故だったの」と、ネリーが言う。

「神は、ぼ、ぼ、ぼくが殺されることを望んでいる」と言って、ネストルは鼻の酸素チューブを引っ張った。

「なぜそう思うの？」

「とても耐えられない」と、ネストルは哀れっぽく訴えた。

「いい、ネストル。ユダヤ人の言い伝えでは、正義の人は七回倒れても起き上がるけど、罪深い人は不幸に襲われるとつまずいてしまうというわ。あなたは起き上がろうとしているのよ」

「僕は、せ、せいぎの人だろうか？」

「それはあなたがいちばんよく知っているはずよ」

「あなたが、い、いってる意味はわかる」

ネリーは赤茶色の血がぽたぽた落ちているのを見て、ネストルの鼻に酸素チューブを入れ直した。

「エリックは僕を救ってくれた。だから、僕も彼を救いたいだけなんだ」と、ネストルはつぶやくように言った。

「昨日のことね？」と、ネリーがためらいがちに訊く。

「彼は僕を、た、たずねてきた。僕は彼に食事と寝る場所を提供した」と言って、ネストルは小さく咳をした。「警察は彼を傷つけないと約束したのに」

「あなたの家に来たとき、彼はどんな様子だった？」

「なんだか、み、みっともない帽子をかぶっていた。手から血が出ていた。服は、よ、よごれて、髭も剃ってなかったし、顔に引っかき傷があった」

「それであなたは、彼を助けたいと思ったわけね」と、ネリーが言った。

「そうなんだ」ネストルがうなずく。

マルゴットは窓辺でサンドイッチを食べていたが、ネストルの用心深い返答は聞こえていた。彼の語ったエリックの姿は、逃亡者にふさわしいものだった。

「いまエリックがどこにいるか、あなたは知っているの？」と、マルゴットは振り向いて、ゆっくりとした口調で尋ねた。

「いや」

マルゴットはネストルの目をじっと見てから、大規模な捜索活動を組織するために部屋を出て行った。

「つ、つかれてきたよ」と、ネストルは言った。

「もうすぐ薬が効き始めるわ」

「あなたはエリックのガールフレンドですか?」ネリーを見ながら、ネストルが尋ねた。

「それはあなたに関係のないことよ」ネリーはそう答えたが、思わず笑みをこぼしていた。「エリックはあなたの家を出る前に何をするつもりか話さなかった? 警察に出頭する気はあったと思う?」

「エリックに、は、はらを立ててはいけない」

「立ててないわ」

「母は彼が、わ、わるい人間だと言ってるけど……よけいなことは言わないほうがいいと思う」

「さあ、少しお休みなさい」

「彼ほど素敵な、だ、だんせいはほかにいないと思うよ」と、ネストルがあとを続けた。

「私も同感よ」と言って、ネリーはネストルの手を軽く叩いた。

「僕たちはいつか出会うことになる……でも、きみには僕は見えない」と、ネストルは言った。「聞くこともできないし、においも嗅げない。僕はきみより先に生まれて、きみが死ぬときはきみを待っている。きみを抱きしめることができるが、で、でもきみは僕をつかまえておくことはできない」

「そのなぞなぞの答えは、闇ね」

「素晴らしい」ネストルがうなずく。「ある人間が僕の、に、にもつを運んでくれたら、その人は……」

ネストルは目を閉じて、苦しそうに息をした。

「私は家に帰るわ」と小声で言って、ネリーは静かにベッドの端から立ち上がった。

術後病棟を出るとき、ネリーはドアを警護していた警官がいなくなっているのに気づいた。

一一〇

聖マルクス教会の鐘が鳴っていた。重い鐘の舌《ぜっ》が金属を打ち、その響きが教会の塀を越え、木々のあいだを通り抜けてペット用墓地まで届いてくる。

エリックが隠れている小屋の汚れた一枚ガラスの窓がかたかたと音を立てた。その赤い小屋は薄い板材の壁としみだらけの合板の床でできていた。近頃は訪れる者もネストルひとりで、彼は孤独だが良心的な守り手として、動物たちの最後の安らぎの場所を管理していた。

一方の壁からは、水道の蛇口が亜鉛メッキした鉄板でつくった水槽のうえに突き出ていた。

エリックは肥料の袋を五つ床に並べて、ベッドの代わりにした。

彼はそこに横向きに寝ころび、鐘の音に耳を傾けた。濃密な土のにおいに包まれていると、まるでもう墓のなかに埋められているような気分になった。

朝の日差しが灰色のカーテンを通して差し込み、ゆっくりと草花の種の袋や埃、シャベルのうえを渡っていくと、やがて床を横切り、刃の錆びついた斧のところに達した。

エリックは刃が欠けてなまくらになった斧にぼんやり視線を向けた。たぶんネストルは、墓を掘るときに雑草の根を切るためにそれを使っているのだろう。

寝心地をよくしようと、仮のベッドのうえで寝返りを打つ。ここに来て最初の数時間は、袋の陰に身を丸めて過ごした。枝の鋭い先端で引っかいた太ももが痛み、片方の耳で甲高い音が響き続けていた。吐き気がして、身体のどこもかしこもがぶるぶると震えていた。

救急車のサイレンが遠ざかり、ヘリコプターの音が消えて、静寂が彼を包み込んだ。

何時間かたつといくらか不安が薄れたので、思いきって立ち上がり、蛇口のところへ行った。冷たい水を飲み、顔を洗う。水のしぶきが、壁に画鋲《がびょう》で留められているプラスチックフィルムのケースにかかった。しずくがストックホルム・ペット墓地組合の価格表のうえをすべり落ちていく。

ヨーナに電話して事情を伝えているあいだに、話が支離滅裂でまわりくどくなっていることに気づき、自分がショック状態にあることに気づいた。袋のうえに寝ころがったが、眠れなかった。鼓動の速さが尋常ではなかった。

耳から出ていた血は止まっていたが、まだ耳鳴りがして、聞くものすべてが薄い布地を通して伝わってくる感じがした。目に残っていたまばゆいぎざぎざの光の輪が徐々に薄れていくのを感じて、エリックは目を閉じた。

ジャッキーとマデレーンのことを思っていると、遠くから子どもの声が聞こえてきた。窓辺まで這っていく。おそらく学校の裏にある森で遊んでいるのだろう。

子どもたちがここへ来たらどうすればいいか、何も思いつかなかった。自分の顔は今日の新聞全紙に載っているはずだ。不安の波が押し寄せ、全身に悪寒が走った。

ほんの数センチ、カーテンを開くと、蜘蛛《くも》の巣がカサカサと音を立てる。

ペット用墓地は、豊かな草木や落葉樹を配した美しい場所だった。教会から続く小道と木の橋に沿って背の高いイラクサが列をなしている。

墓のひとつには無数の小石を並べた十字架が置かれ、子どもの手でジャムの瓶の外側に赤いハート模様が描かれたランタンが飾ってあった。

エリックはヨーナと交わした会話を思い返した。チャンスさえあれば、ロッキーの記憶から解決の道を見つけ出せると信じていた。催眠は前にもかけたが、そのときは牧師を探していたわけではなかった。

だが、いつまでここにいられるだろう？　腹が減っていたし、遅かれ早かれ誰かに見つかってしまうだろう。ここは学校や教会、ネストルの家のすぐ近くなのだ。

エリックはごくりと唾を飲むと、脚の傷にそっと触れながら、もう一度スサンナ・ケルンの家に自分の指紋が残っていた理由を考えた。単純に説明がつくはずだ。ヨーナは誰かがエリックに罪を着せようとしたと考えていたが、あまりにも突飛な考えなので、真剣に考える気にはならなかった。

何か納得のゆく説明があるにちがいない。

裁判は怖くない、とエリックは思った。申し開きできる機会さえ与えられれば、真実はいずれ明らかになる。

自首すべきだ。

教会に隠れたらどうだろう？　警察も教会で撃つようなことはしないだろう。

もうあきらめよう。自分の運命を誰かの手にゆだねるしかない。そう思うと、涙が湧いてきた。彼はこの小屋を出て、教会が開いているかどうか確かめることにした。ところがそのとき、ペット用墓地に入る小さな木橋を渡ってくる足音が聞こえた。

急いで小屋の隅に身をひそめる。奇妙なうなり声を出しながら、誰かが小道を近づいてくる。墓に飾ってある手作りのランタンを蹴飛ばしたのか、カチャンという音がした。

やがて足音が止まり、あたりが静かになった。おそらくその人物が犬の墓に花を供えているのだろう。あるいは、小屋のなかの物音に耳をすませているのか？

エリックは小屋の隅にじっと腰を下ろして、ネストルが溺れさせた犬のことを考えた。脳裏に、袋のなかに水が入ってくるのを見て脚をばたつかせ、懸命に泳ごうとしている犬の姿が浮かんできた。

外の人物がやかましく痰《たん》を吐いて、また歩き出した。枯れたやぶを抜けてだんだん近づいてくる。

足音はまもなく小屋のすぐ外に来た。エリックはあたりを見まわし、武器になるものを探した。シャベルを横目で見てから、短い柄のついたなまくらの斧に目を向けた。

小屋の外壁を何かが流れ落ち、丈高の草のうえにしぶきが飛んだ。外の男は小便をしながら、何かぶつぶつと言っている。「おまえは全力を尽くした」低い声がそうつぶやく。「快適で静かな家に帰ってきたのに……もう何もかも満足できなくなった」

男は窓のほうに身を寄せて、なかを覗き込んだ。草のこすれる音がして、男の影がシャベルの掛かった壁に映る。エリックは窓の脇の壁に身を押しつけた。男が最初は口を開いて、次に鼻で息をする音がはっきり聞こえた。

「ちゃんと仕事はしてるみたいだな」とつぶやくと、男はブルーベリーの低い繁みのあいだを歩き出した。

エリックは男の姿が見えなくなったら、教会へ行って名乗り出ようと決意した。

もう一度、ネストルが殺人犯である可能性はないかと考えたが、どう考えてもそうとは思えなかった。

太陽が雲の後ろに隠れ、ダークブルーのカーテンの暗さが増した。

棚には薄汚れた魔法瓶が置いてあり、それと壁のあいだにビニール袋がはさまっていた。その脇に、小さな灰色の骨壺《こつつぼ》と彩色された石膏のブルドッグが並んでいる。

エリックが、ネストルの髭剃《ひげそ》り用の鏡がカタカタと鳴って反射光を床に投げたのに気づいた瞬間、小屋の扉が開いた。

一一

エリックがよろよろと後退すると、緑色の折り畳み椅子につまずき、椅子が音高く床に倒れた。壁に当たってはね返った扉が、突然入ってきた大男の肩にぶつかった。ぜいぜいと荒い息をつく男のまわりで埃が渦を巻く。ロッキー・キルクルンドは咳をした拍子に、頭を電球にぶつけた。拘置所のお仕着せを着て、顔は汗にまみれ、色の薄い白髪まじりの髪が大きな頭から垂れ下がっている。

続いて入ってきたヨーナはドアを閉めてから、手を上げて電球の揺れを止めると、「快適じゃないか《ヴィートゥイサ》」と言った。

エリックは答えようとしたが、息が詰まって声が出なかった。小屋の扉が開くのを見てすくみ上がり、頬が燃えるように熱かった。ロッキーは何ごとがつぶやくと、折り畳み椅子を起こして、それに腰を下ろした。息を切らしながら、狭い小屋のなかを見まわす。

「来てくれたんだな」と、エリックが力なく言った。

「ナッカ・ゴードから森を突き抜けて来たんだ」と言って、ヨーナはサンドイッチを三袋バッグから出した。

三人は黙々とサンドイッチを食べた。ロッキーは禁断症状で汗をかいており、口いっぱいにほおばりながら、荒い息をついていた。食べ終わると、蛇口のところへ行って水を飲んだ。

「人間を埋葬するのはもう少し金がかかるぞ」壁の価格表を指さして、ロッキーが言った。髭についた水玉が光っている。カーテンの後ろで影が躍っていた。「ここならまず安全だな」手のひらからダクトテープの残りを剝ぎ取りながら、ヨーナが言った。「いまは捜索活動もだいぶ縮小されたよ。公式には、警察に不正確な情報が寄せられたことになっている。ネストルが自殺を図ったからな」

「でも、彼は生きてるんだね？」

「ああ」ヨーナはエリックの目をまっすぐに見た。ブロンドの髪があちこちで跳ね、目は十月の空の冷たいグレーに戻っている。

エリックはサンドイッチの最後の切れ端を嚙み砕いた。「もしこれがうまくいかなかったら、僕は教会で自首しようと思っていたんだ」声がうわずらないように気をつけてそう言った。

「悪くないな」と、ヨーナが静かに言った。

「教会のなかなら、彼らも撃ってはこないだろう」と、エリックが付け加える。

「ああ、撃たないだろう」とヨーナは答えたが、ふたりともそれが真実ではないことを知っていた。

ロッキーは価格表のそばでタバコをすいながら、何かぶつぶつつぶやいている。

「いつでも始められますよ」サンドイッチの包みを丸めながら、エリックが言う。

「わかった」ロッキーがうなずいて、椅子に腰かける。

エリックはロッキーの開いた瞳孔と顔色を観察し、息づかいに耳を傾けながら、

「あなたは森のなかを進んでいる。身体はまだ、どこも支障なく動いている」と言った。

「今度はうまくいかないんじゃないか」と言って、ロッキーは足でタバコを踏み消した。

「少しリラックスするところから始めましょう。脳が活動しているのは問題ない。眠っているわけではないのだから。やらなければいけないのは、その活動を一本化して、集中することです」

「わかった」と言って、ロッキーは椅子に背中を預けた。

「楽な姿勢でいてください」と、エリックが先を続ける。「催眠中は、好きなように姿勢を変えてかまいません。気をつかう必要はない。でも、動くたびにあなたのリラックスした状態は深くなっていきます」

ヨーナもエリックも、これが待ちに待った機会であるのを承知していた。多くは望まない。名前か住所か、決め手になる小さな事実が手に入ればいい。それを得られれば、牧師を見つけることができるはずだ。

エリックははやる気持ちを抑えた。時間をたっぷりとり、最も到達しがたい記憶に手を伸ばすことができるように、ロッキーを深い催眠状態へ導く必要がある。

「両手を膝に置いて」と、静かな声でエリックが言う。「それをしっかり握り合わせてから、力を抜いてください。両手がだんだん重くなり、沈んでいくのを感じます。

あなたの太ものほうへ引っ張られます。手首がやわらかくなったように感じます」

エリックが淡々とした口調を保つように気持ちを集中し、ロッキーの全身の各部位を言葉にしていくにつれて、ロッキーの肩から力が抜けていった。しばらく首のことをしゃべってから、頭がどれほど重いかを語り、呼吸が内臓の奥深くから立ちのぼってくるのを語るうちに、ほとんど気づかないほど微妙な催眠誘導の入り口へと達した。単調な声で、彼は広い砂浜を描写した。海岸に静かに寄せては引いていく波、陶器のように白く輝く砂。

「あなたは断崖に向かって水際を歩いている」と、エリックは言った。「濡れた砂の硬さを足の裏で感じる。歩くのには何の苦労もない。温かい波が足にひたひたと打ち寄せ、足のまわりで砂の粒が渦を巻いている」彼はさらに、殻に畝《うね》のある小さな貝や、砕け波のなかでくるくる回転するサンゴのかけらのことを語って聞かせる。

ロッキーはぎしぎし鳴る折り畳み椅子に深く身体を預けていた。顎はゆるみ、まぶたはいかにも重たそうだ。

「あなたには私の声が聞こえるだけで、とても気分がいい。何もかもが快適で、安全だ……」

ヨーナは窓辺に立って、ペット用墓地を眺めていた。ジャケットの前を開いており、拳銃の銃把に反射する光が胸を赤く輝かせている。

「しばらくのあいだ」と、エリックは言った。「二百から数を逆にかぞえていきます。ひとつかぞえるごとに、あなたはリラックスした状態に深く深く沈んでいく。そして私が合図したら、あなたは目を開け、あなたが汚れた牧師と呼んでいる人物に初めて会ったときのことを細かい点まで全部思い出します」

ロッキーは下唇をわずかに垂れ下がらせ、大きな両手を膝に置いたまま、みじろぎもしなかった。眠りに落ちて夢でも見ているような姿だった。

エリックは眠りを誘う低い声で数をかぞえながら、ロッキーの呼吸と突き出た腹の動きを観察した。

催眠のプロセスを進めるにつれて、エリックは自分も濁った水のなかに沈んでいくのを感じた。まわりは泥のせいで暗く、目の前にいるロッキーさえよく見えなかった。ロッキーの髭から浮き上がる気泡と、流れに揺れる髪だけが見えた。

エリックは数の順番を無視していくつか省略したが、ほんの少し速度を落として数え続けた。

正確な記憶を見つけなければならない、とエリックは思った。

水はさらに暗くなり、どんどん深みを増していた。流れも速くなって、服が引きずられる。そのあいだにも、ロッキーは濁った水のなかでグロテスクな変身を続けていた。顔はまるで、張りのない袋地でできているように見えた。

「十八、十七……十三、十二……もうすぐ、あなたは目を開く」と言って、エリックはロッキーがゆるやかに呼吸するのを見守った。「ここには心配することは何もない。危険なものも何ひとつありません」

一一二

ロッキーは、心拍数が熟睡時より少ないほどの深い催眠状態にいた。呼吸も冬眠中の動物程度しかしていなかったが、それでも脳の一部は極端なほど集中して働いていた。まもなく彼の視線を汚れた牧師に向けさせるときが来る。見たものを語らせ、夢と幻覚のそばに保存されている透き通った記憶の景色を際立たせるときが。

「四、三、二、一。ロッキーが頭をぐらぐらさせると、森を歩いているときに髪に付いた松葉が揺れた。あなたはいま目を開けて、汚れた牧師に初めて会った場所を正確に思い出している」

流れ続ける茶色の水を通して、エリックにはロッキーが首を左右に振るのが見えた。もっとも現実の世界では、ロッキーは椅子に座ったまま目を開け、唇をなめて湿らそうとしていた。

ゆっくり息をするたびに、ロッキーの腹が動いた。彼は顎を上げ、目をまっすぐ前に向けて、空《くう》を見据えた。

エリックはもう一度同じ言葉を繰り返しながら、彼に語らせるためには隠しコマンドを打ち込む必要があると思った。

「気持ちの準備ができたら、あなたは私に……いま見ているものの話ができる」

ロッキーはひび割れた唇をなめた。「草は真っ白だ……足の裏でバリバリ音がする」と、ゆっくり話し出す。「旗竿《はたざお》の天辺で黒いベールが揺れていて……小さな雪片が地面に漂い落ちてくる」それから、よく聞きとれない言葉をつぶやく。

「私の声を聞いて、思い出したことを話しなさい」と、エリックが促す。

ロッキーの額には汗が浮いていた。片足を伸ばすと、体重で椅子がまたきしんだ。

「光は白墨の色だ」とつぶやく。「それが窓から奥行きのある壁のくぼみに差している。金箔《きんぱく》を張った天井から挫折した救世主がぶら下がっている……ほかの犯罪者と一緒に」

「あなたはいま教会にいるのですね？」

流れの速い汚れた水の深みで、ロッキーがうなずいた。目は見開かれ、髪は頭の右側に漂っている。

「どこの教会ですか？」エリックの声が震えた。落ち着け、と自分に言い聞かせる。

催眠共鳴のなかで、冷静さを取り戻そうとした。

「あの牧師の教会だ」

「教会の名称は？」エリックは鼓動が速まるのを感じた。

ロッキーの口がわずかに動いたが、舌打ちのような音が何度かしただけだった。エリックは身を寄せて、ゆっくりとした呼気に耳をそばだてた。そのとき、ロッキーの喉の奥から声が吐き出された。

「フ……ディンゲ」と、ロッキーが弱々しく言った。

「フルディンゲ教会」と、エリックが繰り返す。

ロッキーはうなずくと、頭をそらした。唇が動いて何か言おうとしたが、音は出なかった。

エリックはヨーナと目を見交わした。必要なものが手に入ったのだ。もうロッキーを深い催眠状態から目覚めさせるべきだとは思ったが、エリックはどうしてもその先を訊かずにはいられなかった。「汚れた牧師はそこにいるのですか？」

ロッキーは眠そうに微笑むと、小屋の壁に掛けられた道具を指さすように、力のない手を上げた。

「彼が見えますか？」と、エリックは執拗に迫った。

「教会のなかにいる」と言って、ロッキーはがくんと頭を前に落とした。

ガラスが汚れて縞《しま》をつくっている窓のそばにいたヨーナが、はっと身をこわばらせたように見えた。どうやらペット用墓地を訪ねてきた者がいるらしい。

「何が見えるか教えてください」と、エリックが言った。

ロッキーが身震いし、鼻の先から汗の玉がぽとりと落ちた。「年寄りの牧師が見える……垂れた頰の無精髭のうえに、化粧をしている……口紅を塗っている。間の抜けた顔だ。むっつりして黙り込み……」

「続けて」

「オーサ……イプシウス・イン・パーケ」ロッキーは顔を引きつらせながら独り言を言い、折り畳み椅子をきしらせて窮屈そうに身じろぎした。緑色の乾いたペンキの破片が合板の床にぱらぱらと落ちる。

ヨーナが一歩下がって、黙って拳銃を抜いた。

「あなたは彼の名前を知っていますか？」と、エリックが言った。「私に聞こえるように、名前を大きな声で言ってください」

「醜い年寄りの牧師だ……やせこけた腕は、何年も打ち続けたヘロインの注射針の跡で覆われている」と言って、ロッキーは頭を片側にかしげた。「肌は内出血でむらができ、静脈はよれよれだが、いまは雪のように白い法衣を着ているから誰にも気づかれない……妹や娘がそばについている。親しい友人も……」

「ほかの牧師も教会にいるのですか？」

「会衆席は坊主でいっぱいだ。何列も何列も」

ヨーナがしぐさで催眠を終わらせろと指示しているのを無視して、エリックはロッキーをさらに深くへと導いた。「あなたのほんとうの記憶しかない場所まで下りていきます……十から数をかぞえます……数がゼロになったら、あなたはフルディンゲ教会にいます」

突然、ロッキーが立ち上がった。頭をがくがくと揺らし、目が白目になったかと思うと、椅子のうえにくずおれた。そのまま床に倒れ込み、頭を肥料の袋にぶつける。足が痙攣《けいれん》している。背中をのけぞらせると、シャツがまくれ上がった。喉の奥からしゃがれた苦痛のうめき声が漏れるとともに、口が少しずつ引っ張られるように開き、首がのけぞる。背骨がぎしぎしと鳴っている。

エリックは急いで駆け寄り、道具や備品をロッキーの手の届かないところへどかした。

バタンと音をさせて、ロッキーが横向きになり、まもなくてんかん発作が筋肉の痙攣に変化した。

エリックはひざまずいて、ロッキーが自分を傷つけないように頭を両手でかかえ上げた。

ロッキーの足は蹴り、突っ張り、かかとを床に打ちつけた。ヨーナは拳銃を身体に引き寄せて構え、エリックに氷のようなグレーの目を向けた。

「きみは別の隠れ場所を探す必要がある」と、彼は言った。「学校のそばの林に警官の姿が見えた。たぶんまた通報があったんだろう。でなければこんなところまで来るはずがない。いずれにしろ警察犬を連れてきて、ヘリコプターも動員するはずだ」

ロッキーの暴れ方はいくらか弱まってきたが、呼吸はまだ速く、片足を二度三度と突っ張らせた。

エリックはそっとロッキーを横向きに寝かせた。

ロッキーがまばたきした。汗びっしょりで、弱々しく咳をする。

「あなたは催眠中にてんかんの発作を起こしたんです」と、エリックが説明した。

「エリック、もうここを出たほうがいい。できるだけ遠くへ行って、身を隠すんだ」と、ヨーナがもう一度言った。

一一三

エリックは手早く水を飲むと口をぬぐった。そっと扉を開け、ペット用墓地を見渡してから小屋をあとにする。振り返らずに、木々や小さな墓のあいだを抜ける小道を歩く。森に達したところで足を速め、広い道に出ると走り出した。

学校のほうから犬の鳴き声が聞こえる。エリックは道を離れて、こんもりした森のなかへ踏み込んだ。密生した松のあいだを強引に通り抜けると、頰とまぶたが枝にこすられてひりひりした。それでも身をかがめて、蜘蛛の巣を払いのけ、茸を踏み潰しながら木々のあいだを進む。

だんだん息が切れてきて、全身から汗が落ち始めた。前は急な斜面になっていた。犬の鳴き声が近づき、犬に指示を出す警官の声も聞こえる。

森を走り続けると、急に前が開けた。木々のすき間にヨシや葦《あし》が生えているのが見えた。沼のつんとくるにおいを感じた瞬間、片足が湿った苔のなかにはまり込んだ。ヘリコプターが木々のうえを遠ざかっていくのが聞こえる。

急いで前へ進もうとすると、地面が揺れているような感じがした。水が深くなり、足首のうえまで達する。沼を横切るのは無理だと判断して引き返そうとしたとたん、足がさらに深く埋まり、ころびそうになる。とっさに片手を木の幹につく。地面から冷たい湿気が立ちのぼり、何かをしゃぶるような音を立てて苔が足から剝がれる。這って戻るしかなかった。膝が濡れて冷たくなる。ようやく固い地面にたどり着くと、エリックはふたたび走り始めた。

黒い葉が深い底に沈んでいる茶色い水の溝を飛び越えて、あたりには目もくれずにまた森へ駆け込む。足底で小枝をパキパキと折りながら駆けていると、やがてそれ以上走れなくなり、できるだけ速足で歩くようにする。

犬はすでに彼の臭跡を見つけていた。追いつかれるのは時間の問題だ。

そう思うと、自首したいという強い衝動が襲ってきた。それですべてに片がつき、温まることもできる。

だがすぐに、ネストルが胸を撃ち抜かれたことを思い出した。呼び交わす声がだんだん近づいてくる。追跡チームは獲物を取り囲もうとしていた。

エリックは誘惑の声を頭から追い払った。

沼の周囲を大きく回り込んでいくしかない。そうすれば、森のなかを抜ける道が見つかるはずだ。

彼はふたたび走り出した。小枝が顔や腕や足を叩く。

後方から犬たちがけたたましく吠える声がする。

息が切れ、喉がすりむけたようにちくちく痛み始めた。犬が解き放たれたら逃げきるすべのないことはわかっていた。

乾燥した松ぼっくりが足の下で割れる。花の開いたヘザーが足に当たる。立ち止まると、筋肉に溜《た》まった乳酸のせいで太ももが張って、重くなっているのを感じた。

木々のあいだに、水苔に覆われた背の高い岩があるのが見えた。そのうえに登ろうとすると、苔で足がすべり滑落しかかる。両手の爪を立てて岩にしがみつき、ようやく落ちるのをまぬがれる。

頂上まで登ると、うつぶせに横たわった。身体の下の岩に自分の鼓動が伝わっていくのを感じる。目から汗をぬぐい、木々の梢越しにビョルクハーゲンの黄土色の高層ビルを眺める。目を下に向けると、ぴんと張った犬の引き綱を握った警官の一団が沼を迂回《うかい》していた。無線で連絡を取り合いながら、沼の反対側を指さしている。不意に、犬の一頭がにおいを嗅ぎつけた様子を見せた。犬は森のなかへ引き返し、エリックがたどったルートをたどり始めた。引き綱をちぎれんばかりに引っ張り、けたたましく吠えている。

警察犬の一団と距離を置く必要があると気づいたエリックは、すぐに岩を這い下りた。方角を変えて斜面を駆け下りているあいだに、酷使された足が震え出す。小道をたどっていくと、湿った樹皮を敷き詰めたジョギング用道路にぶつかった。ピンクのジャージーの上下を着た女性がストレッチをしていた。一瞬ためらったが、その脇を駆け抜ける。女性の首と胸は汗で濡れていた。どこか遠くを見るような目をしているのは、ヘッドホンで音楽を聴いているかららしい。エリックが脇を通り過ぎた瞬間、彼女は目を上げた。突然顔がこわばり、さっと目をそらす。エリックに気づいたのだ。

エリックは彼女が遠ざかっていくのを目の隅で捉えた。

彼は次の角を曲がって、自然保護区の地図の前で足を止めた。セルムランド・トレイルのルートをたどり、シックラ湖の湖岸に下りることに決めた。大きな歩幅で高く伸びたブルーベリーのやぶを抜け、道なき森をまっすぐ突き抜けていく。

犬の鳴き声は、さまざまな方角から近づいている。やぶに分け入ると、上着が枝に引っかかった。恐怖がふくらんでいくのを感じながら、ひたすら前に進む。上着の側面が裂けると同時に、森の開けた場所によろめき出る。いっとき太ももに肘を載せて、大きく息をつく。やがて唾を吐くと、エリックはまた木立のあいだを進み始めた。

一四

木々の幹に反響する犬の鳴き声に追われるように、エリックは倒木をよけながら森のなかを駆けた。

五百メートルも走ると小川にぶつかった。小川の底は赤い石で覆われ、水は赤褐色の輝きを放っていた。

エリックは冷たい水に足を踏み入れ、流れのなかを歩き出した。数分間でも犬が臭跡を見失ってくれたらと願った。

ジャッキーに電話して、自分が無実であるのを伝えたかった。彼女に殺人犯と思われているると思うと、とても耐えられない。きっとニュースには大げさな告発があふれ、彼の暮らしの些末《さまつ》な出来事や遠い過去の行為が掘り起こされて、罪の証拠にされているにちがいない。

流れのなかを急いで歩こうとして足をすべらせ、転んで膝を川底にぶつけてうめき声をあげる。痛みと寒気が骨を伝って駆け上がり、背骨と首まで達する。起き上がって走ろうとしたが、靴が石ですべって思うように走れない。服も重くなっていた。身体のまわりで水がぶくぶくと泡立つ。

だんだん土手が急になって川幅も狭まり、流れが速くなった。木が川面に覆いかぶさっているので、身をかがめて枝の下をくぐり抜けなければならなかった。なおも歩き続けるうちに、森はさらに濃くなった。犬の鳴き声は届かなくなり、聞こえるのは自分の足を洗う水音だけだった。

エリックは土手を這い上がり、ペタペタと音を立てる靴のまま森を速足で歩き出した。疲労と身体にまといつく服のせいで、何度もつまずいた。

前方に、細長いシックラ湖の水面が光を反射しているのが見えた。大きな岩を回り込もうとして足がずぶりと水にはまり込む。なんとかナナカマドの細い幹をつかんで体勢を立て直す。息が苦しくて、胸をかきむしる。

もう望みはない、と彼は思った。これでおしまいだ。どこにも行く場所はないし、助けを求める相手もいない。

知り合いはいくらでもいる。付き合いのある人々、長年一緒に働いた同僚、それにわずかだが親友と呼べる者も。だが、いま連絡できる相手はひとりもいない。

シモーヌなら助けてくれると確信があったが、彼女は監視されているにちがいない。ベンヤミンも事情を知ればできるかぎりのことはしてくれるだろうが、息子を危険な目にあわせるぐらいなら死んだほうがましだ。

電話できる相手はほんの数人。ヨーナ、ネリー、それにもしかしたら、ジャッキー。ジャッキーが妹のところに行っていれば、彼女のアパートメントを借りられるかもしれない。もっともそれは、彼女が新聞の書いたことを信じていないと仮定した話だが。

エリックは携帯電話に目を向けた。電池の残量は四パーセント。ネリーに危険を冒させたくはなかったが、電話できるのは彼女しかいなかった。

彼女の電話が盗聴されていたとしても、そのときはそのときだ。もしわずかでも見込みがあるのなら、危険を冒すべきだ。包囲の網が迫ってくるいま、ほかに選択肢はない。

遠くでヘリコプターの轟音が聞こえたが、ほかには梢がざわめく音がするだけだった。携帯電話がカチッと音を立てると、彼は呼び出し音に耳を傾けた。やがて、相手が電話に出た。

「ネリーよ」と、冷静な声が応じる。

「僕だ」と、エリックは言った。「話せるかな?」

「エリック? どこにいるの? いったい、どうなってるの?」

「ネリー、聞いてくれ。助けがいる。僕は世間が言っているようなことは何もしていない。どういうことなのか、僕にもさっぱり見当がつかないんだ」

「エリック、あなたが無実であるのはわかっているわ。でも、警察に出頭したほうがいい。あなたは自首すべきよ。白旗を揚げれば、私が応援する。証人にでも何でもなるわ」

「あちらは僕の姿を見ただけで、二度も銃を撃ってきたんだ。きみにはあのときの……」

「気持ちはわかるわ」と、ネリーが口をはさむ。「でもぐずぐずしていれば、どんどん状況は悪くなるんじゃない? 警察はいたるところにいるのよ」

「ネリー……」

「彼らはあなたのコンピューターは持っていった。オフィスのものもそっくり箱に入れて運んでいった。ブロンマの私の家にも見張りがついている。カロリンスカにも。それに……」

「ネリー、僕はしばらくのあいだ隠れていなければならない。それ以外に手段がないんだ。でも、きみが手を貸せないことも理解できる。きみをトラブルに巻き込みたくはない」

「狂気の沙汰だわ」

「頼む、ネリー、ほかに頼れる人がいないんだ」

エリックの耳に犬の鳴き声が届いてきた。近づいている。

「かかわったら身の破滅になるかもしれない」と、ネリーが言った。「仕事を失う可能性もある。マルティンの仕事も。でも私……」

「こんな頼みをしてほんとうにすまない」絶望感が押し寄せてくるのを感じながら、エリックは言った。

「……でも私、古い家を持っているの。ソルバッケンの話はしなかったかしら？　昔、父の両親が住んでいたところよ。道からかなり離れたところにあるの」

「どう行けばいいんだ？」

「自分が……自分がこんなことをするなんて信じられない。もしかしたら、〈スタトイル〉のガソリンスタンドかどこかでレンタカーを借りられるかもしれない」

「僕のためにそこまでしてくれるのか？」

「どこであなたを拾えばいいかしら？」

「シックラ湖岸道路の公共ビーチを知ってるかい？」と、エリックが訊く。

「いいえ、でも行けると思う」

「ビーチのすぐそばに学校がある。僕が行くまで、そこで待っていてくれ」

エリックは身をかがめて、密生した下生えをかき分けながら、湖に沿って走り出した。しばらく走ってから、靴と重いパンツを脱ぎ捨てた。靴と服をまとめて繁みに身を隠し、頭上を低空で通過していくヘリコプターをやり過ごす。

追っ手は迫っている。

下着のシャツとパンツだけの姿で、エリックはシックラ湖に入って歩き出した。すぐに脚が凍えてきた。緊急車両のサイレンがあちこちから聞こえ、水面や木立に反響した。

ジェルラ湖につながる水路にかかったエルタ道路の橋のうえで、ブルーのライトが点滅しているのが見えた。少なくとも三台のパトカーがいる。パトカーのライトの光が橋の金属の支柱に反射し、両岸の木々の梢を照らしている。

急いで水にもぐった。息を止めていても、ヘリコプターの通過に合わせて流れが変化するのがはっきり感じとれる。湖の水が小さな波となり、くるくると円を描いて放射状に広がっていく。

エリックはスイレンの長い茎とぬるぬるした湖底に足をとられながらも、さらに湖の中心へ向かって歩き続けた。途中で束ねた服と携帯電話を捨てる。荷物は泡立つ湖水を吸い込んで沈んでいった。

別の方角に目を向けると、ダムの向こうのシックラ水路にかかった橋も封鎖されているのが見えた。いたるところにパトカーがいる。グラスファイバー製の高い欄干が、ブルーのライトの巨大な皿のような輝きを放っている。ヘリコプターがスキー場の斜面のうえでホバーリングしていた。

エリックは寒気が身体を這いのぼり、鼻に海水のにおいが届くのを感じながら、大きなストロークで水をかいて泳ぎ始めた。

対岸まで、せいぜい百メートルぐらいだろう。前方の高層ビル地域に二本の橋がかかっているのが見えた。それは戦後に〈アトラスコプコ〉が外国人労働者のために建設したものだった。

一一五

エリックは頭を低くしたまま、できるだけ湖面に波を立てないように泳ぎ続けた。もうすでに、百メートルは近く泳いでいた。大きく水をかくあいだはやさしげな水音がするだけだったが、水中にもぐると雷鳴のような音が耳を満たした。

前が見える程度に頭をもたげて泳ぐ。まつげについた水滴のきらめきの先に二本の橋が見えたが、すぐに水のうねりに覆い隠される。水流で身体が一方に押し流される。自然保護区の看板のはるか高みでホバーリングしているヘリコプターが見えたが、犬の鳴き声はもう聞こえなかった。

泳ぐあいだに、エリックは自分が九年間も嘘をつき続けていたことを、ロッキーの全人生を奪いとっておきながら、いまのいままで彼のことは一顧だにしなかったことを思い返していた。

五十メートルほど先に水面から突き出した二本の橋が見えてくると、エリックは泳ぐ速度を落として、やがて歩き出した。水着姿の子どもが数人、湿った倒木のまわりを走りまわっている。ピクニック・バスケットや毛布、折り畳み椅子に囲まれて、晩夏のぬくもりを楽しんでいる人々の姿が見える。

湾から水路に向かって、モーターボートが一台近づいてきた。

エリックはビーチの先の湖岸を目指して泳ぎ出した。湖岸の遠いほうの端に、ねじ曲がった柳の木が数本、水のうえに枝を垂らしていた。緑濃い枝の先端が、うねって流れる湖水にひたっている。

モーターボートは音もなく湖面をすべって近づいてくる。スピードを落とすと、船首が上下して波を叩いた。

エリックは柳の木を目指した。息を胸いっぱいに吸い込むと、もぐって水中を泳ぎ出す。

顔や目に当たる水の冷たさと、その味を口に感じながら、力強いストロークで泳ぎ続ける。水は耳に流れ込んで、くぐもった音を立てた。

腕から浮かび上がる気泡を、日差しがまだらに輝かせている。

水中にも、モーターボートが立てる金属的な音が届いてくる。

酷使している肩が痛み始めた。湖岸は思ったより遠かった。底のほうは真っ黒で何も見分けられなかったが、湖面は溶融スズのような色をしていた。

肺が締めつけられる感じがした。まもなく呼吸せずにはいられなくなるだろう。モーターボートの騒音がさらに大きくなった。

泳ぎ続けてはいたが、身体がだんだん浮き始めていた。力が尽きかけている。酸素が必要だった。

まわりを白っぽい気泡が浮き沈みしていた。足を蹴ると、肺に空気を送り込もうとしてぴんと張った横隔膜がぶるぶる痙攣するのを感じる。

水の色が明るくなって、まわりを砂が渦巻き始めた。湖底も見通せるようになり、きめの荒い砂のうえにごつごつした石が点々と転がっているのが見える。エリックは最後のひとかきをすると、両手で石をつかんで身体を引き上げた。

湖面から顔を出し、大きく息を吸い込んで咳をして口のなかのねばねばしたものを吐き出す。モーターボートのつくったうねりで、身体が上下に揺さぶられる。一瞬目の前が真っ暗になったので、ぜいぜいと息をしながら震える手で顔から水をぬぐいとる。

よろよろと岩をよじのぼり、天辺に倒れ込む。身を起こして枝のカーテンの陰に座ると、全身がぶるぶると震え出した。警察のモーターボートは湖岸沿いに移動していたが、その音はもう聞こえなかった。

たとえネリーが支障なく家を出てレンタカーを借りられたとしても、ここに着くのはもう少し先になるはずだ。待ち合わせ場所に行くのは、しばらく木の下で休んで、少しでも身体を乾かしてからのほうがいい。

子どもたちの叫ぶ声や笑い声が霧に包まれたように小さく聞こえる。遠くでサイレンの音が響き、湖の反対側にある自然保護区の上空をヘリコプターが飛んでいるのが見えた。

三十分ほどそうしてから、隠れ場所を出て岩を登り、歩行者用の小道を横切ってハシバミの大きな繁みの陰に足を踏み入れた。枝の下の地面にはトイレットペーパーが散らばっていた。エリックは、外壁を赤錆色に塗られたシックラ・リクリエーションセンターのほうへ歩き出した。

突然サイレンの音が壁のあいだにやまかしく反響するのを聞いて、エリックはぴたりと足を止めた。心臓が早鐘のように打っている。さほど離れていないところに屋外カフェがあって、人々が無関心な様子で食べたり飲んだりしている。サイレンが遠ざかったので、エリックはまた歩き出した。この建物の裏手の繁みに隠れていたほうがいいだろうかと考えているうちに、ネリーの姿が目に飛び込んできた。緑色の花柄の服を着て、ブロンドの髪を緑色のスカーフで束ねている。

道路の反対側には黒いジープが停まっていた。ネリーは片手をひさし代わりにして、湖のほうを見つめている。

エリックが草むらと低い灌木の繁みを突っ切って歩道に出ると、ネリーが彼の姿に気づいた。急に恐怖に襲われたように、唇がわずかに開く。エリックは車が来ないのを確認してから、濡れたままの下着姿で道路を横断した。

ネリーがすばやく彼の全身に目を走らせる。「素敵なお洋服ね」と、車の後部ドアを開けながら言う。「毛布の下にもぐり込んで」

エリックはシートの前の床に身を丸めると、赤い毛布を引っ張り上げた。日差しで暖められた車内はプラスチックと革のにおいがした。

ネリーが運転席に乗り込み、ドアを閉める音がした。エンジンがかかり、ハンドルが左に切られて路肩を乗り越えると、車は速度を上げ始めた。エリックはシートのほうに身体を寄せた。

「私たちには、ロッキーがレベッカ・ハンソン殺害の件で間違って有罪を宣告されたことはわかっているけど、でも……」

「ネリー、いまはよしてくれ」と、エリックがさえぎった。

「でも、今度の一連の事件についても無実なのかどうかはわかっていないんじゃない？　あなたに罪を着せるためだけに、自分が有罪になった事件の模倣をしたとは考えられないかしら？」

「ロッキーじゃない。僕は彼に催眠をかけた。彼は牧師に会っているし……」

「だけど、彼が多重人格を使い分けてたらどうなの？　殺人を犯したときは、汚れた牧師だったら？」

ネリーが話をやめてCDをかけると、ジョニー・キャッシュの低い声が車内に響きわたった。〝カリフォルニアのお尋ね者、バッファローのお尋ね者、カンザスシティのお尋ね者、オハイオのお尋ね者……ミシシッピのお尋ね者、シャイアンのお尋ね者。今夜どこに目を向けても、見えるのはこのお尋ね者……〟

エリックが横たわったまま毛布を頭からかぶると、車のマットから砂のにおいがした。

こんなときでもネリーがユーモアを忘れないことに、エリックは微笑まずにはいられなかった。

一一六

ロッキーはヨーナの隣の助手席で眠っていた。道路がカーブに差しかかると、頭ががくんと横に倒れる。あたりに人影はなく、見棄てられたという表現がふさわしいさびれた風景が広がっていた。

ヨーナは、今朝届いたルーミのメールのことを考えながら車を急がせていた。ルーミは、パリはとても気に入ったけど、ナッタヴァーラでの会話が懐かしいと書いていた。

フレンを過ぎると、帯のように細長い土地を道路と鉄道が並行して走るようになる。長い貨物列車が轟音を蹴立てて車のすぐ脇を通り過ぎていく。

森はしだいにまばらになり、土地も平らになって広大な畑に変わった。コンバインが埃の雲を湧き上がらせながら畑を進み、麦を刈り取り脱穀していた。

フルディンゲはカトリーネホルムからほど近い五十五号線沿いにあった。右へ曲がると、木々のあいだから赤い家が数軒見え、その先に平地からそびえ立つ細い尖塔を備えた砂色の教会が建っていた。

フルディンゲ教会。これが汚れた牧師の教会だ。スウェーデンでは標準的な地方の教会で、十一世紀に建てられ、ルーン石碑に取り囲まれている。

タイヤがガリガリと砂利を踏みつける音をさせて、ヨーナは教会に続く道へ乗り入れ、教区会館の前で車を停めた。

ようやく殺人犯の尻尾《しっぽ》をつかんだ気がした。ロッキーの悪夢のような記憶のなかの牧師、頬に紅を差し、注射針の跡に覆われた腕を持つ老牧師の尻尾を。

教会の扉は閉まっており、なかは暗かった。

コルト・コンバットをホルスターから抜くと、床尾に巻いたテープが剝がれかけているのに気づいて、ヨーナはテープを剝ぎ取った。彼はいつも手がすべらないように、床尾の下半分にテーピング用のテープを巻きつけていた。

弾倉を引き抜き、フル装塡《そうてん》されていることを確認して戻す。牧師が教会で待ち受けているとは思わなかったが、念のために一発を薬室に送り込んだ。

何事もそう簡単には運ばないものなのだ。

小道は掃きならされ、墓地もきちんと手入れされていた。日差しがオークの大木の葉叢《はむら》を通って降り注いでいる。

牧師はきわめて危険なシリアル・キラーだ。決して急がず、観察と計画に時間をたっぷりとって細部まで見通し、やがて何かが乗り移ったように野獣に変身する。

彼の弱みは傲慢《ごうまん》さと、自己陶酔的な飢餓感だ。

ヨーナは教会と周囲の草原に視線を走らせた。片方のポケットに標準的なパラベラム弾の予備弾倉をふたつ、もう片方に貫通力の高いフルメタルジャケット弾の弾倉を入れてある。

もし牧師がここにいなければ、とヨーナは思った。もし牧師がこの教会にいたことが一度もなければ、捜査はそこで行き詰まる。

いまここでマルゴットを納得させるものを見つけられなければ、ほかに打つ手はない。エリックは無実でありながら、有罪になるだろう。ちょうど何年も前にロッキーがレベッカ・ハンソン殺しで有罪になったように。そして、シリアル・キラーは野放しになる。

今日こそ、すべてに決着がつく日だ。エリックは逃げ続けられない。どこにも行く場所は残されていない。いずれ獲物は森を追い出される。

それにヨーナも刑務所の看守を襲って、勾留中の被疑者を脱走させている。

ディーサはよく、あなたは刺激が欲しくてうずうずしているのだから、警察の仕事に戻るべきだと言っていた。いまではもう手遅れだが、選択の余地はなかったのだ。

ヨーナが車のドアを開けると、ロッキーが目を覚まし、眠そうに細めた目でヨーナを見上げた。

「ここで待っていてくれ」と言って、ヨーナは歩き出した。

ロッキーは車を降りて地面に唾を吐くと、車の屋根に寄りかかって、屋根に積もった埃に手で線を一本引いた。

「いまどこにいるかわかるかね？」と、ヨーナが尋ねた。

「いや」と、教会を見渡しながら、ロッキーが答えた。「だからって、どうってことはないが」

「車のなかで待っていてほしんだ」と、ヨーナが繰り返す。「殺人犯がここにいるとは思わないが、危険かもしれない」

「俺は気にしないね」と、ロッキーがぼそっと言う。

彼はヨーナのあとについて墓石をあいだを通り抜けた。雨が降ったあとのように、空気がさわやかだった。ジーンズとTシャツ姿の男が教会の入り口の外でタバコをすいながら電話をかけている。ふたりはその脇を通って、教会に入った。

いままでまばゆい光のなかにいたので、薄暗い教会に入ると、ほとんど何も見えなかった。

ヨーナはいつでも拳銃を抜けるようにして、脇へ移動した。

まばたきして目が薄闇に順応するのを待ってから、オルガンのある楽廊の下の会衆席に入った。巨大な支柱が天井まで続く華麗なフレスコ画を支えている。

カチカチと鳴る音がして、壁面を影が踊った。

会衆席の前のほうの列に誰かが座っているらしい。

ヨーナはロッキーに止まるよう指示してから拳銃を抜き、尻の脇に隠し持った。

鳥が窓にぶつかる音がした。どうやら脚が紐《ひも》か何かにからんだカラスが、逃げようとして窓に体当たりしているらしい。

聖具室の扉は少し開いていた。壁には円に囲まれたくすんだ十字架が描かれている。

ヨーナはゆっくりと、身体を丸めた人影に背後から近づいた。前の席の背もたれをつかんでいる皺だらけの手が見えた。

また鳥が窓にぶつかった。しなびた人影が音のほうにゆっくり顔を向ける。

年老いた中国人の女性だった。

ヨーナは拳銃を隠したまま脇を通り過ぎながら、横目で女性の姿を見た。女性は無表情な顔をうつ向けていた。

中世風の洗礼盤の横に、マリアが子どものように座っていた。幅の広い木製のドレスの裾が足のまわりに重そうに積み重なっている。

祭壇背後の壁飾りの中央には、金色の空を背景に、十字架に掛けられたイエスが吊り下げられていた。催眠状態のロッキーが語ったとおりだった。

ここでロッキーは初めて牧師に会った。教会には聖職者が詰めかけていた。いま、彼はここに戻ってきた。

ロッキーは、二階にオルガンを設置した楽廊のある暗い入り口のそばで足を止めていた。オルガンのパイプが羽ペンを並べた列のように、彼の上方に突き出している。

ロッキーは腹が決まらないとでも言うように、じっと立ち尽くしていた。祭壇には目を向けず、ひたすら自分の大きな空っぽの手を見つめている。

中国人女性が立ち上がって、外へ出て行った。

ヨーナは聖具室の扉をノックしてから、軽く押して扉を少し開き、薄暗い内部を覗き込んだ。法衣がいつでも着られるように掛けてあったが、人気《ひとけ》はなかった。

ヨーナは脇へ寄って蝶番《ちょうつがい》のすき間を見たり、波打つ布のように凹凸のある石の壁を調べたりした。

それから扉をもっと大きく開き、拳銃を胸に構えてなかへ入った。礼拝用の式服をすばやく見まわす。目を上げると、青白い日差しが壁の深いくぼみに差し込んでいた。

トイレに続く通路を進んでドアを開けたが、そこにも人影はなく、シンクのうえの棚に腕時計が置いてあるだけだった。

彼は拳銃を構えて、クロゼットの扉を開けた。上祭服《カズラ》、黒の法衣《カソック》、懸垂帯《ストール》など、宗教上の季節に合わせたさまざまな色の祭服がきちんと並べて掛けてある。手早く祭服を押し分け、裏側を調べる。

隅の床に何かが置かれていた。見ると、スポーツカーの専門誌を束ねたものだった。

ヨーナは身廊に戻り、会衆席に座っているロッキーの横を通り過ぎて教会の外に出ると、さっき電話をしていた男に牧師の所在を尋ねた。

「私が牧師です」男はにっこりと微笑んで、足もとに置いた空のマグカップにタバコの吸い殻を落とした。

「ほかの牧師さんのことなんですが」と、ヨーナは言った。

「ここには私しかいません」と、男は答えた。

ヨーナは声をかける前にめざとく男の腕を確認していた。注射針の跡はなかった。

「任命されたのはいつですか？」

「私はカトリーネホルムで牧師補に叙任され、四年前にここの牧師に任命されました」と、男は愛想よく答えた。

「あなたの前任者は誰ですか？」

「リキャルド・マグヌソンでした。その前はエルランド・ロディン、ペーテル・ラール・ヤコブソン、ミカエル・フリース……その前は……思い出せません」

牧師はどこかで手を切ったらしく、手のひらに汚れたバンドエイドが貼ってあった。

「おかしな質問に思えるでしょうが」と、ヨーナは言った。「教会が聖職者でいっぱいになるのはどんなときでしょう？　聖職者が信徒のように会衆席に居並ぶのは？」

「牧師が叙任されるときですね。でも、それが行われるのは聖堂ですが」牧師はいつでも協力しますよと言わんばかりに、そう答えた。そして、地面に置いたマグカップを拾い上げた。

「でも、ここではどうです？」と、ヨーナはあきらめずに問いかけた。「この教会が聖職者でいっぱいになるときがありますか？」

「聖職者の葬儀のときでしょうね。でも、そうするかどうかは遺族の気持ち次第です。誰が招待されるかによりますね。聖職者に特別なルールはないのです」

「ここに聖職者を埋葬したことは？」

牧師が歩き出し、ヨーナはそのあとについていった。牧師は教会の扉の前で足を止めて、墓石や狭い通路、手入れの行き届いた繁みを見渡した。

「この墓地に、ペーテル・ラール・ヤコブソンが埋葬されていることは知っていますす」と、牧師は静かな声で言った。若い牧師の腕は石の冷たさで鳥肌が立っていた。

「亡くなったのはいつですか？」

「私がここに来るずっと前のことです。十五年ぐらい前かな。よくわかりません」

「彼が埋葬されたとき、ここに誰がいたか、記録はありませんか？」

牧師は首を横に振って、しばらく思いをめぐらせた。「記録はありませんが、彼の妹なら知っているかもしれません。彼女はまだ、この教区が所有している未亡人用の家で暮らしています。ヤコブソンは独身で、妹が身のまわりの世話をしていました」

ヨーナは薄暗い教会のなかへ戻った。ロッキーは、中世の勝利の十字架が飾られた内陣仕切りの下でタバコをすっていた。イエスのやせ細った全身には、老いたヘロイン依存症患者のように赤い傷痕が点々と散っていた。

「〝オーサ・イプシウス・イン・パーケ〟とは、どういう意味だね？」と、ヨーナが尋ねた。

「なんでそんなことを訊くんだ？」

「催眠をかけられたときに、きみがそう言ったからだ」

「〝骨は安らかなり〟という意味さ」と、ロッキーが乱暴な口調で答えた。

「きみは死んだ牧師の姿を語っていた。なぜ化粧をしていたのかわかった気がする」

ふたりは急ぎ足でアーチ型の仕切りをくぐり抜けて扉へ向かった。歩きながらヨーナは、ロッキーが描写した棺のふたを開けてある葬儀のことを思った。亡くなった牧師は化粧を施され、白いカソックを着ていたが、彼は汚れた牧師ではなかった。葬儀はロッキーが初めて汚れた牧師に出会った場所でしかなかったのだ。

一七

ヨーナとロッキーは、〝平和の家《フリードヘム》〟と名づけられた信徒用住居へ続く石段を登った。ペーテル・ラール・ヤコブソンの妹のエリノールが、弟の亡くなったあと、住むことを許された住居だった。彼女はフルディンゲの村に住む若い女性と一緒に、村の歴史や昔の牧師とその家族の暮らしぶりを見せるささやかな展示物を並べた小さなカフェを営んでいた。

フリードヘムは三軒の赤いコテッジで構成されていた。窓枠と妻壁、開かれた鎧戸《よろいど》は白く塗られ、屋根は昔風のタイルで葺《ふ》かれている。三方をきれいに刈られた芝生に囲まれ、枝垂《しだ》れシラカンバの下にカフェ用のテーブルが置いてある。

ふたりはカフェのなかへ入り、額入りのモノクロ写真が掛けてある狭い部屋を通り抜けた。建物や労働者の一団、牧師の家族の写真が並んでいた。ガラスキャビネットが三つ置かれ、なかには服喪用の黒の装飾品、手紙、資産目録、賛美歌集などが飾ってあった。

明るい雰囲気のカフェに入ると、ヨーナは花柄のエプロンをつけた年配の女性からコーヒーを二杯と、クッキーの皿を一枚買った。老女は、お代わり自由ですと言ったのに返事もしないロッキーに不安そうな視線を向けた。

「ちょっと失礼」と、ヨーナが言った。「あなたがエリノールですね？　ペーテル・ラール・ヤコブソンの妹さんの？」

老女はいぶかしげな目でヨーナを見た。ヨーナが、いま後継の牧師と話してきたところで、牧師はあなたのお兄さんのことをたいそうほめていましたよと言うと、老女のくっきりとしたブルーの目に涙があふれた。

「ペーテルは、それはそれは人気がありました」老女は震える声でそう言ってから、大きく息をひとつついた。「みんな、あの人のことをよく覚えていて、会えないのを寂しがっています」

「さぞや自慢のお兄さんだったんでしょうね」ヨーナがにっこりする。

「ええ、誇りにしていました」

いじらしささえ感じさせるしぐさで、老女は両手を腹のうえに置いて、気持ちを落ち着かせようとした。

「ちょっと疑問に思っていることがありましてね」と、ヨーナが先を続ける。「お兄さんには特に近しいご同僚はいなかったでしょうか。よく一緒に仕事をされていたような」

「ええ、おりましたわ。カトリーネホルムの地方参事や、フローダやストーラ・マルムの教区主管者代理などが。亡くなる前は、よくレルボ教会で仕事をしていました」

「そういった方々とプライベートで会うこともありましたか？」

「兄は立派な人でした」と、エリノールは言った。「正直な人で、人からとても好かれていました」

エリノールは展示物しかない部屋のほうを見て、カウンターの後ろから出てくると、国王と王妃がストレンゲネスを訪問したときの額に入った新聞記事の切り抜きをヨーナに見せた。

「ペーテルは当時、記念祭礼拝を担当する聖堂付き牧師でした」と、老女は誇らしげに言った。「あとで主教さまに感謝の言葉をいただいたんです。それに……」

「この人にきみの腕を見せてやってくれ」と、ヨーナはロッキーに言った。

ロッキーはためらう様子もなく、シャツの袖をまくり上げた。

「兄はヘルネサンドで開かれた教区会議で代表演説者を務め……」

ロッキーの荒れ果てた腕を見て、老女が口ごもった。何百回も注射針を刺したせいで肌はでこぼこで、しみだらけになり、ヘロインを溶かすのに使ったアスコルビン酸に破壊された血管が黒ずんでいる。

「この男も牧師なんです」と、老女から目をそらさずに、ヨーナが言った。「誰でも罠に落ちる危険があるのです」

エリノールの皺だらけの顔から血の気が引き、表情が失われた。片手で口を押さえて、木製の椅子に腰を下ろした。

「兄はあの事故のあと――妻が亡くなったあと、人が変わってしまった」と、老女は低い声で話し出した。「悲しみのせいで壊れてしまったんです。誰とも親しく付き合わなくなって……誰かが自分をつけまわしている、みんなが自分を監視していると思い込んでいた」

「それはいつのことです？」

「十六年前です」

「お兄さんは何を使っていたんですか？」

老女は魂を抜かれたような目でヨーナを見た。「箱には〝硬膜外注入用モルフィネ〟と書かれていました」皺だらけの手をエプロンのうえで絶え間なく動かしながら、首を左右に振った。「私は何も知りませんでした。兄は結局、みんなに見放された。実の娘さえ耐えられなくなった。長いあいだ娘が兄の面倒をみていたのですが、それが続かなかった理由は私にも理解できます」

「でも、礼拝は続けられていたんですね？　自分の仕事は？」

エリノールは充血した目をヨーナに向けた。「ええ、礼拝は司宰していました。誰にも気づかれませんでした。この私にも。一緒にいる時間がほとんどなくなってしまったからです。でも、私は朝の礼拝には行っていた。それに……みんなが兄の説教は以前より力強くなったと言ってました。身体はどんどん弱っていたのに」

ロッキーはもごもごと何かつぶやくと、外へ出て行った。ふたりが窓の外に目を向けると、ロッキーが芝生に入り、枝垂れシラカンバの下のテーブルまで歩いていって腰を下ろすのが見えた。

「あなたはどうして気づかれたのですか？」

「兄を見つけたのは私だからです」と、老女は答えた。「遺体の処理をしたのも私です」

「過剰服用ですか？」

「わかりません。兄が朝の礼拝に姿を見せなかったので、聖具室に探しにいきました。ひどいにおいでした。兄は地下室にいました……亡くなって三日たっていて、身体は汚れ、かさぶたで覆われていた。動物みたいに、檻のなかに横たわっていたのです」

「檻に横たわっていた？」

老女はうなずいて、鼻を拭いた。「檻にあったのは、マットレスと水を入れた缶だけでした」と、ささやくように言う。

「檻に入っていたのを不思議に思いませんでしたか？」

老女は首を横に振った。「内側から鍵がかかっていました。たぶん、薬から逃れるために自分を閉じ込めたんでしょう」

そのとき、新しい客が店に入ってきた。老女のと似た柄のエプロンをつけた若い女性が出てきて、カウンターの後ろに立った。

「お兄さんの同僚の方が説教の原稿を書くのを手伝ったりしたことはありませんか？」

「わかりません」

「たぶんコンピューターをお持ちだったでしょう。それを見せていただけませんか？」

「仕事部屋に一台ありましたが、説教は手書きで書いていました」

「その原稿をお持ちですか？」

エリノールはベンチから立ち上がった。「兄の遺品は私が管理しています。ゴシップにならないように聖具室をすっかりきれいにしましたが、兄は何もかも全部捨てていました。写真も手紙も説教の原稿も。日記も見つからなかった。兄はずっと日記をつけていたのに。いつもデスクの引き出しに入れて鍵をかけていました。開けてみると、空っぽでした」

「ほかの場所は思いつきませんか？」

老女はじっと立ったまま口を音もなく動かしていたが、やがてそこから言葉が出てきた。「日記は一冊しか残っていなかった。酒のキャビネットに隠してあったんです。ああいうものには普通、裏側に秘密の隠し場所が付いているんです。紳士がいやらしいフランスの絵はがきを入れておくような」

「その日記には何が書いてありましたか?」

老女は笑みを浮かべて首を振った。「一度も読んでいません。そんなことはすべきではないから」

「もちろん、そうです」と、ヨーナは言った。「でも、ずっと昔のことですが、ペーテルはよくクリスマスに日記を持ち出してきて、父母のことや説教のテーマなどについて書かれた部分を読んでくれたものです。兄はとても文章がうまかった」

またカフェのドアが開き、流れ込んだすき間風が挽《ひ》きたてのコーヒーの香りを部屋じゅうに漂わせた。

「その日記はここにあるのですか?」と、ヨーナが尋ねた。

「展示物のなかにありますわ」と、エリノールは言った。「私たちは博物館と呼んでますけど、実際にここで見つけたものはごくわずかです」

彼女はヨーナを展示物のところへ案内した。引き伸ばされた一八五〇年代の写真には、黒い服を着た三人のやせた婦人が未亡人のための施設の前に立っているのが写っていた。建物はほとんど真っ黒に見えた。早春に撮られたものらしく、木々は裸で、草地の溝にはまだ雪が残っている。

その写真の下に、夫に先立たれた妻が後任の牧師と再婚しなくてすむようにフリードヘムを建てた牧師を紹介するキャプションが付いていた。

磨き上げられた翡翠《ひすい》のイヤリングとネックレスの横には、錆びついた鍵とペーテル・ラール・ヤコブソンの葬儀を写した小さなカラー写真が置いてあった。黒い服に身を包んだ男が黒いベールを手に、葬儀の進行係を務めている。主教と牧師の娘と妹が棺の横に立ち、顔をうつ向けていた。

明るい陽光の下で選鉱に励んでいる女性や子どもを写したカントロプ鉱山の写真や、フルディンゲの救貧院、鉄道駅のお披露目の写真の前を通り過ぎる。教会のモノクロ写真の一枚は手彩色されており、空は淡いブルーに変わり、周囲の植物は南国風で、新しく建てられた尖塔《せんとう》を支える木材は磨き抜かれたブロンズのように見えた。

「日記はここです」展示物を並べた次のガラスキャビネットの前で足を止めると、エリノールはそう言った。

一八

リンネルの布のうえに、錆びたヘアクリップ、懐中時計、金箔押しで〝アンナ〟と名前が書いてある白い賛美歌集と並んで、しみだらけの革表紙にライラック色のストラップを巻いた牧師の日記があった。

老女はおびえた目で、ヨーナがケースを開けてそれを取り出すのを見守った。日記の扉には、華麗な手書き文字で、〝ペーテル・ラール・ヤコブソン、牧師、第二十四巻〟と書かれていた。

「他人の日記を読むのは正しいこととは思えません」と、不安そうな声で、老女が言った。

「そのとおりです」と言って、ヨーナは日記を開いた。

最初の記載の日付は二十年近く前だった。

「私たちにそんな権利は……」

「私は読まなければならないんです」とさえぎって、ヨーナは日記に目を据えてページをめくった。

教区理事会が重荷になりつつある。方針もさらに厳格になっている。財政状況が教会の運営におよぼす影響がさらに大きくなるのを恐れる。また贅沢品を少しずつ売り払えばいいんじゃないのか。［まさにそのとおり］

今日は公現祭から五回目の日曜日で、祭服の色がまただんだん黒っぽくなっていく。テーマは〝種をまくことと刈り取ること〟。パウロの手紙のなかで、ガラテア人に神を侮らないよう警告するくだりは好きではない。〝人は自分のまいたものを刈り取ることになる〟。だが、ときに人は種をまかなくても、刈り取らなければならないことがある。会衆にそんなことは言えないが。彼らは天国の豊かさについて聞きたがっているのだから。

ヨーナが目を上げると、老女が手を脇に下ろして部屋を出て行くのが見えた。

レルボの教会で青白い顔をした専属牧師と会って私的な会話を交わした。たぶん彼は私が酒を飲むことについて話をしたかったのだろう。彼は若くて信仰心があまりにも篤いので、気分が悪くなった。二度と彼を訪ねるようなことはしまいと心に決めた。

娘もだいぶ成長した。あの子に気づかれないようにして、姿を眺めていたことがある。娘は鏡の前に座っていた。アンナと同じ髪型にして、鏡に向かって笑っていた。

今日は復活祭から五回目の日曜日。説教のテーマは、〝信仰心を育む〟。ロスラーゲンの農場へ引っ越す前にギニアに行った祖父母のことを思う。ここの会衆の頭には伝道の仕事のことなどかけらもない。それがとても不思議だ。

ヨーナは展示された写真の下に置かれた古い椅子のひとつに座っていた。ページを繰って、年間の祭礼の宗務に目を通していく。クリスマス・キャロル、風車小屋などで行われる夏の礼拝……。前に戻ってもう一度見直したが、レルボの牧師についての記述はほかに見つからなかった。やがて復活祭の期間の記述に目が留まった。

福音書は空っぽの墓に関心を寄せているが、夕食の席ではみんなで旧約聖書にあるエジプトを襲った最後の疫病のことを語り合った。娘は、神は血を好んでいると言って、復活祭の聖句、〝あなたがたのいる家々の血は、あなたがたのためにしるしとなる。わたしはその血を見て、あなたがたのところを通り越そう〟を引用した。

私と妻はこの一年、寝室を共にしていない。私は遅くまで起きていることが多いし、(妻に言わせれば)掘削機のようないびきをかくからだ。だが私たちは、しょっちゅうたがいに通い合っている。ときには夜に、一緒にアンナの寝室に行き、彼女が着替えをするのを眺めることもある。彼女が寝る前に小さな突起を押してイヤリングを外し、ケースにふたつ並べてしまうところを見ているのはとても楽しい。アンナは口数少なく、細かいところまで気を配る。ブラジャーを外すときは手が後ろまで回らないので、肩紐を外してウェストのところまで下ろし、くるりと半回転させてホックを外す。

　昨夜、ベッドの端に腰を下ろし、アンナが寝る前に髪を束ねているのを眺めていると、暗い窓の外に人の顔が見えたような気がした。立ち上がって窓辺に行ったが何も見えなかったので、ベランダに出て、庭にも下りてみた。だが、あたりは静まり返っており、満天の星が見えただけだった。

　ヨーナが窓の外に目をやると、ロッキーはまだ目を閉じ、両足を伸ばして木の下に座っていた。

　~~昨日、スーパーマーケットでレルボの青白い顔をした牧師の姿を見たが、挨拶はしなかった。~~

受難節の四回目の日曜日

これで、受難節の仕事もなかばすんだことになる。頭痛がして、遅くまで眠らないでワインを飲み、読み、書いた。

今日のテーマは〝人生の糧〟を考えている。復活祭の聖日が重くのしかかる。存在の重い拳が私たちを地面に押しつける。

ヨーナはページを繰って、三位一体の主日《しゅじつ》など教会行事のなかでも平穏なものについての記述を飛ばし読みしていたが、やがて不意に手を止めた。

おぞましいことが、信じられないことが起きた。ここにそれを書き留めるのは神の許しを乞うためで、今後は二度と口にすることはないだろう。あれから二日たったいまでも、手の震えが止まらない。

年老いたロトのように、私はたぶらかされて主の戒律を破った。だがここにそれを書いて、この件で自分が果たした役割を、自分の罪の割合を把握したい。それはかなり遅い時間のことで、私はいつも以上にワインを飲んで、自分を抑制できないほど酔っていた。そのままベッドに入り、眠りに落ちた。

いま思えば、闇にまぎれてベッドにもぐり込んできたのがアンナではないことには、それとなく気づいていたにちがいない。アンナの香りがしたし、アンナの装身具や寝間着を身につけていた。だがその人物はおびえており、私が覆いかぶさると、身体が震えているのがわかった。

彼女はささやき声ひとつ立てず、アンナのようにため息も漏らさずに、痛みに屈するのをこばんでいるような息づかいだった。

私は電気スタンドを点けようとしたが、酔っていたのでスタンドを床に落としてしまった。そこでベッドを下り、壁に手を触れながらよろよろ歩いていって、部屋の全体照明を点けた。

私のベッドには娘が座っていた。おびえてはいたが、化粧をして微笑んでいた。

私はうなり、叫び声を上げて駆け寄ると、娘の耳からアンナのイヤリングをむしり取った。娘の顔を血が飛び散ったシーツで拭くと、階段を引きずり下ろし、外の雪のなかに放り出した。私は足をすべらせて転んだが、起き上がって娘を突き飛ばした。

娘は凍えて、耳から血を流していたが、まだ微笑み続けていた。

私は罰せられるだろう。罰せられなければならない。こうなることを予想していなければならなかった。人付き合いもなく、いつのまにか色気づき、こそこそと歩きまわり、覗き、いつもアンナの装飾品と化粧品をいじっていた。

ヨーナは読むのをやめて、ケースのなかの錆びた鍵と黒のイヤリングを見てから、日記に目を落とした。そして日記をほかの展示品と一緒にその場に残したまま、やせ細った寡婦たちの写真の前を通り過ぎてカフェに戻った。エリノールはカウンターの後ろの棚にソーサーに載せた小ぶりのカップを重ねていた。カップを載せると、やさしげなチリンという音がした。開け放したドアから入り込んできた動きの鈍いハエが、外に逃げ出そうとして何度も窓にぶつかっている。

ヨーナの足音に気づいて、エリノールが振り返った。その顔つきからすると、兄の日記のことを教えたのを悔やんでいるようだ。

「ペーテルの奥さんはどんな亡くなり方をしたのか教えてもらえませんか？」

「知りません」とにべもなく言うと、老女はまたカップとソーサーを重ね始めた。

「あなたとアンナは親しかったと言いましたよね」

老女の顎が震え出した。「もうお帰りになったほうがいいと思います」

「帰れません」と、ヨーナは答えた。

「あなたはペーテルの説教に関心があると思っていたから、私は……」エリノールは首を横に振ると、トレーにコーヒーとペストリーをふたつ載せて、ドアのほうに歩き出した。

ヨーナはそのあとについていき、ドアを開けてやると、エリノールが庭の客にトレーを運び終えるのを待った。

「もうお話ししたくありません」と、彼女が弱々しく言った。

「事故ではなかったのですか？」と、ヨーナが詰問する。

エリノールは途方に暮れた顔をした。いまにも泣き出しそうだった。「話したくありません」と哀願するように言う。「おわかりいただけないかしら。もう過ぎたことなのです」老女はうつむいて、すすり泣きを始めた。

もうひとりの女性が入ってきて、小きざみに震える老女の肩に手を置いた。そばのテーブルにいた客が立ち上がって席を変える。

「私は警官です」と、ヨーナは言った。「調べればすぐわかることだが、いま……」

「お願い、もう帰ってください」と、もうひとりの女性がエリノールの肩を抱きながら言った。

「ただの事故でした」と、エリノールが言う。

「あなたを困らせるつもりはないんだが」と、ヨーナは言葉を継いだ。「何があったのか知らなければならないんです。それもいますぐに」

「自動車事故でした」と、エリノールが泣き声で言った。「強い雨が降っていました。

ふたりは墓地の塀に正面衝突したんです。車はねじ曲がって、アンナを押し潰した。アンナの顔はめちゃくちゃになって……」老女は立っていられなくなり、テーブルのひとつに腰を下ろして、まっすぐ前方を見つめた。

「続けてください」と、ヨーナがやさしく言った。

老女は顔を上げると、目から涙をぬぐってうなずいた。「私たちはその光景を聖具室から見ていました。兄はすぐに駆け出していって、道に出た……私も雨のなかをあとに続くと、兄の娘が母親を車から外へ出そうとしているのが見えた。娘はジャッキを使ってました……それで車を叩いていたんです。私は悲鳴を上げて、柳の木立を抜けて走りました」

老女の声はかすれていた。彼女は二度三度、口をぱくぱくさせてから、先を続けた。

「あたり一面にガラスや車の残骸が飛び散っていて、ガソリンと熱せられた金属のにおいがした。娘はもうあきらめていた。じっと立ったまま、父親が駆けつけてくるのを待っていました。ショックで見開いた目と顔に浮かんだ奇妙な笑みが忘れられない」

エリノールは両手を持ち上げて、手のひらを見つめた。

「ああ、なんてことでしょう」とささやくように言う。「娘はクロックハンマルの学校から戻ったばかりで、黄色いレインコートを着て母親の姿を見ていた。アンナの顔は誰とわからないほど潰れて、血がそこらじゅうに飛び散っていた」

また声がかすれて出なくなった。老女はごくりと唾を飲むと、ゆっくりした口調で話し出した。

「記憶というのは妙なものです。雨のなかを近づいていくと、ものすごく甲高い声が聞こえました。幼い子どもがしゃべっているような……そのとき車が燃え出し、青い泡がアンナを包み込んだ。次の瞬間、私は溝のなかの濡れた草のうえに横たわっていた。車全体から炎が渦を巻くように上がっていた。シラカンバにも火が移り、私は……」

「誰が運転していたのですか？」

「それは言いたくありません」

「その娘さんですが」と、ヨーナが言った。「何という名前ですか？」

「ネリーです」と、老女は答えた。目を上げると、その顔には疲労の翳《かげ》がくっきりと現れていた。

一一九

カフェのテーブルを縫いながらロッキーのもとへ向かうあいだに、ヨーナはエリックに電話をかけた。

エリックの電話は電源を切られていた。

マルゴット・シルヴェルマンの私用の電話にかけても応答がなかったので、ヨーナはかつての上司、国家警察のカルロス・エリアソンに電話して、短いボイスメールを残しておいた。

ロッキーはまだシラカンバの下の日陰に座って、腹に落ちたくずをつまんでいた。靴と靴下を脱いで、草のうえに置いた爪先にぶら下げている。

「もう行かなければ」そばに行って、ヨーナが言った。

「疑問の答えは見つかったかね?」

ヨーナはロッキーを無視して、石段を駆け下りた。ペーテルは、その内容があまりにも恥さらしだったので、日記の第二十四巻をほかの巻と一緒に書斎に置いておかなかった。おかげで、ネリーは日記を処分したときにその一巻を見逃してしまった。日記の終わりのほうで、ペーテルは娘を古風な寄宿女学校へ行かせた経緯を説明していた。

ヨーナは盗んだ車の前で足を止めた。ネリーは十四歳のときに、エーレブローの郊外にあるクロックハンマル校に入学し、六年間の学校生活を送った。そのあいだ両親と一度も顔を合わせなかった可能性もあるが、それでも彼女の父親に対する病的執着は消えなかった。

愛する相手から拒絶されること、自分が奪われたものを取り返すためだけにすべてを犠牲にすること、それが深刻な性格異常を引き起こすのはめずらしくない。

ネリーはじっくり観察して母親になろうとし、母親に取って代わろうとした。車に向かうあいだ、ロッキーは靴こそ履いていたが、靴下は手に持ったままだった。彼は車のドアを開けた。

「汚れた牧師は女なのか？」と、ヨーナが訊いた。

「それはないんじゃないかな」と、ヨーナと目を合わせて、ロッキーが答える。

「きみはネリー・ブラントを覚えているか？」

「いや」と言いながら、ロッキーは車に乗り込んだ。

ヨーナはまた点火装置をショートさせた。火花が散って、エンジンが始動する。

「催眠中のことをどれぐらい覚えているかわからないが」と、車を走らせながらヨーナが言った。「きみは初めて汚れた牧師と会ったときのことを話した。彼女と会ったのはこのフルディンゲで行われた葬儀だったが、きみが言っていた人物は棺に入っていた牧師だった。彼女の父親のペーテルだ」

ロッキーはそれには答えず、車が速度をあげていくあいだ、ぼんやりと窓の外を見つめていた。

母親は成長した娘をクロックハンマル校に迎えに行き、帰りは娘に運転させた。車が本道をそれて教会に近づいたとき、母親は娘の隣に座り、もしかしたらシートベルトを外していたのかもしれない。ネリーは聖具室の窓辺にいる父親の姿を見たのだろう。突然、アクセルを踏み込み、塀に向かって車を走らせた。

おそらく母親は即死せず、重傷を負って車に閉じ込められたのだ。そうであれば、エリノールが雨のなかで見たことの筋が通る。ネリーはトランクからジャッキを持ち出し、母親の顔を殴って死にいたらしめた。

車が燃えたのも、父親の目の前でネリーが火をつけたからだ。

だが母親の死後、ネリーは父親を世間から隔離して自分だけのものにし、自分のすべてを彼に与えた。

その後、父親は四年間生きた。ネリーは父親を閉じ込めて自由を奪った。檻のなかに入れて、モルヒネに頼るようにさせた。

日曜日ごとに、ネリーは父親を外に出して説教をさせた。朝の礼拝用の説教は彼女が書いた。

父親は衰弱し、残骸同然となり、依存症になった。

もっとも、正常な暮らしの断片もわずかに残っていた。長期にわたって囚《とら》われている人が、捕獲者の許しを得て短期間、正常さを取り戻すことは特に異例ではない。おそらく父と娘は一緒に夕食をし、食後はソファに座ってテレビを観たりしていたのだろう。

死ぬ前には、父親は檻のなかから鍵をかける方法を見つけ、マットレスで眠るようになった。死因は、モルヒネの過剰服用か何らかの病気だろう。

多数の聖職者が葬儀に出席し、一部は会衆席に座り、それ以外は儀式の進行を手伝った。

そうした牧師のひとりが、サレム教区のロッキー・キルクルンドだった。

フレンを通過する頃、ヨーナは携帯電話を取り出し、カロリンスカ研究所の職員リストのページを開き、ネリーの写真を見つけ出した。「この写真を見てくれ」と、彼は言った。車の右手の湖が銀色やブルーに輝いている。

ロッキーは電話を手に取り、画面を日差しから遠ざけた。そのとたん、彼ははっと息を飲んだ。「停めろ!」と叫ぶ。「車を停めろ!」

速度が落ちる前に、彼はドアを開けた。だがドアはガードレールにぶつかってはね返ってきた。窓のガラスが割れ、破片が車内に飛び散る。ドアがだらりとぶら下がり、アスファルトをがりがりとこすり始めた。

ヨーナは車を路肩に乗り上げ、草むらに前輪をはみ出させてなんとか停車した。ロッキーは道路脇の畑に入っていった。ビニールで包んだ干し草のあいだを歩いていたが、やがて足を止めると両手で顔を覆った。

一二〇

ヨーナは車の床から携帯電話を拾い上げて、もう一度エリックに電話してみた。ロッキーは畑のなかで長々と空を仰いでいたが、やがて車に戻ってきた。壊れたドアを車体からもぎ取り、溝に投げ込んでから、助手席に腰を下ろした。

「あの女は覚えている」と、ヨーナのほうを見ずに言った。「頭をつるつるに剃っていた。ロウソクの蠟《ろう》のように青白かった。あいつはクロックハンマル校にいた。葬儀のあと、俺はあの女と聖具室の床でセックスをした。別に深い意味はなかった。ふたりでおしゃべりをしてコーヒーを飲んでいた。俺は急いで家に帰る必要もなかった」

ヨーナは何も言わず、写真がロッキーの記憶を呼び起こしたとはいえ、情報の流れはいつか途切れるだろうと考えていた。いつ彼が過去との接点を見失うかわからない。

「全部、覚えている」と、夢を見ているような顔で、ロッキーが言った。「あいつは俺を探しにサレムの礼拝に来た。何が起きているのか気づかないうちに、あいつは俺の人生の一部になっていた」

ロッキーは物思いにふけりながら、震える手でパックからタバコを一本抜き出した。もじゃもじゃの灰色の髪はちぢれ、太い眉を鼻の真上で寄せている。

「俺は牧師だ」と、しばらく間を置いてから口を開いた。「だが、男でもある。常に誇れることだけやってきたわけじゃない。ボーイフレンドになるタイプでないことは言うまでもない。女に誠実だったことなど一度もなかったし……」

そこでまた押し黙った。よみがえる記憶の力で、息をするのも苦しそうだった。

「何度かあいつと寝たし、何度か待ちぼうけもさせた。あいつには何も約束しなかった。あいつの説教など聞きたくもなかった。いつだって説教の中身は俺のことで、尻軽女に気をつけろとばかり言っていた……〝あの女の家は地獄への道である〟とかな」

バスとすれ違って、車が揺れた。ヨーナが横目で見ると、ロッキーは畑のはるか向こうの木立に囲まれた湖を見ていた。

「おまえとはもうおしまいだと言うと、あいつは姿を消した」と、話の先を続ける。「だが、あいつがまだ聖具室の外をうろついているのがわかった。俺はドアを開け、闇に向かって、俺に二度と構うなと怒鳴ってやった」

そう言って、ロッキーはまた押し黙った。ヨーナは口をはさまずに、先を続けるのを待った。

「翌晩、あいつは白いヘロインのカプセルを二十個持って教会にやって来た。それでまた、もとのもくあみだ。あっという間だった」暗い目でヨーナを見ながら、ロッキーはそう言った。「俺はたちまち釣り上げられた。ふたりで同じ注射針を使った。あいつはどこにでもついてきて、神について語り、説教をした。ふたりで汚辱にまみれようとした。俺と一緒にいたがった。俺の一部になりたがった」と言って首を振り、顔を両手でこすった。

「〈ゾーン〉にはふたりでよく行ったものだ。俺はあいつの説教などどうでもよかった。ほとんどが聖書を極端に解釈したもので、俺たちが結婚すべきであることを証明しようとしていた……嫉妬深い神が、あいつの考えが正しいと示した世界観なんだそうだ」

ヨーナのほうに向けた暗い目を、苦痛の影がよぎる。

「俺はドラッグに溺れ、判断力をなくした」と、ロッキーは言った。「あいつに、ナターリアを愛していると言った。ほんとうはそうじゃなかったが、とにかくそう言ってしまった」

身体のなかのエネルギーが全部流れ出したかのように、ロッキーは顎をがくりと落として胸につけた。

「ナターリアはとてもきれいな手をしていた」と言うと、ロッキーはまた口を閉ざした。

不意に顔から血の気が失せ、彼は畑に目を向けた。額は汗で濡れており、汗の玉が鼻から胸へ垂れていた。

「きみはナターリアの話をしていた」少し間を置いて、ヨーナがそう言った。

「何だって？」

わけがわからないという顔つきで、ロッキーは窓から身を乗り出し、草むらに唾を吐いた。材木を満載したトラックが横を追い越していった。

「ネリーはきみに、これから殺そうとしている者の写真を見せた」と、ヨーナが先を続けた。「だがナターリアはきみの目の前で殺さなければならなかった」

ロッキーは首を横に振った。「俺にわかっているのは、神が道の途中で俺を見失って、一度も探しに戻ってこなかったことだけだ」と、しゃがれた声でつぶやく。

ヨーナはそれ以上、何も言わなかった。携帯電話を取り出してエリックに電話したが、返答はなかった。

マルゴットにもかけてみたが、十回呼び出し音が鳴ったところであきらめた。

牧師の正体は突き止めたものの、何も証拠がなかった。警察に渡すものが何ひとつない。マルゴットが耳を傾けてくれる可能性はあったが、ロッキーを刑務所から脱走させたいまとなっては、それも望み薄だった。

ヨーナは、ネリーがエリックをつけまわした理由を考えようとした。ふたりはただの同僚で、ネリーにはマーティン・ブラントという夫がいるのに。

もしかしたら、何年も前からストーキングを続けていたのかもしれない。そうだとすれば、まずいことになりそうだ。

一二

車をふたたび発進させると、ふたりの後ろで埃が舞い上がった。車内に雷鳴のようながらがらという音が響き渡る。

ヨーナはぎりぎりまで速度を上げて車を走らせながら、シリアル・キラーの鮮明な姿を頭に思い描こうとした。父親の葬儀の日にセックスをしたあと、ネリーは愛情の対象をロッキーに切り替えた。彼をつけまわし、彼の人生の一部になろうとし、ドラッグを使って彼をコントロールし、ふたりの関係を脅かす女性たちを殺した。さらに、ロッキーをレベッカ・ハンソン殺害の容疑者に仕立てて完全に無力化した。その後、檻に閉じ込め、ヘロインを与えることで、完璧に自分のものにしたと思い込んだ。ところがロッキーは逃げ出し、フィンスタで車を盗み、アーランダ空港に向かう途中で事故を起こした。その事故で、彼は脳に深刻な損傷を負った。ネリーを魅了する力をすっかり失った彼は、精神科施設への収容を宣告された。

たぶんネリーが初めてエリックを見たのは、彼がロッキーの裁判に証人喚問されたときだろう。

ネリーがそんな昔からエリックをストーキングしていたのかと思うと、ヨーナの身体に震えが走った。ゆっくり時間をかけ、計画的に彼に近づいたのだ。

彼女は勉強し、資格を取ってエリックと同じ職場に就職した。マルティンと結婚して、シモーネと別居したエリックを支えた。

エリックが離婚すると、彼女の所有欲はさらに強まってエリックの動きに目を光らせ、いかなるライバルの存在も許さない病的な嫉妬心を抱くようになった。

おそらく彼女は、エリックが自らの意思で自分を選ぶことを、自分以外には目もくれなくなるのを望んでいたのだろう。だが、その思惑が外れると、心のなかで何かがはじけた。心が砕けるのを止めるためには行動を起こさなければならなかった。

エリックがマリア・カールソンと情事を持つようになったときは、ライバルを排除すればすべてがうまくいくと考えたのだろう。

ストーカーは常に、想像のなかで犠牲者との関係をふくらませていく。そしてその関係が現実のもので、双方の気持ちが一致したものと信じ込む。

ネリーはエリックと人生をともにしているものと思い込み、彼がマリア・カールソンとのことで彼女を裏切り、サンドラ・ルンドグレンに惹かれ、そしておそらくカトリーナ・ヨーセフに微笑みかけた程度のことで、頭のなかの獣を目覚めさせた。

ヨーナはマルムショーピングに向かい、〈リンドホルム・フロア・アンド・ビルディング・サービス〉の前で車を停めて、黒い内装のコルベットに乗り換えた。車がE二十号線を時速百九十キロのスピードで走っている最中に、マルゴットが私用電話を使って電話をかけてきた。「あなたに逮捕状が出ているわ。ご存じだった?」と、彼女は言った。

「わかってる。だが……」

「これであなたは監獄行きね」と、マルゴットが口をはさんだ。

「それだけの価値はあることだ」

少しの間、沈黙が流れた。ヨーナは、荷台にシートを張ったトラックの後ろに車をつけた。

「あなたが私より優秀な探偵であるのがいまわかったわ」と、マルゴットが声を抑えて言った。「うちの鑑識がサンドラ・ルンドグレンの家の浴室で、エリックの髪を何本か見つけた。その前に、鹿の頭から彼の指紋が見つかっている。彼は被害者全部と面識があった。彼は家の地下に何千時間分ものビデオをしまっていた。それに……」

「十分すぎるくらいだな」

「エリックの車に付着していた血を分析したら、スサンナ・ケルンのものだった。こうなると、私も十分すぎると思い始めたわ」と、暗い声でマルゴットが言った。

「無理ないな」と、ヨーナは言った。

「でも、どうも釈然としないの。四つの殺人現場すべてに、明らかな法医学的証拠が残されていた。エリックは医者なのよ。自分の車に血痕を残したりするかしら。誰かが彼に罪を着せるために後部座席に血の痕をつけたのかもしれない」

「きみはもう真犯人に会っているんだよ」と、ヨーナは言った。

「ネストルのこと？」

「ネリー・ブラントだよ。彼女が牧師だ」

「自信があるみたいね」

「つけまわされていたのは、エリックだった。彼女がストーキングしていたのは。被害者はみんな、彼女の想像上のライバルだった」

「それが確かなら、すぐにも捜索活動を再編成しなければ」と、マルゴットが言った。

「自宅と勤め先に、同時にガサ入れをかけるわ」

ヨーナはストックホルムへ車を走らせているうちに、ネリーは何年ものあいだエリックをつけまわして、彼が関心を示した女性の暮らしを事細かに調べ、その女性が自分にはない何を持っているのかを見つけようとしていたのだと思い当たった。ネリーは女性たちの持つ装飾品の輝きを、口紅を塗った唇を、美しい爪を見て、それを奪い取り、罰を与えたうえで、何も付けていない耳や醜い手を際立たせた。

だが、それだけでは満足できず、エリックから世界全体を取り上げようとした。犬を連れたギリシャ神話の女神アルテミスのように、狩りを仕立てた。彼女は実に巧みな狩人だ、とヨーナは思った。獲物を孤立させ、傷つけ苦しめて、狩人本人に助けを求めるしか道のない立場に追い込んだのだ。

彼女の狙いは、抜き差しならない状態に置かれたことをエリックに気づかせ、警察に捕まらないよう逃げ続けるしかないと思わせることにあった。あらゆる者が自分を避けているのを知れば、最後には救いの手を差し伸べてくれる可能性のある唯一の人物に頼るしかなくなる。

もしまだ警察に捕まっていなければ、エリックがネリーに助けを求めるのは間違いない、とヨーナは思った。

一二二

ジャッキーは落ち着かなかった。腹がすいているわけではなかったが、キッチンへ行って何か食べるものを探そうと思った。紅茶を一杯飲むだけでもいい。カウンターのタイルに手をすべらせ、大きな石のすり鉢の先に伸ばす。やがて手は、ガラスの取っ手のついたティーポットを探し当てた。

そこでふと手が止まる。

すり鉢があるはずのところへ手を戻す。いまあるわふだんはボウルに置いてある重いすりこぎがなかった。

カウンター全体に手をすべらせたが、すりこぎにはぶつからなかった。いまあるわだかまりが解けたらマディに訊いてみなければ、とジャッキーは思った。あくびを嚙み殺して、やかんに水を入れる。

エリックと言い争ってから数日のあいだ、マディは、エリックは悲しんでいる、もう二度と家には来てくれないと言い続けた。娘は、誰だって忘れることがあるものだと言って母親を説得しようとした。私もしょっちゅう忘れ物をしていると言い、家の鍵やノートやサッカーシューズを忘れたときのことを話して聞かせた。

それに対してジャッキーは、自分はもう怒っていない、大人同士の関係がこじれるのはよくあることで、誰の落ち度でもないと言い聞かせて納得させようとした。だがそのとき、メディアの魔女狩りが始まった。

ジャッキーは娘に、学校を休んで家にいさせる理由を説明しなかった。自分もレッスンの予定を全部延期して、オルガンを弾く仕事もすべてキャンセルした。彼女は起きているあ時間をもてあましてくよくよ考えすぎないようにするために、彼女は起きているあいだずっとピアノを弾いていた。音階の練習をし、指の訓練を続けるうちに、気分が悪くなり、鎮痛剤を飲まずにいられないほど肘が痛くなった。

当然、ニュースがエリックについて言っていることは娘に教えなかった。

彼女にはとうてい理解できないことだった。

ジャッキー自身、とても理解できなかった。

テレビはもう観ないようにした。憶測を聞かされるのが耐えられなかったからだ。

いまはマディもエリックのことは話さなくなったが、まだひどく落ち込んでいた。

子ども向けの番組を観るようになり、また親指しゃぶりが復活したように思えた。

その日、ピアノを弾きたがらなかったマディをかっとして叱《しか》りつけたことを思い出して、ジャッキーは胃のなかに不安のかたまりが生まれるのを感じた。まるで赤ちゃんみたいだと言うとマディは泣き出し、二度とお手伝いはしないと叫んだ。

いま娘は毛布と枕とぬいぐるみを持ってクロゼットに閉じこもり、ジャッキーが話しかけても返事をしなかった。

欠点のひとつもない人間である必要はないことを教えてやらなければ、とジャッキーは思った。あるがままのあなたを愛しているのだ、それは無条件の愛なのだ、と。

ジャッキーは涼しい廊下を歩いて居間へ行った。日差しがほとばしる湯のように幾筋も部屋に差し込んでいた。きっとピアノも、大きな動物のような暖かさを感じているにちがいない。

外の通りでは何かの工事が行われていた。大型機械のくぐもった響きが裸足《はだし》の足裏に伝わってくる。古い窓ガラスが窓枠のなかでかたかたと鳴るのが聞こえた。

寄せ木張りの床の真ん中あたりで、かかとの後ろにねばねばしたものがくっつくのを感じた。マディがジュースでもこぼしたのだろう。部屋には、イラクサと湿った土のようなかび臭いにおいが漂っていた。

不意に身体の奥で、危険を察知したかのようにピリッと電流に似たものが走った。震えが背筋を首まで駆け上がる。

最近起きたことを考えれば、浮き足立つのも無理はない。エリックについて、あれほどおぞましいことが言われているのだ。そう思ったとき、中庭に面した窓のほうで物音がした。

しばらく耳を傾けてから、窓ガラスに近づく。物音ひとつしなかったが、カーテンが開いているから、誰かがそこにいて自分を見ているかもしれない。

おそるおそる窓に寄り、片手を伸ばしてガラスに触れる。

カーテンを引くと、フックがレールに当たってかたかたと音を立てた。やがて静かになり、カーテンの布地がこすれる音だけになった。

ピアノのところへ行ってスツールに腰を下ろし、鍵盤のふたを開ける。姿勢を楽にして両手を下ろすと、鍵《キー》のうえに何かが置いてあるのを感じた。

生地だ。

それを持ち上げ、指を走らせる。服地か、スカーフのようなものらしい。きっとマディがそこに置いたのだろう。

複雑な刺繍がしてある。指先で縫い目をたどってみる。

どうやら描かれているのは動物らしく、四本の脚を持ち、背中に翼か羽がついている。縮れた髭を生やした男の頭のようにも思える。

ジャッキーはゆっくりと立ち上がった。氷が割れて水に落ちたばかりのように、全身が冷えきっていた。

部屋に誰かいる。

いま初めて、それを感じた。

背後で、大人の体重がかかって寄せ木張りの床がきしむ音がした。はっきり危険を感じ取った瞬間、世界が急に縮んで針の先ほどになり、おびえた自分がたったひとり、そのなかに取り残されたような気がした。

「エリックなの？」と、振り向かずに、ジャッキーが問いかける。

何かがゆっくりこすれる音がして床が振動し、テーブルのうえのフルーツボウルがかたかたと揺れた。

「あなたなの、エリック？」と、冷静な口調を保とうと努めながら、ジャッキーが言った。「こんなふうに現れるべきじゃないわ」

振り返ると、耳慣れない息づかいが聞こえた。浅く、落ち着かない息づかいだ。

ジャッキーはドアのほうに動いた。

その人物は動かなかったが、ビニールかゴムの服を身に着けているような小さなキーキーという音がした。

「全部きちんと話し合いましょう」と、おびえているのが明らかな声で、ジャッキーが言った。「あのとき大騒ぎしすぎたのは、自分でもわかっているわ。電話したかったのよ」

返事はなかった。相手は片足からもう片方に体重を移しただけだった。床がきしむ。

「私、もう怒ってないわ。ずっとあなたのことばかり思っていた……きっとうまくいくわ」

ジャッキーは廊下へ出た。外へ出なければならない。そうすればエリックを外へおびき出し、マディから遠ざけることができる。

「キッチンへ行って座らない？　マディはまだ学校から帰っていないの」と、ジャッキーは嘘をついた。

突然、床を踏むどすんという音が響いた。相手が急速に近づいてきた。ジャッキーはそれを止めようと片手を突き出した。

上げた腕を何かが強く打った。それが肘に斜めに当たり、ジャッキーがよろめく。

アドレナリンが血管を駆けめぐっていたので、腕の痛みは感じなかった。傷つけられた腕を上げて、あとずさりする。向きを変えて壁のそばに寄る。膝が小テーブルにぶつかると、そのうえにあって、ふだんはマディがポップコーン入れに使っているガラスのボウルをつかんで、力いっぱい振り下ろした。ボウルが相手に当たって、床に落ちる。

相手が倒れかかってきた。その勢いに押されて、ジャッキーの背中が本棚に当たった。

身体にレインコートが触れるのを感じる。とっさに相手を両手で突き飛ばした瞬間、気味の悪い息のにおいがした。

エリックじゃない、とジャッキーは思った。

エリックのにおいではなかった。

ジャッキーは壁に手を触れながら、玄関のドアまで走った。震える手で錠を回し始める。

背後から、重い足音が響いてくる。

ジャッキーはドアを開けたが、ガチャガチャと耳障りな音がして、ドアがはね返ってきた。

ドアチェーンだ。チェーンを外すのを忘れていた。

もう一度ドアを閉めて、チェーンを外そうとする。だが、手が震えてうまく外せない。

彼女を殺そうとしている相手は、かすかにゴロゴロと喉を鳴らしながら近づいてくる。

ジャッキーは指でねじれたチェーンを横に引っ張った。突然、チェーンが外れた。ドアを開けて、吹き抜け階段によろめき出る。倒れそうになりながら、なんとか隣家のドアにたどり着き、手のひらでドアを叩く。

「ドアを開けて！」と、ジャッキーは叫んだ。

背後に動きを感じて振り向き、一撃から顔を守ろうと両腕を上げた。

ジャッキーの身体が隣家のドアに叩きつけられる。頬から血が流れ落ち、次の一撃が彼女の顔を真横にねじ曲げると、喉から長いあえぎ声が吐き出された。

口いっぱいに苦い味が広がっていった。

一二三

横たわったまま、エリックはエンジン音とタイヤが道路をこする単調な音に耳を傾けていた。その合間に、運転に集中しているネリーが思わず漏らす小さなため息が何度か聞こえた。

シックラ湖岸道路を過ぎると、ネリーは何度も交差点を曲がり、道を変えながら、ストックホルム中心部を迂回して二十分ほど走り続けた。やがて車を停めると、あなたを家に泊めるのでいくつか買わなければならないものがあると言って車を降りた。彼女はなかなか戻ってこなかった。エリックはすっぽり毛布をかぶって、ときおり慎重に姿勢を変えながら帰りを待った。車内のぬくもりでうとうとし始めたが、車のすぐそばで音がしたので、はっと目を覚ました。

ふたりの男が何か話し合っていた。会話に耳をそばだてると、確かではないが、どうやらふたりは警官らしい。

エリックは重い毛布にくるまったまま、身じろぎもせず息を押し殺した。身体の右の側面がしびれてきたが、声が遠ざかってからかなりたっても姿勢を変えなかった。

さらに四十分ほどたって、ネリーが戻ってきた。トランクを開け、小さくうなって荷物を積み込むのが聞こえた。車ががくんと揺れて、ネリーが運転席に座った。エンジンをかけると同時に、イーゴリ・ストラビンスキーの『詩篇交響曲』が車内に流れた。

車が高速道路を走り始めると、エリックは顔から毛布をどかした。音楽をバックに話しかけてくるネリーの声は楽しげだった。こんなことをするなんて狂気の沙汰だわと言いながらも、十六歳の頃はまじめに社会に反抗したものよ、きっとそれで大嫌いな警官やファシストに復讐を果たしたつもりだったのね、などとしゃべり続けた。

一時間ほど走ると、ネリーが速度をゆるめたので、エリックの背中が運転席のシートに押しつけられた。

車がでこぼこ道に曲がり込む。車体の底に小石がぶつかる音がした。ネリーがさらに速度を落とすと、枝がルーフや窓をこする音が聞こえた。車はガタガタ揺れながら道の凹凸を乗り越えて進み、やがて停まった。ハンドブレーキを引く音がして、静かになった。

運転席のドアが開くと、かすかにディーゼルエンジンのにおいの混じった冷たい空気が吹き込んできた。エリックは身を起こした。めまいを覚えながら雑草の生い茂る廃墟の先に目を向けると、白っぽい空や緑豊かな木々の梢、休耕中の広い畑が見えた。いかにもひなびた場所だった。バッタが長く伸びた草むらでジキジキと鳴いている。

ネリーが目を輝かせてエリックを見た。花柄の緑の服が太もものまわりにからみつき、ブロンドの髪が頭に巻いたスカーフからはみ出していた。片方の頬が、まるで殴られたみたいに妙に赤かった。あたりはしんと静まり返り、ネリーがバッグの肩紐の位置を手で直すと、チャームのついたブレスレットがカチャカチャと鳴った。

エリックはドアを押し開け、用心しながら草むらに降り立った。シャツはもう乾いていたが、全身がずきずきした。

ネリーは草に覆われた中庭に車を停めていた。工場か何かの廃墟《はいきょ》の中央に、二階建ての黄色い家が建っていた。すすだらけのかまどから、レンガ作りの煙突がそびえている。建物は草で取り囲まれていて、丈の高い草のあいだから、線路の枕木を組んだ格子の残骸が見分けられた。

「さあ、なかへ入りましょう」と、唇をなめながらネリーが言った。

「ここがソルバッケンなのかい？」

「素敵でしょう？」と言って、ネリーはくすくすと笑った。

地面でガラスの破片が日差しを受けてきらめき、すすけた波形ブリキ板が高く伸びた草のなかに転がっていた。建物のいくつかは基礎部分が地下階へくずれ落ちており、その空間はどれも底を雑草に占領された空っぽのプールのように見えた。地下通路の入り口はレンガをアーチ型に積んで作ってあった。

古い洗濯機がニレの若木の木立のなかに置いてあり、そのそばに汚れ放題のプラスチックの椅子数脚とトラクターのタイヤが二本転がっている。

「ぜひ家のなかを見てもらいたいわ。私は大好きなの」片手をエリックの腕の下に差し込むと、ネリーは満足そうな笑みを浮かべた。

母屋はダークグリーンのイラクサに取り囲まれていた。ひさしが外れて、ベランダの屋根に落ちている。

「なかはほんとうに素敵なのよ」と、エリックを引っ張りながら、ネリーが言った。

地面が揺れたような気がして、エリックは急に気分が悪くなった。気づくと、表面に油の膜が浮いた茶色い水たまりを見つめていた。

「大丈夫？」ネリーは心配そうな笑みを浮かべている。

「だんだん何がどうなっているのかわからなくなってきたよ。僕がいまここにいる理由が」と、エリックは答えた。

「なかへ入りましょう」と言って、ネリーはエリックから目を離さずに家に向かって歩き出した。

「今朝、ロッキーに催眠をかけた」と、エリックは打ち明けた。「彼はレベッカ・ハンソンを殺した人物を思い出した。初めて会った教会の名前も」

「それを警察に伝える必要があるわね」

「僕にはわからない。何もかもが……」

「さあ、とにかくなかに入りましょう」とさえぎって、ネリーは家に向かった。

「じっくり考えるひまがなかった。ずっと逃げ続けていたからね」エリックは彼女のあとについて庭を横切った。

「当然よね」と、ネリーは生返事をした。

カラスが一羽、地面をぴょんぴょんとはねてから舞い上がり、屋根のうえにとまった。脇に〈シェル〉のロゴが描かれた古い汚れたディーゼルオイルのドラム缶のあいだに、濡れた落ち葉が詰まっている。

「自首する方法を見つける必要がある」と、エリックは言った。

彼はネリーのあとから、イラクサのあいだの雑草に覆われた踏み分け道を進んだ。

「警察は僕の目の前でネストルを撃ったんだ。とても信じられないよ」と、エリックが言葉を継いだ。

「わかってるわ」

「ネストルを僕と見間違えたんだ。それで狙撃手を使って、窓越しに撃った。まるで処刑じゃないか」

「なかに入ったら、一部始終聞かせてもらうわ」ネリーの眉毛のあいだに、いらだちの小さな皺が寄った。

イラクサに覆われた壁に、取っ手の壊れた雪かきシャベルが立てかけてあった。ベランダのペンキが剝げ、大きな帯になってぶら下がっている。窓も割れていて、ガラスの代わりにベニヤ板でふさいである。

「いずれにしても、いまあなたはここにいる」と、ネリーが言った。「もう安全よ。好きなだけいてくれてかまわないわ」

「事が収まったら、きみは弁護士を雇わなければならないな」と、エリック。

ネリーはうなずいて、また唇をなめた。はみ出た髪をスカーフのなかに押し込むと、「急いで」と言った。

「どうかしたのか?」

「何でもないわ」と、ネリーは急いで言った。「だって……わかるでしょう……みんながあなたを追いかけてるんだから。それに、近所の人が、私が来ているかどうか確かめに来ることもあるのよ」

エリックは畑の端にある細い小道の先を見渡した。家らしきものは一軒も見えず、雑草の生い茂る畑と細長い森があるだけだった。

「さあ、来て」ネリーはこわばった笑みを浮かべてそう言うと、またエリックの腕をとった。「あなたには飲み物と温かい服が必要だわ」

「そうだな」とうなずき、エリックはネリーのあとから小道を進んだ。

「それに、何かおいしいものをつくってあげる」

ふたりは階段を昇ってポーチへ上がった。外壁に埃だらけのゴミ袋が寄せかけてあり、その横に空き瓶と雨水のたまったプラスチックの桶《おけ》があった。

ネリーは鍵を開けてドアを開くと、先に立って玄関ホールに入った。照明のスイッチを入れたが、カチリと音がしただけだった。

「あらあら、ヒューズボックスを確かめてみなければ」と、彼女は言った。

油染みだらけの青いオーバーオールと、銀色のダウンジャケットが並んでハンガーにかかっていた。靴箱には壊れた木靴が一足と、黒いしみのついたワークブーツが何足か入っている。小ぶりなソファの上方に、聖書の言葉を縫い込んだ刺繡の見本が掛かっている。〝愛は死のように強く――ソロモンの雅歌第八章六節〟

生の鶏肉と熟れすぎた果物のような甘い香りが宙を漂っていた。

「古い家だから」と、ネリーはやさしげに言った。

「そうだね」とは言ったが、エリックは急に、ここにいてはいけないという気がした。

ネリーは微笑みながらエリックのほうを見た。近くで見ると、フェイスパウダーが固まって彼女の目のまわりに輪ができていた。

「食事の前にシャワーを浴びたいんじゃない？」エリックを見つめたまま、ネリーが尋ねる。

「僕はシャワーが必要に見えるかい？」と、エリックが冗談を言う。

「どれだけ汚れているかは、あなたがいちばんよくわかってるはずよ」まじめな口調でネリーが答えた。その目がガラスのようにきらきら輝いている。

「ネリー、きみのしてくれたことには感謝してもしきれないんだが……」

「とにかく、キッチンへ来て」と、ネリーがさえぎる。

彼女がソファの脇のドアを押すと、キーキーと金属的な音が響いた。

音は二音階ほど高くなって、唐突にやんだ。

エリックはしぶしぶネリーのあとから薄暗いキッチンに入った。腐った食べ物のにおいが鼻をついた。ベネチアンブラインド越しに弱い日差しが差し込んでいる。ほとんど何も見えなかった。ネリーは奥まで行って、蛇口をひねった。

ドアのすぐそばに立っていると、エリックの背筋を震えが走った。キッチン全体に、錆びた道具類、エンジンのパーツ、太い薪《たきぎ》、くしゃくしゃのビニール袋、靴、食べ残した鍋などがところせましと転がっていた。

「ネリー、ここで何かあったのか？」

「どういう意味？」と軽い口調で言って、ネリーはエリックのためにグラスに水を注いだ。

「このキッチンのありさまだよ」

ネリーはエリックの視線を追って、カウンターと閉めてあるブラインドを見渡した。

「どうやら押し込みにやられたみたいね」と、グラスを差し出しながら言う。

エリックが奥へ進み、ネリーの手からグラスを受け取ろうとした瞬間、背後でキッチンのドアが大きな音を立てて閉まった。びっくりして、エリックが振り返る。鼓動が速くなった。必要以上に大きい自動閉鎖装置の強力なバネが、金属特有の響きを奏でた。

「やれやれ、ぞっとしたよ」

「ごめんなさいね」と、ネリーは平然と言った。

一二四

ネリーは懐中電灯のスイッチを入れると、それをぞんざいにカウンターに置いた。光がベネチアンブラインドにかかった蜘蛛の巣を輝かせた。

エリックはいま目の前にある状況をなんとか理解しようとした。大きなハエがキッチンを飛びまわり、地下室に通じるドアにとまった。ドアの片方の側柱に取り付けられた鉄の棒はかんぬきの役目を果たしているようだった。

「〝主を畏《おそ》れる女こそ、たたえられる〟」と、ネリーがささやくように言う。

「ネリー、僕はここで起きていることがどうしても理解できない」

ぐるぐるに巻いたぼろぼろのラグや車の変速機、汚れた賛美歌集などに混じって、二本のナイフが床に落ちていた。

「あなたは家にいるのよ」

「それはうれしい。だけど……」

「ドアがあるの」

「ドアがある？」意味がわからず、エリックは訊き返した。

「自分で下りていったほうがいいと思う」グラスを差し出しながら、ネリーが言う。

「下りるって、どこへ？」

「いまは黙って言うことを聞くのよ」

「地下室に隠れたほうがいいと思うのかい？」

ネリーは強くうなずいた。

「そこまでする必要はないんじゃないかな？　僕は……」

「黙んなさい！」そう叫ぶと、ネリーは水のグラスをエリックに投げつけた。

グラスはエリックの背後の壁にぶつかり、床に落ちて砕けた。エリックは足に水がかかるのを感じた。

「何をするんだ」

「ごめんなさい、ちょっといらいらしてしまって」ネリーは額をこすった。

エリックはうなずいて、玄関ホールに出るドアの前へ行き、取っ手を引いた。だが、強力なバネを内蔵した装置がドアをロックしていた。鍵穴もない。ネリーが後ろから近づいてくるのを感じて、エリックの血管をアドレナリンが駆けめぐる。もう一度取っ手を引っ張ったが、ドアは一ミリも動かなかった。

「私の言うとおりにしてほしいだけよ」と、ネリーが説得する。

「だけど、僕は地下へなんか……」

何が起きたのか、エリックは理解できなかった。何かが背中に激しくぶつかってきた。エリックの額がドアに激突し、肺から空気が全部吐き出される。彼は横によろめいた。左の肩が引きつったような感じがして、次の瞬間、背中を温かいものが流れ落ちるのを感じた。

下に目を向けると、リノリウムの床のがらくたに血が飛び散っているのが見えた。ネリーのほうを振り返って、彼女が太い薪で自分を殴ったのがわかった。薪は彼女の足もとに落ちていた。

「ごめんなさい、エリック」と、ネリーが早口に言った。「そんなつもりじゃ……」

「ネリー」とあえぐように、エリックが言う。「きみは僕に傷を負わせた」

「ええ、わかってる。でも、あなたを助けようとしたの。心配することは何もないわ」

「僕はみんなが言っているようなことはやってないんだ」と、エリックは訴えた。

「やってない？」

彼は少し脇に動いて、もう一度ネリーのほうを振り返った。ネリーがカウンターから重そうなバールを拾い上げるのが見えた。

「わからないのか？　僕は無実なんだ！」

あとずさると、汚れてぬるぬるした水の入ったボウルが載ったテーブルにぶつかった。水がボウルの縁を越えてあふれ出し、床に飛び散る。

ネリーがすばやい動きで迫ってきて、バールを振り下ろした。エリックはその一撃を腕で受け止めたが、あまりの痛さに、一瞬気が遠くなりそうになった。よろよろと後退し、食料品室の空色のドアにぶつかる。

ネリーがまた頭を狙ってバールを振るったが、わずかに狙いがそれた。ドアの縁から破片が飛び散る。エリックが横へよろけ、ジャムの空き瓶の載ったトレーをひっくり返す。瓶はカウンターを転がって床に落ち、粉々に砕けた。

「ネリー、やめてくれ！」エリックがあえぐ。

腕の骨は折れているらしく、もう一方の手で支えなければならなかった。

ネリーは恐ろしいほどの集中力でエリックに迫った。エリックが頭をのけぞらせると、身体をひねってもう一度バールを振るった。狙いが少しずれて、バールがエリックの鼻先をかすめる。エリックの後頭部が食器棚にぶつかる。逃げようとしてガラスのかけらを踏みつけてしまう。そこへまた、ネリーの一撃が襲う。

エリックは力強い一撃を折れた腕で受けとめ、あまりの痛さに身をすくめた。一瞬、目の前が真っ暗になり、足の力が抜けた。がくりと床にひざまずく。汚れた床を見下ろすと、傷ついた腕から血が流れ落ちていた。

「やめろ……やめてくれ」エリックはそう哀願して立ち上がろうとしたが、次の一撃が彼のこめかみを捉えた。

頭ががくんと横に折れる。身体のなかがひっそり静まり返ったような気がした。まるで、すべての機能が停止したかのように。

エリックは助けを求めて、両手をさまよわせた。

視野が細いトンネルほどにせばまる。キッチンが小さく収縮し、ネリーが顔を寄せてきて、にっこり微笑むのが見えた。

エリックは身を起こそうとした。ガラスをいやというほど踏みつけたらしく、ずきずきする痛みを感じたが、それがなぜかはるか遠く、足の下の地面のどこかから発しているような気がした。

仰向けに横たわって横向きの姿勢になり、床に頰を押しつけて荒い息をつく。

「ああ、何てことだ……」

「〝かくて正義の人は嘲笑《ちょうしょう》を浴びる〟」と、ネリーがつぶやく。「〝だがいまは獣に問うべし〟」

限られた視野のなかで、ネリーが地下室に続くドアを開け、その下に足でくさびを嚙ませるのが見えた。

ネリーは身をかがめて両手でエリックの腕をかかえ込み、床を引きずり始めた。香水のにおいが漂ってくるのを感じたが、エリックにはなすすべもなかった。足がだらりと垂れ、床に血の痕を残して引きずられていく。

「やめてくれ」と、エリックが息を切らしながら訴える。

階段へ向かってひきずられる途中、エリックは食器棚につかまろうとしたが、手がすべった。頰から出た血が喉や首へぽたぽたと落ちる。ドア枠に手を伸ばしても、つかむ力が残っていなかった。

ネリーは後ろ向きに階段を下りて、エリックは闇のなかへ引きずりおろしていく。彼の足が一段ごとにどすんどすんと重い響きを立てる。

もうエリックにはほとんど何も見えなかった。一段下りるたびに、腕を鋭い痛みが走った。はるか上方に懐中電灯の光がきらめくのを見た瞬間、意識が遠のいた。

一二五

エリックが闇のなかで目を開けると、乾ききった排泄物《はいせつぶつ》と腐敗のにおいがした。右腕が耐えがたいほど痛み、頭がずきずきと脈打っている。

何も見えず、パニックの波に襲われて考えもまとまらない。状況をまったく把握できなかったので、無意識のうちに全身がこわばり、警戒し、戦いに備えているのを感じた。

声をあげて助けを求めたかったが、自制してそのまま横たわっていた。部屋のなかはしんと静まり返っている。

ときおり、かすかに雷鳴のような音が聞こえた。煙突に風が吹き込んでいるのだろうか。

用心しながら怪我をした腕に触れてみると、傷に紙が巻いてあるのがわかった。

エリックの鼓動が速くなった。

これは狂気だ。ネリーは僕を殴った。僕の腕は折れているにちがいない。

寝返りを打とうとすると、乾いた血で髪と頰がマットレスに貼りついているのに気づいた。

頭をもたげたとたん、めまいがして息が詰まった。痛みをこらえて膝立ちの姿勢になると、こめかみが激しく脈打った。

鼻から強く息を出してその姿勢を保ち、もう一度耳をそばだてたが、聞こえるのは自分の息づかいだけだった。

闇の向こうを見通そうとまばたきしたが、目がまだ慣れていなかった。

目が見えなくなったのでないとしたら、この部屋からは完全に光が閉め出されていることになる。

エリックは、意識を失う前に急な階段を引きずり下ろされたことを思い出した。

傷を負った腕をぴったりと身体につけて、立ち上がろうとしたが、上体を起こしたとたん、頭が何かにぶつかった。

かすかに、金属が震えるかたかたという音がした。

頭を下げて、両手を突き出して前に進もうとしたが、二歩と行かないうちに手が格子状の金網に触れた。

片足が何か濡れたものを踏みつけた。

なんとか前へ進もうと、金網に沿っていくと、角に着いた。

これは檻だ。

心臓の鼓動が速くなった。耳のなかで脈打つ音が聞こえ、息苦しさが増した。

エリックは少しずつ事態を理解し始めた。自分の身に起きたことがひとつひとつ切り離され、それぞれに明確な意味を持ってよみがえってくる。

毛布らしきもののうえを歩いて周囲を探った。動くほうの手で金網の感触を確かめ、太い支柱に指を走らせて角の部分を調べた。全部しっかり溶接してある。格子が床と檻の天井の金網と接するでこぼこのつなぎ目を指でたどることができた。

ネリーなのか、とエリックは思った。彼女が汚れた牧師だった。シリアル・キラーで、ストーカーだった。

エリックはマットレスのうえに立ち、指で掛け金を探り当てた。それを押すと、かたかたと鈍い音がして檻全体が揺れた。

格子のあいだから指を突き出し、大きな南京錠をつかんでひねったり引っ張ったりしてみた。だが錠を外すのは、たとえバールを持っていても無理なのがわかった。

もう一度床にひざまずき、呼吸を整えようとした。左手に体重を預け、目を閉じたとたん、音がしてびくっとする。上階のキッチンのドアが開いた音だ。

階段を下りる足音が聞こえ、光の点が着実に大きくなっていく。

誰かが懐中電灯を手に階段を下りているのだ。

エリックが身をかがめると、ネリーの足にからみつく緑の服の裾が見えた。

懐中電灯の光が階段や壁のうえを動き、漆喰が大きく剝げ落ちた部分を照らした。

手すりはぐらぐらしており、ネリーが寄りかかると、さらに漆喰がぱらぱらと落ちた。

エリックは吐きそうだった。

ネリーはマリア・カールソン、サンドラ・ルンドグレン、スサンナ・ケルン、カトリーナ・ヨーセフを殺した。自分の周囲にいただけの、罪もない女性たちを。

とても理解できなかった。ネリーが女性たちの身体にまたがり、相手が死んだあとも長々とナイフを振るい続ける姿など想像できなかった。

ネリーが階段を下りきった。光が自分の前をよぎったとき、檻が交点を溶接した格子状の強化金網でできているのがわかった。大きな南京錠はブラッシュドスチールでできており、溶接した留め金の付いた二層の金網でつくられた掛け金に通されていた。

地下室の壁をいくつもの影がよぎったかと思うと、ネリーは足を止めて、エリックに目を向けた。

その顔は興奮で赤らんでおり、息づかいは荒かった。エリックは自分の左手が金網の錆で茶色に染まっているのに気づいた。下着のシャツはずたずたに破れ、ウェストのまわりに垂れている。

「恐れることはないわ」ネリーは椅子を檻の近くに引きずってきた。「わかっているのよ。いまあなたは、これまで起きたこと全部に納得のいく説明を探そうとしているのね」

エリックから目を離さずに、ネリーは懐中電灯を古びたキッチンテーブルのうえに置いた。光は階段の脇の壁に向いていたが、部屋全体の様子がぼんやり見えるようになった。

エリックの脇には古いマットレスがあった。縞柄のカバーの真ん中あたりが、誰かが長いあいだそこに横たわっていたかのように黒ずんでいる。

反対側の隅には、濁った水の入った色あせたプラスチックのバケツが、無数の細かいひびの入った花柄の磁器の皿と並べて置いてある。

これが、ロッキーの言っていた檻なのだろう。

彼はここに七カ月閉じ込められてから、ようやく脱走した。

檻を抜け出て、フィンスタで車を盗んだが、事故を起こして、結局、レベッカ・ハンソン殺害の廉《かど》で有罪を宣告された。

檻の外の薄闇のなかに、ネズミの死骸と端がすすけた小枝の束があるのが見える。

ネリーの黒いバッグはテーブルの下に置いてあった。

エリックは垂れてきた髪を目から払いのけた。ネリーを説得しなければならない。

もうひとりの被害者になるのはごめんだった。

「ネリー」と、力の入らない声で言う。「僕はここで何をしているんだ？」

「私はあなたを保護しているのよ」と、ネリーが言った。

エリックは咳払いをした。ふだんどおりの声を出さなければ。カロリンスカ研究所の同僚らしく話しかける必要がある。おびえを見せ、自分らしからぬ話し方をしてはならない。

「なぜ僕に保護が必要だと思うんだね？」

「理由はたくさんあるわ」と、ネリーがにやりとしてささやく。

ブロンドの髪の一部がスカーフからこぼれ落ち、薄い布地の服は腋から胸にかけて汗で黒ずんでいる。

彼女は僕を保護していると言っている、とエリックは思った。殺すためにここに連れてきたのではない。

この檻にいるあいだ、ロッキーは折檻《せっかん》や殴打は受けたようだが、拷問されたり手足を切り落とされたりしたわけではない。

金網の床近くに蜘蛛の巣がかかっていた。エリックは檻の先にある開口部に目をやった。床を伝うかすかな空気の流れは地下通路から来るものらしい。

考える時間が必要だった。

警察が僕を追うように仕向けたのはネリーだ。彼女は、僕が逃げてどこへも行くところがなくなり、遅かれ早かれ自分の意思で彼女のもとにやって来るのを知っていた。連絡をしたのは僕で、ここへ連れてきてほしいと頼んだのだ。

それが彼女の狙いだった。今度のことには偶然起きたことなど何ひとつなく、すべてが仕組まれたものだった。

何年もかけて準備してきたにちがいない。おそらくカロリンスカ病院で働き始める前から、彼女は僕をストーキングしていたのだ。

長いあいだ、間近で観察していたから、僕の動きを予想できたし、僕を有罪に見せる証拠をそろえることもできた。

エリックは死んだネズミの死骸のうえをゆっくりと這う蜘蛛を見つめた。

僕は死ぬまでここに閉じ込められることになる。

なぜなら、僕がここにいることを誰も知らないのだから。

ヨーナは見当違いの場所を探している。フルディンゲ教会はロッキーの脳の混乱した記憶から浮かびあがったものにすぎない。

家族も友人も、そしてそれ以外の人間もひとり残らず、足跡も残さず失踪したシリアル・キラーとして僕を記憶することになるだろう。

逃げなければならない。たとえ警察に捕まって、法廷で長い懲役刑を宣告されることになるとしても。

一二六

ネリーは身を乗り出して、エリックを見つめた。何を考えているのか見当もつかない表情だった。彼女の薄い色の目は陶器でできた輝く玉のように見えた。

「ネリー、きみも僕も分別のある大人だ」と、声が震えているのを意識しながら、エリックは言った。「おたがいに尊敬し合う仲だから、きみがあんなふうに僕を痛めつけたのは本気でなかったことはわかっている」

「私の言うとおりにしなかったときに当然与えられる苦痛よ」ネリーはため息をついた。

「苦痛がどんなものかは僕にもわかるが、誰にとっても同じじゃないか。人生の一部なんだから」

「確かにね」と、ネリーは表情も変えずに答えた。

ネリーは何か独り言をつぶやくと、キッチンテーブルに置いてあるものを動かした。壁に立てかけてある小さな写真フレームのガラスには砂が付いていた。なかには、エンマボーダ・ガラス工場、サンゴバン、ソルバッケン・ガラス工場のあいだで取り交わされた業務提携契約書が飾られていた。

「腕がとても痛むんだ、それに……」

「いますぐ病院へ行きたいってこと?」と、ネリーが馬鹿にしたように言う。

「腕をレントゲン検査する必要があるし……」

「すぐに元気になるわ」と、ネリーがさえぎる。

「硬膜外血腫ができていなければね」と言って、エリックはこめかみの傷にさわった。「動脈性出血があるみたいなんだ。脳硬膜と頭蓋のあいだに」

ネリーは驚いてエリックを見たが、すぐに笑い出した。「あらあら、お気の毒」

「僕が言いたいのは、きみが僕の体調を気づかって面倒をみてくれれば、きっとここで楽しく過ごせるだろうってことだよ」

「私もそう思う。あなたに必要なものは全部そろっているわ」

飽くことのない感情的飢餓感の持ち主でなければ、ネリーのやったようなことはできないだろう、とエリックは思った。彼女は、なんとしても自分の標的をコントロールしなければ気がすまないのだ。そして、ひたむきな愛情から、一瞬にして深い憎しみへと切り替えることができる。

「ネリー」と、おそるおそるエリックが問いかける。「きみはいつまで僕を閉じ込めておくつもりなんだ?」

ネリーは笑みを浮かべて、戸惑ったように床を見つめてから、爪の具合を調べ、子ども甘やかす親のような顔をエリックに向けた。「最初は涙ながらに訴えていても、やがて私を脅し始めるでしょうね」と、彼女は言った。「でもそのうち、何でも安請け合いするようになる。逃げる気はないとか、階段の掃除でもしようかと、あの手この手で私の気持ちを動かそうとするにきまっている」

彼女は服の乱れを直し、しばらく黙ってエリックを見つめていたが、やがて足を組んで身体をわずかに揺らし始めた。懐中電灯の光が彼女の頬を照らし出した。

「ネリー、ここに置いてくれるのはとてもありがたいんだが、僕はこの地下室が好きになれない。なぜかわからないが、そうなんだからしかたがない」とエリックは言ったが、返事は返ってこなかった。

エリックはネリーに目を向けて、最初に会ったときのことを思い返した。ロッキーの精神鑑定を行っていたとき、ネリーはそれを近くで見守っていたのだろう。その後、エリックのいる部門に職を求めた。

どうして就職できたのだろう?

当時、人事部の責任者が自殺する事件があった。彼女が働き始めてすぐのことだった。おそらく彼女は、何らかの手段で彼に自分を雇うよう仕向け、そのあとお払い箱にしたのだ。

ネリーは常に陽気で、おおらかで、おしゃべり好きで、魅力的で、ひかえめだった。

あの頃のエリックはシモーネと離婚して、つらい時期を過ごしていた。特に夜は眠れず、長い時間を悶々《もんもん》と過ごした。薬の服用を再開するよう勧めたのはネリーだった。彼女はシアゼバムやロヒプノール、オキサゼパム、アソトアミノフェン・コデイン合剤など、何年も前にエリックが飲むのをようやくやめることのできた薬を処方した。

ふたりは一緒に酒を飲み、深く考えることなく薬を飲んだ。自分がどうしてあんなことをしたのか、エリックには理解できなかった。ふたりはキスをして、結局ベッドをともにすることになった。彼女がどうしてもシモーネのナイトガウンを着ると言い張るので、エリックは不快感が顔に出ないよう努めた覚えがある。

それに、ごく最近の出来事も頭によみがえった。その日はいつにまして厄介事の多い一日だった。患者のひとりが強制入院させられて、拘束服を着せられる事件が起きた。患者の親族が駆けつけてきて、抗議の言葉を延々と投げつけてくるのに耳を傾けていなければならなかった。エリックは疲れきり、時間も遅かったので、病院に泊まることにしてオフィスの寝台で眠った。

ネリーもその日、残業をしていた。彼女がロヒプノールを持ってきて、精留エタノールとシュウェップスで飲み物をつくった。

薬が多すぎたせいか、酒を飲み過ぎたせいかはわからないが、エリックはあっという間に深い眠りに落ちた。

ずいぶん長い時間、ぐっすり眠ったのは覚えている。ネリーが帰宅する前に、服を脱がせてくれたのも記憶にあった。

だが、誰かが口にキスして、唇をなめたのは夢だと思っていた。

その夢のなかで、ネリーは戻ってきた。舌にピアスをして、エリックのペニスをくわえた。次に夢に出てきたのは鹿だった。ネリーと同じようにオフィスに入ってくると、寝台の横を通り過ぎて、フロアスタンドの後ろで立ち止まり、首をもたげて恥ずかしそうにエリックを見つめた。

夢のなかでは話すことができなかった。光がまつげのあいだから差し込み、ネリーの姿が見えた。彼女はひざまずいて、エリックの手に冷たくて固いものを押しつけていた。小さな茶色い磁器の鹿の頭だった。

そしていま、ネリーはじっと座って、エリックが気を取り直すのを待っているかのように、彼を見つめていた。

しばらくすると、彼女はゴミ袋からきちんと畳んだ服を取り出して、膝に置いた。

「それは僕のための服かい？」

「ええ、こんなもので悪いけど」と言うと、ネリーは服を丸めて、金網の格子のあいだからエリックに渡した。

「ありがとう」

エリックは膝のあたりに泥のしみが付いた汚いジーンズと、胸に〈サーブ39グリペン〉という国産戦闘機のロゴが入った洗いざらしのTシャツを広げた。服は湿って汗のにおいがしたが、エリックはゆっくり時間をかけてぼろぼろのシャツを脱ぎ、Tシャツとジーンズを身に着けた。

「あなたのちっちゃなおなかはとてもキュートね」と言って、ネリーがくすっと笑った。

「そうなんだよ」と、エリックが冷静に答える。

あだっぽいしぐさで、ネリーはつんと顎を上げて、頭のスカーフをほどいた。ブロンドの髪に乾いた血がこびりついていた。恐怖で鼓動が速まるのを感じながら、エリックは努めて目をそらさないようにして、相手の目を覗き込んだ。

「ネリー、ようやく一緒になれたね」と、ぐっと唾を飲み込みながら、エリックは言った。「いつも一緒にはいたけど、でも僕はこういう機会を待っていた。だって、きみはマルティンとともに生きていると思っていたからね」

「マルティンですって？ そんなことをまじめに考えてたなんて信じられない」と、頬を赤らめながら、ネリーが言った。

「ふたりはしあわせそうだった」

ネリーが口もとを引き締め、唇を震わせた。「あなたと私だけよ。ずっと私たちだけ」

エリックは息をするのも苦しかったが、できるだけ自然な口調を保とうとした。

「あのときのことをきみが悔やんでいるとは知らなかったんだ」

「悔やんでなんかいない」と、ネリーが小声で言う。

「僕もだ。軽率だったのは認めるが、あの頃の僕はやけになっていたから」

「でも……」

「きみと僕とは、ほかの人とは違う関係で結ばれている感じがずっとしていたんだからだよ、ネリー」

ネリーは目から涙をぬぐって顔をそむけた。震える指で鼻をこすって、「あなたを傷つけるつもりはなかったのよ」と言った。

「〈モルフィネ〉があれば、ありがたくちょうだいするんだがね」と、エリックは明るい口調で言った。

「わかったわ」ネリーはうなずいて顔をぬぐうと、椅子から立ち上がって階段へ向かった。

一二七

ネリーがキッチンへ行き、ドアを閉めて重いかんぬきをかけるとすぐに、エリックは金網を引っ張った。あらんかぎりの力をこめて引っ張るとほんの数ミリ曲がりはしたが、とても手に負えないのがわかった。

裸足のかかとで蹴ってみたが、土踏まずに金属が食い込むのを感じただけで、檻全体が揺れるどすんという音以外には何も聞こえなかった。必死の思いであちこち位置を変えてこの構造物の弱点を探し、天井部分を押し上げたりしたが、すき間はどこにもなく、ゆるんだ接合部も見つからなかった。エリックは床にうつぶせになり、小枝の束に触れるまで左手をいっぱいに伸ばした。手が届くと、指先でつまんで一本引き抜く。それを転がして近づけてから、しっかりつかんで格子のあいだからなかへ引き込む。今度は檻の反対側に移動し、また片手を伸ばして、ネリーの〈グッチ〉のバッグの肩紐に小枝の先端を引っかけた。慎重に小枝を持ち上げ、バッグを引き寄せる。怪我をしたほうの腕に力がかかるたびに、エリックの顔が痛みでゆがんだ。バッグが格子のあいだを通り抜けるまで、永遠とも思える時間がかかった。震える手で、金メッキの口紅ホルダーや旅行用のヘアスプレー、パウダーなどをかき回して、南京錠の鍵を探した。脇のポケットに携帯電話が入っていた。片手しか使えないので、電話を床に置き、顔を寄せてSOS緊急アラームのボタンを押す。

「SOS112です。どんな緊急事態ですか?」と、冷静な声が応じた。

「聞いてくれ……この電話の位置を追跡してほしい」と、思いきって声を許されるかぎり張りあげ、エリックは言った。「いま僕はシリアル・キラーに地下室に閉じ込められている。すぐにここに来て……」

「受信状態が大変悪いですね」と、相手の声が割って入った。「場所を移動できませんか……」

「殺人犯の名前は、ネリー・ブラントだ。僕はいまリンボへ向かう道沿いの黄色い家の地下室にいる」

「お話がまったく聞こえません。あなたは危険な状態にあるのですか?」

「大変危険だ。すぐに来てほしい」と、横目で階段をうかがいながら、エリックは説明した。「リンボへ向かう道の黄色い家にいる。畑があって、敷地のなかには壊れた建物がある。古い工場のようで、高い煙突が付いていて……」

キッチンのドアが開く音がしたので、エリックは震える指で電話を切った。うっかり電話を床に落としてしまったが、すぐに拾い上げてバッグに戻す。ネリーが階段を下りてくる音に耳をそばだてながら、小枝でバッグをテーブルのほうに押し戻す。危うくバッグがひっくり返りそうになり、小枝の先端でバッグの下側をつついて立て直さなければならなかった。片手をぎりぎりまで伸ばして、なんとかバッグをもとの位置に戻すことができた。

ネリーはまもなく階段を下りきるところだった。

エリックは小枝を手もとに引き戻すと、マットレスの下に隠した。床にかすかに線ができているのに気づいた。

ネリーが地下室に入ってきた。幅広の刃のキッチンナイフを持っている。顔に汗をかいており、筋になって垂れているブロンドの髪を払うと、テーブルの下のバッグに目をやった。

「ずいぶん時間がかかったね」と、金網に寄りかかって、エリックが言った。

「キッチンがちょっと散らかっていたから」と、ネリーが説明する。

「でも、モルフィネは持ってきてくれたんだね?」

「飢えた者には苦いものでさえ甘い」とつぶやくと、ネリーは白い錠剤をキッチンナイフの刃の先端に載せた。

ぼんやりと笑みを浮かべて、それを金網のほうへ突き出す。「大きく開けて」と、よそよそしい声で言う。

どきどきと心臓を波打たせながら、エリックは錆びた金網に顔を近づけて口を開いた。ナイフの先端が近づいてくる。ネリーの息づかいが速くなった。彼女はナイフの先をエリックの開いた口に入れた。

エリックがおそるおそる口を閉じると、冷たい刃の裏側が舌に触れるのを感じた。

ネリーがナイフを引き戻した。刃が金網に当たって、カチンと音を立てた。

エリックは錠剤を飲んだふりをして、頬と奥歯のあいだにそれを埋め込んだ。唾が錠剤の外層を溶かすと、口に苦い味が広がった。薬を飲むわけにはいかなかった。どれほど痛みが激しくても、意識を混濁させてはならない。

「新しいイヤリングを付けてるんだね」と言いながら、エリックはマットレスに腰を下ろした。

ネリーは手に持ったナイフに目を落として、小さく笑みを浮かべた。「でも、私には十分な魅力がなかった」

「ネリー、きみが僕を待っていてくれているのを知っていたら……」

「私は庭に立って、あなたがカトリーナを見つめているのを見ていた」とささやくように、ネリーが言う。「男がきれいな指先を好きなのは、私も知っている。でも私の指はいつも醜い。なんとかしようとしても……」

「きみの手は素敵だよ。とても美しいと思う。だって……」

「とにかく、いまのカトリーナよりは美しいわね」と、ネリーがさえぎる。「あとはあのちびの教師が残っているだけ。一緒のところを見たわ。あのなめらかな口を……」

「いまはきみだけだよ、ネリー」声がうわずらないように気をつけて、エリックが言った。

「でも、私には子どもがいない。小さな娘は持っていない」

「きみは何を言っているんだ？」エリックは、全身が冷えきっていくのを感じた。

「人は火をふところに抱くべきではないのね。焼かれることを望まないかぎり……」

「ネリー、僕はあのふたりのことなんかどうでもいいんだ」と、エリックが言う。「僕の目はきみしか見ていない」

突然、ネリーがナイフを突き出した。エリックが頭をのけぞらせる。ナイフの刃は、一瞬前にエリックの顔があった金網にぶつかった。

ネリーは荒い息をつきながら、がっかりした顔でエリックを見た。エリックは自分がやりすぎたことに気づいた。彼女はエリックがほんとうのことを言っていないのを知っている。

「あなたが言っているのは」と、ネリーがあえぐように言う。「どうなのかしら、風を追うことで死を求めているみたいな気がするわ」

「どういう意味なんだ。僕は死を求めてなどいないよ、ネリー」

「あなたの過ちではないわ」とつぶやくと、ネリーはナイフの刃で首をかいた。「あなたを責めたりはしない」

彼女が数歩あとずさると、影がその青ざめた顔を覆い、両目があるべきところに大きな黒い穴がぽっかりと開いたように見えた。首にも黒い影が差している。

「でもあなたも、死すべき運命がどんなものなのかを知ることになるのよ、エリック」そう言うと、ネリーはくるりと向きを変えて階段に向かった。

「馬鹿なまねはするな」と、エリックが呼びかける。

ネリーは足を止めて振り返った。汗の玉が頬を流れ落ち、化粧はほとんどくずれていた。

「あなたが今後もあの女を思い続けることは絶対に認められない」と、ネリーはきっぱり言った。「あの女のことを思うときは、目と唇のない顔を思い浮かべなさい」

「やめろ、ネリー！」彼女が狭い階段室へ消えていくのを見つめながら、エリックは叫んだ。彼はがっくりと床に座り込むと、手のひらに錠剤を吐き出して、半分ほつれかけたジーンズのポケットにそれを入れた。

一二八

マルゴットには、ネリー・ブラントが自宅やカロリンスカ病院にいるはずがないのはわかっていた。それでも、車のなかから国家警察機動隊がブロンマの白いモダニズム建築の家の周囲に展開するのを見守っているあいだ、ひどく不安な思いをかき消せなかった。

もし黒い服に身を包み、重武装した警察の機動隊員の姿さえ見えなければ、あたりには夢で見るような平和な風景が広がっていた。

無線で作戦の進み具合を聞きながら、マルゴットはほとんど耐えがたいほどの緊張状態にあった。いつこの静寂が叫び声や発砲音で破られるか、想像せずにはいられなかった。

無線がカチカチと音を立て、この作戦の指揮官であるローゲル・ストールムが直接彼女に報告してきた。「ここにはいません」と、彼は言った。

「全部調べたの？」と、マルゴットが尋ねた。「地下室や屋根裏部屋、庭も？」

「彼女はいません」

「夫のほうは？」

「テレビで飛び込み競技を観てますよ」

「何か言っていた？」

「単刀直入に質問しましたが、ネリーがかかわっていないことは間違いないと言ってました。エリックのことは全部、新聞で読んだし、ネリーも自分もショックを受けていると」

「彼の考えなどどうでもいい。彼女がどこにいるか聞きたいだけよ」と、家のほうに視線を向けながら、マルゴットが言った。

「わからないそうです」と、ローゲルが答えた。

「緊急対応チームの仕事は終わったの？」

「いま出てくるところです」

「じゃあ、今度は私が行ってみるわ」マルゴットは車のドアを開けた。

車を降りたとたん、腰のくぼみのあたりで鈍痛がするのを感じた。それがどういう意味かはわかったが、無視して歩き続けた。ゆっくりと開け放した玄関ドアへ向かう。

「この事件が解決したら、私は赤ん坊を産むわ」と、彼女はドアの横に立っている警官に言った。

大きな玄関だったが、心地よく、暖かい感じがした。玄関の奥にはスウェーデンの国民的画家カール・ラーションの絵が掛かっている。ヘルメットを手に、ライフル銃を肩紐からぶら下げて家を出る緊急対応チームとすれ違った。

薄暗い居間に入ると、小太りの男が肘掛け椅子に座っていた。ネクタイをゆるめ、シャツの一番上のボタンを外しており、脇のコーヒーテーブルには電子レンジで温めた料理のトレーが置いてある。男はショックを受けているようだった。太ももを手でこすりながら、話しかけてくる警官にうろたえた目を向けている。

「ここは大きな家だ」と、男は説明していた。「僕らにはこれで十分なんだ。冬はだいたいカリブ海に行っているし……」

「あなたのご親戚は？　家を持ってる人はいませんか？」と、マルゴットが割って入った。

「スウェーデンに住んでいるのは僕だけだ」と、男が答える。

「でも、もし奥さんが家を借りているとしたら、どのあたりが考えられますか？」

「申し訳ないが、僕にはさっぱり見当も……」

マルゴットは男をその場に残し、二階へ行ってざっと見てまわってから、寝室に入って携帯電話を取り出した。

「ネリー・ブラントは家にいないわ。カロリンスカにもいないようだし」ヨーナが電話に出ると、挨拶抜きでマルゴットはそう言った。

「どこかに地所を持っていたりはしないだろうか？」と、ヨーナが訊いた。

「不動産登記簿は全部チェックしたけど」と言ったとたん、また子宮収縮が起きて、うっとうめいた。「ふたりともほかに不動産は持っていない。サマーハウスも土地も所有していません」

「以前はどこに住んでいたんだね？」

マルゴットは、前回ヨーナと話したあとに取り寄せた情報のプリントアウトを取り出した。「住民登録台帳によれば、十年前までフルディンゲの牧師館の住所を登録しています。その後、四年の間をおいていまの住所に移っている」

「彼女はロッキー・キルクルンドと牧師館で暮らしていたんだ」と、ヨーナが言った。

「そこには人を送りましたけど、いまは介護用住宅になっていて……」

「わかった、それはもういい」

「どこかにアパートメントを借りているんじゃないかしら」

「日記のなかに、ロースラーゲンの農場のことが出てくるんだが」

「農場であれ何であれ、彼女が関係しているものは存在していない。彼女の一族は土地を所有したことがなく、いまの彼女は天涯孤独で身寄りはいません」

「だが、ロッキーは彼女から逃げて、フィンスタで車を盗んだ。それまでにどれぐらい歩いたのかはわからないが……」

「ノルテリエの周辺には何千も農場があるはずよ」と、マルゴットがさえぎる。

「彼女の書類を全部チェックするんだ。もし誰かから農場を借りていれば、電気料金なんかを払っているだろう」

「二、三時間以内に、正式な捜索令状を取らなくてはなりそうね」

「とにかくそこの捜索を始めてくれ。誰かがストップをかけるまで続けるんだ」

「わかったわ。どこから始めましょうか？」

「夫がほんとうのことを言っていると思うなら、彼女の個人的な書類を調べる必要がある」

「いま二階にいるの。寝室は別々みたいね」マルゴットは、鳩羽色の壁紙が貼られた風通しのよい部屋に入った。

「きみが探しているあいだ、電話をつないでおくようにしよう。何が見えるか、正確に教えてほしい」

「ベッドはメイクされている。ベッドサイドテーブルに心理学の本が何冊か」

「引き出しを調べるんだ」

マルゴットは引き出しをふたつ開いたが、書類のたぐいはなかった。「ほとんど空っぽだわ。〈モガドン〉のパック、咳止めドロップ、それにハンドクリーム」

「普通のハンドクリームか？」

「クランスのよ」

マルゴットが手で引き出しを探ると、小さなプラスチックの容器が出てきた。「栄養補助食品」

「どんな種類の？」

「すい……水酸化鉄ね」

「みんな、どうしてそんなものを摂《と》るんだろうな。きみもかい？」と、ヨーナが訊いた。

「こんなのを食べるくらいなら、五人前の肉を食べるわ」マルゴットは引き出しを閉めた。

「クロゼットはあるのか？」

「ウォークイン・クロゼットに入ったところよ」そう言って、マルゴットはぶら下がった服のあいだを進んだ。

「そこには何がある？」

「ドレス、スカート、スーツ、ブラウス……私がうらやましがってるなんて思わないでね。どれもデザイナーズブランドだわ。バーバリー、ラルフ・ローレン、プラダ」

そこで口を閉じると、マルゴットは一方の壁を見つめた。

「何かあったのか？」と、ヨーナが尋ねる。

「靴よ……よだれが出そうだわ」

「わかった。とにかく集中してくれ」

「ヨーナ、言っておくけど……私はレーガン大統領を撃ったジョン・ヒンクリーからモナ・ワルデ・イェルペ（スウェーデンの放火犯）まで、ありとあらゆるストーカー犯罪を研究してきたけど、ネリーほど強い執着を示したケースはなかったわ……ネリーは史上最悪のストーカーね」

「そのとおりだ」

「次はどこを見ればいい？」

「裏側を覗いてみてくれ」と、ヨーナが答える。「棚の奥、箱の下なんかを。どうしても手がかりが欲しい」

ふたりはそこで電話を切った。マルゴットは壁に身体を押しつけたり、家具の裏に入り込んだりして全部見てまわったが、収穫は何ひとつなかった。寝室へ戻ると、ローゲン・ストルムが階段を上がってきた。汗まみれの顔で、目を見開きながら、マルゴットに近づいた。

マルゴットはため息をつき、握り合わせた手で腰のくぼみを押して、次の子宮収縮を抑え込んだ。「何かあったの？」と、押し殺した声で尋ねる。

「またビデオが届いたんです」と、ローゲンが言った。

一二九

日が沈み、街灯に明かりが灯り始めた頃、ヨーナとロッキーはセデテリエに近づいていた。隣でロッキーが目を覚ましたちょうどそのとき、マルゴットから電話がかかってきた。

「新しいビデオが届いたわ」と、マルゴットは悲鳴のような声で言った。「どうも、エリックの知り合いらしい。あるいは、少なくとも……」

「中身を説明してくれ」

「撮影を始めたとき、ネリーはすでに家のなかに入っていた。その女性は怪我をしている。部屋の隅に身を丸めている……それに、終わりのところに……ビデオの終わりに小さな足が映っている。暗くてよくわからないけど、子どもが床に横たわっているように見える」

「続けて」

「どこにでもある部屋よ。壁は古くて、壁紙はでこぼこしている。窓の外に大きな煙突らしきものが見える。まだ鑑識から報告は届いてないけど」

「続けてくれ」

「いまiPadで観てるんだけど、女性は黒い髪を短くして、やせている。それに……どう言ったらいいか。その人は出血してほとんど意識を失っていて、目が見えないみたいに手を動かしている。もしかしたら……」

「よく聞いてくれ」と、ヨーナが口をはさむ。「彼女の名前は、ジャッキー・フェデレル、住まいはリーリヨン・プランだ」

「緊急対応チームを送るわ」と言って、マルゴットは電話を切った。

ヨーナには、その女性はもうアパートメントにはいないだろうと伝えるひまがなかった。そう思うのは、ネリーはエリックの目の前でジャッキーを殺すことを望んでいるからだ。父親の前で母親を殺したように。ロッキーの前でナターリアを殺したように。

車はパンクして路肩に停まっているミニバスの横を通り過ぎた。ショートパンツをはいた髭面のやせた男が三角表示板を道路に置こうとしていた。

「きみは檻のことを話していた。檻に閉じ込められたことを」と、ヨーナはロッキーに言った。

「いつの話だ?」

「ネリーがきみをどこかに閉じ込めたときのことだ」

「そんなことは言わなかったと思うな」と言って、ロッキーは道路に目を向けた。

「その檻がどこにあったか知っているか？」

「いや」

「きみはそこを抜け出して、ノルテリエの近くで車を盗んだ」

「車を盗んでまわっているのは、あんたのほうじゃないかと思ってたんだが」

「よく考えてくれ。それは農場で、おそらく煙突がある場所だ」

車はちょうどサレムの合流点を越えるところだった。ロッキーは車の外を行き過ぎる風景を見つめながら、深いため息をついた。大きな両手で顔と髭をこすると、また道路に目を戻して、「ネリー・ブラントがレベッカ・ハンソンを殺したんだ」と、間延びした口調で言った。

「そうだ」

「結局、神は俺を探しに戻ってきたんだな」ロッキーは空になったタバコのパックを押し潰した。

「そうらしい」と、ヨーナが穏やかな声で言う。

「たぶん、脱走したことと服のポケットにヘロインがあったことで罰を受けるだろうが……務めあげれば牧師に戻れるかもしれない」

「きみはすでに誤審で有罪を宣告されている。また有罪になることはない」と、ヨーナは言った。

「ここで停めてくれないか?」と、ロッキーが言う。「自分の教会をちょっと見てみたいんだ」

ヨーナは車を路肩に寄せて、ロッキーを降ろした。大男の牧師は車のルーフを軽く叩くと、サレムの方角に歩き出した。

一三〇

その朝、ノルテリエ市警の指揮官ラモン・シェーリンは、オーレ・ボーマンとイェーオリ・ボーマンを同じパトカーで勤務に就かせることにした。

オーレとイェーオリは親子で、パートナーになることはほとんどなかった。口の悪い同僚は、これでようやく父親のオーレも警察仕事のなんたるかを教わる機会ができたなとちゃかしたものだった。

オーレは同僚にからかわれるのが嫌いではなかったし、いまでは頭ひとつ自分より背が伸びた息子を心から誇りにしていた。

ふだんと変わらぬ一日が平穏に過ぎていき、夜も迫ったいま、ふたりの警官はヴァルビーの工場地域を走っていた。この半年のあいだに何件か押し込みの通報が入ったこともあったが、今宵《こよい》は何事もなくすべてが静まり返っている。ふたりは任務完了の報告はしていなかったが、トイレ休憩を終えるとそのまま境界線を越えてリンボ市内へ入った。

腰が痛み出したので、オーレはシートを少し後ろに倒して、あと三十分ほどこのあたりを流したら署に戻ろうと言いかけた。そのとき、地域通信センターから無線連絡が入った。

三十分前に、緊急サービスに電話がかかってきた。オペレーターにはほとんど相手の言葉が聞きとれなかったが、その短い会話の録音を分析したところ、かけてきた男は助けを求めていた。男はリンボ近郊の荒廃した工場の敷地にいるらしい。

調べたところ、それがソルバッケン・ガラス工場の大火のあとに建てられた家であると特定できたという。

「俺たちは署に戻るところなんだがな」と、オーレがつぶやく。

「戻る前にそこを見に行ってもらえませんか？」と、オペレーターが尋ねた。

「わかった。行ってみるよ」と、オーレは答えた。

大粒の雨が車のルーフを打っていた。オーレはぶるっと身震いして、窓を閉めた。

そのとたん、間が悪くヤマキチョウが窓にはさまって潰れた。

「イェムリンゲで家庭内暴力らしきものがあったらしい」と、オーレは息子に伝えた。

イェーオリは車をUターンして、南へ向かった。黒い森を切り開いてつくられた大きな農場の前を通り過ぎる。

「おまえがあんまり野菜を食べないのをママが心配して、今日はニンジンのラザーニャにするそうだ」と、オーレは言った。「だけど、俺がニンジンを買い忘れたから、今夜はハンバーガーになりそうだな」

「それは好都合だ」イェーオリはにやりとした。あたりの畑はすっかり闇に包まれていた。蝶《ちょう》の羽根が窓の内側に落ちて、エアコンの風でぶるぶると震えた。

車が狭い砂利道に入ると、エアコンのスイッチを切り、ふたりはおしゃべりを打ち切った。あちこちに深い穴が開いていて、サスペンションがきしる音がした。枝がルーフと側面をこすっていく。

「やれやれ、まるで見捨てられた場所だね」と、イェーオリが言った。ヘッドライトが闇のなかにトンネルを切り開き、飛びまわる蛾《が》や路傍に高く伸びた草を輝かせた。

「チーズと穴の違いはどこにある?」と、唐突にオーレが謎かけをした。

「わからないよ、父さん」と、道から目を離さずに、イェーオリが言った。

「チーズには穴があるが、穴にはチーズはないってことさ」

「おもしろいね」息子はため息をつくと、拍手するようにハンドルを叩いた。タイヤが広い庭に入ると、巨大な煙突が夜空を背にそびえ立っているのが見えた。

ゆっくり砂利を踏み砕く。オーレは鼻で息をしながら、前面のガラスに顔を寄せた。

「暗いな」と、ハンドルを切って、イェーオリが言った。やぶや錆びた機械部品のうえをよぎっていくヘッドライトの光が、突然、何かに反射した。

「ナンバープレートだ」と、オーレが言った。近づいていくと、トランクを開け放したままの車が見えた。

ふたりは黄色い家のほうに目を向けた。まわりを丈高のイラクサに取り囲まれ、窓は暗かった。

「おまえはここにいて、やつらがテレビか何かを運び出すまで待ってるか?」と、オーレが低い声で訊く。

イェーオリはヘッドライトがまっすぐ玄関ポーチを照らすように車の向きを変えてから、ハンドブレーキを引いた。

「だけど、連絡は家庭内暴力の疑いと言ってたんだろう」と息子は言って、車のドアを開けた。「僕が行って見てくるよ」

「ひとりじゃだめだ」と、父親が言った。

ふたりは上着の下に軽装の防弾ベストを着けていた。それぞれ制式拳銃と予備の弾倉、警棒、手錠、懐中電灯、無線を持つ。懐中電灯を取り出したとたん、イェーオリは破れた窓ガラスの向こうで何かが動くのが見えたような気がした。

「どうした？」と、オーレが訊く。

「何でもない」と、イェーオリは口が乾いているのを意識しながら答えた。

闇のなかで葉ずれの音がしていたが、不意にそれとは違う耳慣れない音が聞こえた。森のなかで、誰かが苦悶《くもん》の声を上げているみたいだ。

「鹿どもだな。ああやって、人を怖がらせてやがる」と、オーレが言った。

イェーオリはぼろぼろのレンガ壁のあいだにある地下に達する深い空間に懐中電灯の光を向けた。草むらにはガラスの破片が散らばっていた。

「ここはいったい何なんだろう？」と、イェーオリがささやく。

「黙って歩け」

懐中電灯の丸い光が家の汚れた窓のうえを動く。ガラスがあまりに汚れているので、窓は灰色のかすかな輝きしかはね返してこない。

ふたりはイラクサのあいだを縫って歩いた。「もしかしたら、ガーデニングのこつをちょっぴり教えてもらえるかもしれないね」と、イェーオリが言った。

窓のひとつはベニヤ板を打ちつけてふさがれていた。錆びた草刈り鎌が壁に立てかけてある。「いざこざの原因は誰が掃除をするかってことじゃないのかな」と、息をひそめて、オーレが言った。

一三

エリックは檻の金網越しに、ネリーがジャッキーを引きずるようにして階段を下りてくるのを見守った。ジャッキーはおびえ、うろたえていた。なんとかパニックを抑え込んで、状況を把握しようとしている。おそらくネリーは、しばらく前からジャッキーを家のどこかに監禁していたようだ。

エリックにはネリーが何を考えているのかよくわからなかったが、顎を突き出してジャッキーをにらみつけている姿からは、狂喜と激しい怒りの混じり合った興奮が感じとれた。

もうネリーに哀願するのはやめよう、とエリックは自分に言い聞かせた。何を言っても、彼女の嫉妬心をあおるだけだ。頭を懸命に働かせて、傷ついたネリーの怒りを鎮める手段を見つけ出そうとした。

ジャッキーは舌打ちの音をさせながら、一歩前に出た。懐中電灯の光のなかに入ると、そのかすかなぬくもりを感じたように、足を止めた。

それでエリックにも、ジャッキーがひどい怪我をしているのがわかった。こめかみで黒ずんだ血が光り、顔はすり傷だらけで、唇が切れている。彼女の影が壁を覆った。

その脇のジャッキーのすぐ前で、ネリーは右手の汗を服で拭き取り、テーブルからナイフを拾い上げた。

その動きを聞きとったジャッキーは、壁に背中がつくまであとずさった。エリックは、彼女が壁に手を這わせて、指で何か特徴のあるものを見つけて自分の位置を確認しようとしているのに気づいた。

「私が何をしたの？」と、ジャッキーがおそるおそる問いかける。

エリックは目を落とし、数秒待ってから、今度はネリーのほうを見た。だがネリーはエリックがジャッキーを見つめていたことに気づいていた。口もとをさらに引き締めたので、首の腱が浮き出して見えた。ネリーは涙をぬぐうと、ナイフを右手に持ち替え、ジャッキーに近づいた。

ジャッキーがネリーの存在を感じとっているのが、エリックにもわかった。おびえているのを見せないようにしていたが、浅い呼吸でせわしなく上下する胸がその気持ちを裏切っていた。身をかがめたいという本能的な欲求を抑え込んで、背筋をぴんと伸ばそうとしている。

ネリーがゆっくり横へ動くと、足の裏で砂利を踏む音がした。

ジャッキーがその音のほうへわずかに頭をかしげた。こめかみに血がこびりついていた。

ネリーはナイフをジャッキーのほうに向け、目をすがめて相手を見つめた。ナイフの刃の先端がジャッキーの顔のすぐ前に突き出され、そのかすかな反射光が天井で震える。ジャッキーが片手を上げるとナイフの刃の方向が少しずれたが、すぐにもとに戻り、ゆっくりブラウスの襟を持ち上げる。

「ネリー、彼女は目が見えないんだ」なんとか冷静な声を保ちながら、エリックが言った。「ナイフも見えては……」

ネリーはナイフの先端でジャッキーの乳房のあいだをつついた。ジャッキーが鼻をくすんと鳴らし、片手を浅い傷に当てた。指先に流れ出す血が触れて、青ざめた顔に恐怖と当惑の色が浮かぶ。

「いまのこの女の姿を見なさい」と、ネリーが言った。「彼女を見るのよ。見なさい！」

ジャッキーは指先で壁の表面をたどってから、まっすぐテーブルのほうに歩き出した。レンガにつまずいたが、大きく一歩前に出て体勢を立て直した。

「とてもエレガントね」ネリーは血の付いた髪を顔から払って、くすくすと笑った。ジャッキーがあとずさった。傷ついた動物のような浅い呼吸が、エリックにも聞こえた。

ネリーはジャッキーを回り込んで位置を変えた。ジャッキーはそちらに顔を向けると、身を守ろうと両手を突き出し、部屋と自分の位置関係を把握しようとした。

彼女はまた歩き出してテーブルにぶつかった。その背後にネリーが忍び寄り、背中をナイフで突く。

エリックは漏れかけた悲鳴をようやく抑え込んだ。

ジャッキーは痛みにうめいてよろめくと、床に片膝を突いた。すぐに立ち上がったが、血が服と片足に流れ落ちていた。彼女はなおも両手を前に突き出して、数歩よろよろと歩いた。

「エリック、なんでこんなことをするの？」と、ジャッキーは震える声で問いかけた。

「なんでこんなことをするの？」と、ネリーが嘲《あざけ》ってまねをする。

「エリック？」ジャッキーは荒い息をついて振り向いた。

「僕たちの関係はもう終わったんだ」と、エリックは言った。「まだ続いているなんて……」

「話しかけるんじゃない！」と、ネリーがエリックに叫んだ。「いまさらどうなろうと関係ない。おまえたちふたりの好きなようには……」

「ネリー、僕はきみだけと一緒にいたいんだ。ほかの誰でもない」と、エリックが口をはさむ。「きみだけを見ていたい。きみの顔を、きみの……」

「聞いたかい？」と、ネリーがジャッキーに言う。「どうしちゃったんだろうね。彼はもう目の見えない売女《ばいた》には興味がないそうだよ。わかったか。おまえを欲しがっていないんだよ」

ジャッキーは何も言わなかった。床にひざまずき、両腕で顔と頭をかばっている。

「ネリー、もう十分だ」エリックの声はうわずっていた。「彼女にもわかってるよ。彼女はもう僕らの邪魔にはならない。彼女は……」

「立つのよ。もう十分だと彼は言ってるわ。あなたが見たいそうよ。顔を見せてあげなさい。そのかわいい小さな顔を」

「ネリー、頼む……」

「立ちなさい！」

ジャッキーが立ち上がると、ネリーは首を狙って力いっぱいナイフを振るったが、狙いがそれて刃が肩をすべり、喉のすぐ脇で止まった。ジャッキーは悲鳴を上げてあとずさった。ネリーがもう一度突いたが、ナイフは空を切った。刃が壁に取り付けた棚に食い込み、缶詰がいくつか床に転がり落ちる。

「ネリー、やめろ！　やめてくれ！」と、エリックが金網をかきむしりながら叫ぶ。

ジャッキーが両手を振りまわすと、その勢いでネリーが後退して小枝の束につまずき、ナイフを落とした。

「〝愚かな者を臼に入れ、きねをもって、麦とともにこれをついてもその愚かさは彼から離れない〟」甲高い声でそう言いながら、床に手を這わせた。缶詰を拾い上げ、立ち上がってそれでジャッキーを殴った。腹を、胸を、頬骨をしたたかに殴りつける。ジャッキーは悲鳴を上げて、缶詰をネリーの手からもぎ取った。床を転がって横向きになり、立ち上がろうとする。

ネリーは荒い息づかいで薄暗い部屋を見まわし、壁際にナイフが落ちているのに目を留めた。「この女の顔を切り取ってやるからね」と口の中に唾を溜め込んだような声でつぶやく。

顔を無防備にさらしたまま、ジャッキーは膝立ちになった。背中を血が流れ落ちている。そのとき、転がっていた小さなねじ回しが手に当たった。彼女はあえぎながらよろよろ立ち上がった。

ネリーは目から汗をぬぐい取った。緑のドレスのあちこちに黒いしみができていた。

ジャッキーは向きを変えると、階段のあるほうへ歩き出した。

ネリーがにやりとして、そのあとを追う。ナイフを振り上げて突き出したが、またしても狙いがそれ、ジャッキーの首と肩のあいだに刺さった。

ジャッキーはつんのめって膝をつき、階段の一段目に額をぶつけて、ばったりと倒れた。

ネリーがそのそばに近づき、目にかかった髪を息で吹き払ったとき、突然、呼び鈴の音がした。

手に持ったナイフをぶらぶらさせたまま、ネリーはどうしたものか決めかねて、しばらく階段を見上げていた。また呼び鈴が鳴った。ネリーは何かぶつぶつとつぶやくと、ジャッキーの横を速足ですり抜けて階段を昇り、ドアを閉めて鍵をかけた。

一三二

ふたりの警官はポーチに立って待っていたが、なかから応答はなかった。しんと静まり返り、聞こえるのは木立を抜ける風の音と草むらの虫の音《ね》だけだった。

「ピクルス付きのハムサンドと……尻にタバコをはさんだじいさんの違いは何だ？」とまた謎かけをしながら、オーレはもう一度呼び鈴を鳴らした。

「わからないよ」と、イェーオリが答える。

「よし、じゃあ明日は誰かに頼んでサンドイッチを買ってこさせよう」

「父さん……本気でそんな……」

オーレは笑い声をあげて、懐中電灯であちこち剝げた玄関ドアを照らした。

イェーオリはすぐ横にある窓を強くノックしてから、脇に寄った。

「入ってみよう」オーレは階段を下りるよう息子に指示して、ドアの取っ手を握った。

ドアを開けようとした瞬間、ぬくもりを感じさせる光が見えた。灰色の玄関の窓が、急にふたりを歓迎しているように見えてきた。ドアを開けたのは、頭にスカーフを巻き、手に灯油ランプを持った上品な女性だった。はおった黄色いレインコートのボタンを留めながら、うれしい驚きだと言わんばかりの表情でふたりの警官を見た。

「あら、電気屋さんかと思ったわ……停電があったので」と、女性は言った。「何がありましたの？」

「この敷地から緊急通報を受けたものですから」と、オーレが答えた。

「何の通報です？」

「何か問題はありませんか？」と、イェーオリが訊いた。

「ええ、そのはずですけど」と、女性が不安そうに言った。「どんな緊急通報でしたの？」

イェーオリは階段をきしませて、一歩そばに近づいた。女性はとても汗くさかった。首に何か液体の跳ねた跡がある。

なぜか自分でもわからないまま、イェーオリは懐中電灯の光を闇に当て、家の正面に沿って動かした。「連絡してきたのは男の人でした。この家には、ほかに誰かいるのですか？」

「エリックだけです。彼が電話したのかしら？　夫はアルツハイマーなんです」

「ご主人に話をうかがいたいですね」と、オーレが言った。

「明日にしてもらえません？　夫は〈ドネペジル〉を飲んだところなんで」女性は額から髪を払いのけた。土を掘っていたかのように、爪が真っ黒だった。

「お時間はとらせませんから」と言って、オーレは家のなかへ入った。

「しかたないわね」と、女性は言った。

ふたりの警官は玄関ホールを見まわした。壁紙は茶色で、ぼろぼろの手作りの敷物がリノリウムの床に敷いてある。壁には聖書の言葉が額に入れて飾ってあり、野外用の服が数枚、きちんとハンガーに掛けてあった。

イェーオリは父親が玄関ホールに入るのを見て、ぶるっと身震いすると、車のほうを振り返った。虫が強力なヘッドライトの光に引き寄せられ、光のなかに囚われたようにくるくると回っているのが見えた。「申し訳ないが、ご主人と話をさせてください」と、オーレが言った。

「どうしても必要かな？」と、息子の警官がつぶやく。

「緊急通報を受けたので」と、オーレは女性に説明した。「すみません、そういう手順になっています。なかを見せていただかないと」

「お時間はとらせませんから」と、イェーオリが言った。

ふたりは念入りにドアマットで足の泥をぬぐった。ホールの隅の天井灯のそばに、丸まったハエ取り紙がぶら下がっていた。吸着紙に何百匹ものハエが貼りついていて、黒い毛皮のようだった。

「これを持っていただける?」と言って、女性が灯油ランプをオーレに渡した。その光が壁でゆらゆらと揺れた。

イェーオリは父親の後ろに立って、女性がキッチンのドアを押し開けるのを待った。金属がキーキーときしむ音が玄関ホールに反響した。暗いキッチンに入りながら、女性が夫の病気のことを話しているのが、イェーオリにも聞こえた。ドアが開くと、鼻につんとくるにおいが流れ出し、ふたりを包んだ。オーレは咳をしてから、ランプを掲げて女性のあとに続いた。

黄色いランプの光が部屋のなかの混乱状態を照らし出した。割れたガラスやフライパン、古い道具類がいたるところに散らばっていた。汚れた床のあちこちに鮮血が溜まっており、食器棚の扉にも血のしずくが飛んでいた。

オーレがすぐあとに続く息子を振り返った瞬間、突然、ドアがものすごい力で閉まった。ドアはイェーオリの顔を直撃し、後方へはね飛ばした。イェーオリの頭が床に叩きつけられる。

キッチンのなかで、オーレはあっけにとられてドアとその強力なバネを見つめた。息子の足はドアにはさまれていた。

振り返ると、女性が長い柄の斧を肩にかつぎ上げ、オーレによけるひまを与えずにそれを振り下ろした。斧の刃が首の脇に食い込む。その衝撃で、オーレの身体が横に大きく傾く。オーレには、自分の血が女性のレインコートに飛び散るのが見えた。女性が斧を引き抜くと、彼はバランスを失い、一歩前に出て体勢を立て直そうとした。

女性は冷静に灯油ランプをオーレの手からもぎ取ってカウンターのうえに置くと、また重い斧を肩にかつぎ上げた。

オーレは息子に向かって叫ぼうとしたが、声が出てこなかった。気を失いかけていた。視野を黒い雲が覆い隠そうとしている。片手を首に当てると、血がどくどくと噴き出しシャツに流れ落ちているのを感じた。拳銃を抜こうとしたが、指にはその力が残っていなかった。

女性がまた斧を振り下ろしたとたん、あたりが真っ暗になった。

玄関ホールで、イェーオリが目を開けてまわりを見まわした。仰向けに横たわり、額から血を流していた。「いったい、何が起きたんだ？」ぜいぜい息をつきながら、片手で鼻と出血している額に触れてみる。「父さん？」

イェーオリは、自分の足がドアにはさまれているのに気づいた。足首の骨が折れているようだが、不思議と痛みはまったく感じなかった。足を引き寄せようとすると、爪先にまったく感覚がなかった。

何が何やらわからず、彼は目を上げて、天井で揺れている螺旋状《らせん》のハエ取り紙を見つめた。そのときキッチンからどすんという重い音が聞こえたので、肘を床について起き上がったが、ドアのすき間からは何も見えなかった。

おぼつかない指で、なんとか懐中電灯をベルトから抜き、キッチンに向けてみる。父親がぽっかり口を開けて床に横たわり、こちらに目を向けているのが見えた。

突然、父親の頭が何度もがくんと横に振れた。あの女性が蹴りつけているのだ。身体を離れた頭は、血で汚れたリノリウムの床をぐるぐると転がった。

パニックに襲われて身動きもできなくなったイェーオリは大きな悲鳴をあげた。懐中電灯を手放し、あとずさろうとする。自由なほうの足でドアを蹴っても、まるで人間用の罠に捕まったようだった。拳銃を探り当てたが、抜くことはできなかった。手袋が邪魔していた。片手を口に持っていき、歯でくわえて手袋を脱ごうとする。そのとき、不意にドアが開き、足が解き放たれた。

荒い息をつきながら後ろへ這いずっていくと、小型のデスクに背中がぶつかった。鉢が床に落ちて、硬貨がまわりにばらまかれる。

ようやく手袋が脱げて拳銃をホルスターから抜いたとたん、黄色いレインコートの女性が玄関ホールに出てきた。彼女が頭上に振り上げた斧が天井灯に当たり、ハエ取り紙が落ちてくる。重たい刃は途方もない勢いでイェーオリの胸にぶつかり、薄い防弾ベストと肋骨を切り裂いて心臓まで達した。

一三三

エリックは檻の金網のすき間からジャッキーのほうへ手を伸ばしたが、遠すぎて届かなかった。指先が彼女の首の後ろの空気をむなしくかきまわす。そうしながらも、聞こえているかどうかわからないまま、エリックは絶えず彼女に話しかけた。立ち上がって、地下通路を通って逃げなければいけないと言い続けた。

ネリーが姿を消してからすでに何分かたっていた。

最初は、ジャッキーがまだ生きているのかどうか定かでなかった。ピクリとも動かずに床に横たわっていたからだ。だが、床にうつ伏せになって金網に頭を押しつけていると、彼女の呼吸音が聞こえてきた。

「ジャッキー」と、もう一度呼びかける。

ドアの呼び鈴が鳴らなければ、彼女は死んでいただろう。音は聞こえなかったが、きっと警察だ、とエリックは思った。自分の電話に警察が応じてくれたのだ。

これが深刻な事態であるのを、彼らはどれぐらい理解しているだろうか。十分な人員を送ってくれたのだろうか。

エリックは小枝を一本つまみ上げ、それを持って手を伸ばすと、かろうじてジャッキーの首に触れることができた。丸い先端でそっと首をつつく。「ジャッキー？」

彼女の身体がゆっくりと動き、顔をエリックのほうに向けて咳をした。

エリックは何が起きたかを説明した。ネリーがやったことを、自分に罪を着せたことを。そして、ヨーナは真相を知っていることを。

ジャッキーは弱々しく片手を上げて、首の浅い傷をさわった。

彼女が自分の話をどれだけ理解したかわからなかったが、エリックはとにかく逃げなければいけない、急がなければいけないと繰り返した。「いまは戦わなければならないんだ」と、彼は言った。「そうしないと生き延びられない」

時間の余裕はなかった。さっきまで話し声や銃声がしていたが、いまは何も聞こえてこない。

「ジャッキー、頑張って立つんだ」と、エリックは懸命に訴えた。

ようやく、ジャッキーが身を起こして床に座った。眉から出血して、頬に流れ落ちている。息もたえだえの様子だった。

「声が聞こえるか？」と、エリックは言った。「僕の言っていることが理解できるか？　きみは逃げなければならないんだ、ジャッキー。立てるか？」

警察に電話したことは言わなかった。当てにならない期待を抱かせてはいけない。

なんとしても、彼女をここから逃がす必要がある。警察がネリーの嘘にだまされるかもしれないからだ。

ジャッキーは立ち上がり、低いうめき声を出すと、床に血を吐いた。その拍子に前によろめいたが、倒れることはなかった。

「彼女が戻ってくる前に、逃げなければならない」と、エリックは繰り返した。

ジャッキーは重い息づかいで両手を前に突き出し、彼の声のほうによろよろと近づいた。

「別の方向に逃げるんだ」と、エリックは言った。「この廃墟を出て、敷地を横切っていけ」

ジャッキーは慎重に床の缶詰をよけながら進んで、檻の金網につかまった。

「僕は檻に閉じ込められている」

「あなたが四人の女性を殺したって、みんなが言っていたわ」と、ジャッキーが小声で言った。

「やったのは、ネリーだ。いまは僕の言うことを信じなくてもいい。とにかくここを出なければいけない」

「あなたがやったのではないことはわかっていたわ」と、ジャッキーが言った。

エリックは金網につかまった彼女の手をなでた。ジャッキーは上体を前に倒して、額を錆びた金網につけた。

「きみはもう少し頑張る必要がある」と、彼女の頬をなでながら、エリックが言う。

「後ろを向いてごらん。具合を見てみよう。きみは傷を負ってるんだ、ジャッキー。かなり重い傷だ。病院へ行く必要がある。急いでここを……」

「マディはまだ家にいるの」と、すすり泣くように、ジャッキーが言う。「ありがたいことに、クロゼットに隠れていたの。あのときは……」

「マディは心配ない。元気になるさ」

「どうしてこんなことになったのか、さっぱりわからない」不安で顔をゆがめながら、ジャッキーはそう言った。

「息をしたとき、どんな感じがする？」と、エリックが尋ねる。「咳をしてみてくれ。いいぞ。心配ない。どうやら胸膜腔《きょうまくくう》を傷めているようだが、深刻なものではない。いいか、すぐそこのテーブルのうえに懐中電灯がある。その熱を感じとれるはずだ。探してみてくれ」

ジャッキーは口をぬぐうとうなずいて、気持ちを落ち着けようとした。

「そこまで行けるかい？　あいだには特に邪魔なものはないんだが……」

そのとき上階でどすんと大きな音がして、エリックは言葉を呑み込んだ。キッチンのドアが強力なバネで閉まる音だ。

「あれは何なの?」と、ジャッキーが唇を震わせながらささやく。

「急ぐんだ。まっすぐ歩けば懐中電灯のところへ行ける。テーブルまでの床には何もない」

ジャッキーは向きを変えると、かすかな熱源のほうへ歩いた。テーブルの天板に手を触れ、懐中電灯を拾い上げてエリックのところへ戻ってきた。

「地下通路へ入る場所はわかるかい?」

「なんとなくだけど」

「入り口は狭くなっている。レンガ造りの開口部で、ドアはない」うえで誰かが悲鳴をあげるのを聞きながら、エリックが説明する。「走るんだぞ。できるだけ遠くへ行かなければならない。この小枝を持って、道を探っていくんだ」

ジャッキーはいまにも取り乱しそうだった。ショックが血行に影響したのだろう、顔からは血の気が失せ、唇は白くなっている。「エリック、とても無理よ……」

「戻ってきたら、ネリーはきみを殺す。いいか、よく聞け。通路がある……どこまで続いているかわからない。途中でふさがれている可能性もある。だけど、とにかくやってみるしかないんだ」

「無理よ!」ジャッキーは不安に取り憑かれたように、頭を前後に何度も揺らしながらすすり泣いた。

「頼む、言うことを聞いてくれ。天井のない部屋に着いたら、地上へ昇るんだ」

「あなたはどうするつもり？」と、ジャッキーがささやく。

「僕はここを出られない。ネリーが檻の鍵を首に掛けているから」

「でも、私はどうやって出口を見つければいいの？」

「暗闇のなかでは、盲目の人が王様だ」エリックはそう答えただけだった。

顔をぶるぶる震わせながら、ジャッキーは向きを変えると、小枝で床の感触を確かめながら歩き出した。

エリックは彼女の位置を確認し、道案内をするために懐中電灯を持ち上げた。部屋を斜めに横切る光がさまざまな影を引き伸ばしたり縮めたりした。

「きみの前の床に、屋根用のタイルが積んである」と、エリックは説明した。「少し右へ移動しろ。そこからまっすぐ進めば開口部に着く」

そのとき、地下室のドアのかんぬきが持ち上げられる音がした。かんぬきはガタガタと音を立て、壁をこすった。

「手を前に出したほうがいい」と、エリックは声を低めた。「左に壁があるのを感じるはずだ。それに沿って進め」

歩き出したジャッキーが何かにつまずいた。ペンキの缶が床を転がる。ジャッキーがおびえてうずくまる。

「止まってはいけない」と、エリックは小声で言った。「マディのいる家に帰るんだ」

階段のうえのドアが開き、また閉まって鍵のかかる音がしたが、下りてくる足音は聞こえない。

ジャッキーは開口部に達して、そのまま歩き続けた。片手を壁に当て、小枝を床に這わせながら進んでいく。

エリックが懐中電灯の向きを変えると、ネリーが階段を下りてきて、地下室の真ん中に出てくるのが見えた。黄色いレインコートは血で汚れており、手には小型のキッチンナイフが握られている。

ネリーはエリックに目を向けた。

相手がどれぐらい見えているのかわからないまま、エリックは懐中電灯を消した。あたりは、誰かが世界をまるごと持ち去ってしまったかのように光ひとつない闇に覆われた。

「ネリー、警察はもっと警官を送り込んでくるぞ」エリックは傷ついた腕をもう一方の手で支えながら言った。「わかるか？　もう決着はついた」

「まだ終わってないわ」ネリーはエリックから一メートルと離れていない場所に立って、息をつきながら答えた。

地下通路から何かがぶつかったような音が聞こえた。ネリーは忍び笑いを漏らすと、床を歩き出した。途中でタイルの山にぶつかったが、それをよけて、闇のなかを地下通路のあるほうへ向かった。

一三四

ジャッキーは狭い通路をできるかぎりの速さで進んだ。右手で壁の感触を確かめ、小枝を前で左右に振りながら歩いた。

できるだけ遠くへ行き、外へ出て、助けが見つかるまであきらめてはいけない。恐怖感が全身に広がっていた。まるで火に焼かれているような気がした。床に落ちていた瓶を小枝が見逃し、知らずに蹴ってしまう。瓶はでこぼこの床をごろごろと転がった。

指先でレンガの表面をたどっていくと、漆喰が砕けてぱらぱらと落ちた。レンガのつなぎ目の縦線が七本目になった。彼女は無意識にその数をかぞえていた。もし引き返すことになったら、それが役に立つはずだ。

息苦しかった。一歩進むごとに、背中の痛みがまるで航路標識のように間欠的に襲ってくる。傷はまだ出血しており、血が尻の割れ目を通って足まで流れている。エリックは重い傷ではないと言っていたが、ほんとうだろうか。落ち着かせるためにああ言ったのではないだろうか。

咳をすると、肩甲骨のすぐ下あたりで傷ついた肺に引きつるような痛みが走った。

小枝の振り方が不十分だったらしい。何かの装置の鋭い角と垂れたケーブルに向こうずねがぶつかる。それを乗り越えようとすると、使い過ぎと恐怖で足がぶるぶる震え出した。通路があとどれぐらい続くのか予想もつかなかったが、どうやらこの地下通路の中核部分には達したらしい。

歩速が速すぎて、何かにつまずく危険があるのはわかっていた。

音の響きに間隙が生じるのを感じて、左側に部屋があるのがわかった。

レンガのつなぎ目を数えるのをやめて、外へ出る経路探しに集中することにした。

「ネリーがそっちへ行くぞ!」背後の地下室からエリックの叫び声が聞こえた。「いまそっちへ向かっている!」

エリックの声はおびえており、通路を通って届くあいだに弱まっていたが、彼の声であるのはわかった。ジャッキーは足を速めた。肘掛け椅子をよけ、壁に沿って進む。指がたくさん並んだ棚の表面をかすめていく。後ろでかさかさという音がして、もう少しで悲鳴をあげかける。

息がますます苦しくなってきた。足を止めずに、片手を口に当てて、そっと咳をする。踏み出した足が地面に着く前に、顔が何かにぶつかった。食器棚の扉が開いていたらしい。扉がばたんと閉まり、なかでガラスの食器ががちゃがちゃと音を立てる。ナイフの鋭い刃が吐息のような音を立てて背中に刺さり、締めつけるような痛みが襲ってきたときの感覚がよみがえってくる。

自分が荒い息をついているのはわかったが、それでも十分な量の酸素が入ってこない感じがした。

小枝をもっと速く振るようにして、もう一方の手でレンガやそのつなぎ目のうえをすべらせていくと、太いケーブルに手が触れた。それを過ぎるとまたむき出しのレンガになり、やがて壁に取り付けられた窓枠にぶつかった。

ジャッキーはそこが何なのかを推し量ろうとした。

彼女は音の変化で開口部があるのに気づくたびに、ほんの数秒足を止めて、それが別の通路なのか、それとも壁に囲まれた部屋なのかを判別していた。

そのまま主通路を歩き続ける。弱い空気の流れが、前方から床を伝ってくるのを感じた。

壁から突き出たボルトで指の甲を切ってしまう。いまはもう、後ろから追跡者の気配が聞きとれるようになっていた。

ネリーがこちらに向かって何か叫んでいる。だが、ジャッキーには何を言っているのかわからなかった。

身体の奥からパニックが泡のように湧き上がってきた。小枝を握る手が汗ばんでいる。

うっかりレンガで足をすべらせ、バランスを失って倒れかける。とっさに伸ばした片手が蜘蛛の巣を突き破り、壁に激しくぶつかる。背中に槍《やり》を突き通されたような痛みが走り、口のなかに血の味が広がる。

背後で何かが砕ける音がして、耳のなかで反響する。ガラス食器を詰め込んだ食器棚が倒れたらしい。ガラスが床で砕ける音がした。

ジャッキーは脚で手の汗をぬぐい、小枝を握り直してから、ぎりぎりまで速度を上げて歩き続けた。右手の指先はごつごつしたレンガのせいで感覚がなくなっていた。

後ろから足音が迫ってくるのが聞こえた。自分よりずっと速く歩いている。

パニックに襲われたジャッキーは方向を変え、横の通路に入った。

心臓が激しく脈打っている。

もうだめだ、とジャッキーは思った。ネリーは地下通路を熟知している。ここは彼女の領地なのだ。

それでも足を止めずに歩き続けた。さっきより通路の幅が狭くなっていた。古い布地のようなものを踏みつけてしまい、それが足にからんだ。そのまま布地を引きずりながら進む。

「ジャッキー!」ネリーが叫んだ。「ジャッキー!」

咳をこらえながら進むと、壁の天井近くに開いている穴の前を通り過ぎた。そこから空気が流れ出しているのを耳で聞きとった瞬間、何かが彼女の服をつかんだ。ブラウスを捕まえて後ろに引っ張っている。うろたえて両手をめちゃくちゃに振りまわしたとたん、ブラウスの生地が破れる音がした。足を止めて、なんとか縛《いまし》めを解こうとしていると、またネリーの声が聞こえた。

ネリーもこの通路に入ってきたようだ。

ジャッキーはブラウスを引っ張り、身体の向きを変えた。左腕の下に右手を伸ばすと、太いパイプが手に触れた。歩いているうちに、屋根から壁を伝って下りているパイプに引っかかったのだ。パイプは服をがっちり捕まえていたので、一歩後退して外すしかなかった。

ネリーはさらに近づいていた。漆喰を踏み砕くブーツと衣《きぬ》ずれの音が聞こえた。

鼻で息をしながら、ジャッキーはさらに先へ進んだ。

ネリーがうなり声をあげた。彼女も天井から下がったパイプに引っかかったらしい。

金属がこすれる音がする。

ジャッキーは先を急ぎ、反響音が前よりゆっくり返ってくる広い部屋に入った。

古い水槽のようなよどんだ水のにおいが宙を漂っている。なおも歩き続けると、危うく何かと正面衝突しそうになり、握っていた小枝を取り落とした。

身をかがめると、泥や小枝、樹皮などが詰まった大きなバケツが手に触れた。背中の痛みのせいでつんのめりそうになりながらも、ジャッキーはバケツの脇へ手を伸ばし、空き瓶や蜘蛛の巣、小枝のあいだを手探りする。

ネリーがまた呼びかけてきた。さらに近づいている。

ジャッキーは杖がわりの小枝を見つけるのをあきらめた。これからは杖なしでやっていかなければならない。両腕を前に伸ばし、レンガ壁を区切っているいくつものく《アル》ぼみ《コーブ》の前を通り過ぎる。

まもなく、ほとんど部屋全体を横切っている大きな障害物にぶつかった。細長いスチールのシンクだった。その縁に沿って端まで歩き、回り込んだところで、背後からネリーの足音が聞こえた。

ジャッキーは以前教えられたとおり、大きく舌打ちした。その音が部屋にぼんやり反響して、頭のなかに三次元の地図が浮かび上がらせてくれるはずだった。だが、いまはあまりにもおびえていたので、思うようにいかなかった。反響音にじっくり耳を傾ける余裕がなく、部屋の実際の様子を把握できない。

荒い息をつきながら、前に進み続ける。全身の震えをどう止めればいいのかわからなかった。顔の向きを変えて、もう一度舌打ちしてみた。すると突然、左の方向に開口部があるのがわかった。

壁に手をつけて進み、その開口部へと達する。また、冷たい外気が流れ込んでいるのを感じた。

そこはさらに狭い通路で、床は粗い砂利で覆われ、焦げた材木とプラスチックのにおいがした。片足がガシャンとやかましい音を立てて窓ガラスを踏み抜いた。足を切ったのがわかったが、かまわずに歩き続ける。手が壁に触れ、漆喰がぼろぼろと剝がれ落ちるのを感じた瞬間、ネリーがガラスを踏み砕く音がした。

ネリーはすぐ後ろに迫っていた。

ジャッキーは片手を壁にすべらせ、もう一方の手を前に突き出して走り出した。そのとたん、木製の架台にぶつかり、前につんのめる。左肩から架台のうえに落ち、痛みでうめき声をあげる。這い進もうとすると、床に落ちているものにぶつかった。プラスチックのパイプかホウキの柄のようなものだ。

そのまま這い続けると、頭が壁に当たった。レンガの破片を踏みつけてなんとか立ち上がり、壁に寄りかかる。

一三五

　ジャッキーは自分の顔がどちらを向いているのかわからなくなっていた。向きを変えて、壁伝いに数メートル引き返す。耳をすませたが、ネリーの立てる音はまったく聞こえなかった。自分の息づかいがあまりに激しいので、片手で口を押さえて音が漏れないようにした。

　前方でかさかさ音がした。何かが床をゆっくり動いている。

　ネズミだ。

　鼻で息をしながら、ジャッキーはじっと動かずに立っていた。どっちへ行けば外に出られるのか見当もつかなかった。恐怖に支配されて、考えがまとまらない。ストレスがかかりすぎて、まわりの状況を把握できなかった。

　近くで、何かがきしむ音がした。重いドアか、手回しローラー式の脱水機のような音だった。とっさに身を隠そうとする。頭を腕でかかえ、床に身体を丸めていたいと心底思った。それでも、自分を叱咤《しった》して歩き続ける。

　小石や材木の焦げた破片、砂や埃の層を踏みしめていく。あちこちで壁がくずれ、通路をふさいでいたので、瓦礫《がれき》の山を這い上らなければならなかった。斜面の石がバラバラと崩れ落ち、ガラスの破片が砕ける。

　壁の高いところにある小さなすき間から空気が流れ込んでくる音を聞きながら、ジャッキーは両手を使って瓦礫を昇り続けた。割れた厚板が太ももをこすり、レンガと漆喰で足がすべる。

後ろから聞こえるかさかさという音に追われるように、速度を上げて昇り続けると、やがて頭が天井にぶつかった。顔に風が当たるのを感じたが、どこから流れてきているのかわからない。両手で懸命に手探りし、金属線にからまった石を押しのけ、剝がれた漆喰を払っているうちに、壁に狭いすき間が見つかった。金網のあいだに指を差し込み、引っ張ってみる。手のひらが切れたが、大きめの石がゆるんで穴が少し大きくなった。ジャッキーはさらに前に這い進んで、すき間を通り抜けようとした。ウッとうなって片手で穴の縁を押し広げ、頭を差し入れる。穴の反対側で石がぱらぱらと落ちる音がする。穴にはさまって身動きがとれなくなるのが怖くて、やみくもに足で瓦礫を蹴りつける。

そうしながらも両手を前方に伸ばし、自分を穴から引き上げるのに役立つ手がかりを探した。ネリーのいる気配はないが、もしかしたらいまこのときも、ナイフを振り上げて瓦礫の山を昇っているかもしれない。

やがてロープの端が手に触れたので、ジャッキーはロープを引くと同時に、力いっぱい足を蹴った。背中を金網と石にこすられながらも、なんとか穴から身体を抜き出すことができた。急いで反対側に下りようとして、片足を穴の縁に引っかけてしまう。蹴って角度を少し変えてみると、足は穴を通り抜けた。

ジャッキーは小石の山をすべり降りて、床に着いた。どんな場所にいるのかまったくわからないまま、両手を突き出して歩き始める。まもなく手が壁に当たったので、それに沿って進むことにする。

こちらのレンガが冷えているのは、おそらく出口に近いからだろう。壁の角を曲がると、大きな部屋に出た。さっきまでと比べると、天井がはるかに高かった。音の波が静かな海のように昇り、広がっていく。

ジャッキーは足を止め、少し休んで息を整えようとした。前かがみになって、膝に両手を突く。疲労とショックで、全身が小きざみに震えていた。

歩き続けよう、と自分に言い聞かせる。なんとしても出口を見つけなければ。

出血している指で壁をたどっていく。そのとき、右のほうから金属のドアがきしんで開く音が聞こえた。

頭を下げて、何かの陰に身を隠したいと思った。息は押し殺したが、心臓は音高く脈打っている。

どうやらネリーは別のルートを進んだらしい。彼女なら、地下通路を行った先にある部屋の配置も承知しているにちがいない。

ナイフの傷の痛みがますます強くなっていた。傷のまわりが固まってしまったような感じで、呼吸をするのも楽ではなかった。しばらくこらえていたが、そっと咳払いせずにはいられなかった。咳をすると、背中を生温かい血が流れ落ちた。

頭を低くしたまま、ゆっくり前進を始めたとたん、何かが足に当たって金属的な音を立てた。手を床に伸ばすと、それがシャベルであるのがわかった。

「ジャッキー」と、ネリーが呼ぶ声がした。

ジャッキーはそっと身を起こし、壁に手を触れた。舌打ちをすると、前方左手に開口部があるのがわかった。

「ジャッキー？」

ネリーの声が反対側の壁に反響した。ジャッキーは足を止め、耳をすませているうちに、不意に気づいた。ネリーは見当違いの方向に叫んでいる。

彼女は私が見えないのだ、とジャッキーは思った。部屋が暗くて、私の姿を見ることができないでいる。

いまのネリーは盲目なのだ。

ジャッキーはゆっくりと位置を変え、身をかがめると、小石を拾い上げて放った。石は壁に当たって落ち、床で跳ねて何かにぶつかった。ネリーがその音に向かって動く気配を感じた。

ジャッキーはさっきの場所へ戻って、そっとシャベルを拾い上げた。刃が床をこする音がした。

ネリーは動きを止めて、荒い息をついていた。「音が聞こえるわよ！」と言って、笑い声をあげる。

ジャッキーはネリーに近づいた。足の裏で砂利の立てる小さな音に注意しながら、慎重に足を運ぶ。

ネリーがあとずさりして、バケツにつまずいた。バケツが派手な音を立てて倒れる。彼女には私が見えない。でも、私には彼女が見える――じりじりと近寄りながら、ジャッキーは思った。ネリーの押し殺した息づかいが聞こえ、香水と汗の混じったにおいが嗅ぎとれる。

ジャッキーには、ネリーの輪郭がはっきり感じとれた。ナイフを振るう音が、さらに二、三歩あとずさる音が。私がいることはわかっても、姿は見えていない。

シャベルの柄を慎重に握り直し、手に力をこめる。舌打ちすると、一瞬で壁の位置とネリーが立っている場所を特定できた。

ネリーはぜいぜいと息をしながら、でたらめな方向へナイフを突き出していたが、ナイフはむなしく空を切るばかりだった。やがて動きを止め、耳をすました。その息づかいから不安が増しているのがわかる。

ジャッキーはネリーの身体から発散される熱を感じながら、音もなく近寄った。ナイフの動きを追ってから、一歩足を踏み出し、シャベルを力いっぱい振り下ろした。

重いシャベルの刃がガツンと音を立てて、ネリーの頬を直撃した。ネリーの頭が横にねじれ、そのまま尻もちをつく。苦痛のうめき声が漏れる。

ジャッキーは相手の動きと呼吸をひとつも聞き逃さないように注意しながら、ネリーの周囲を回った。

ネリーは弱々しい声を出して起き上がろうとしていた。

ジャッキーはもう一度シャベルを振り下ろしたが、刃は狙った首からわずかに逸《そ》れ、髪をかすめただけだった。

ネリーは立ち上がり、ナイフを突き出した。それがジャッキーの腕を切り裂く。ジャッキーは思わずあとずさりし、さっきネリーが蹴ったバケツにぶつかると、心臓を波打たせながらすばやく横へ動いた。切られた傷がずきずきと痛み、手に血が流れ落ちる。アドレナリンが全身を駆けめぐり、腕の産毛が逆立った。ジャッキーは手を振って血を払い、スカートでぬぐうと、シャベルをもう一度握り直した。

できるだけ音を立てずに、ネリーに近寄る。ネリーが前かがみの姿勢でナイフを突き出しているのが聞こえる。吐く息が湿っているのがわかる。ジャッキーは足音をさせないようにしてネリーの横に回り込むと、身体の向きを変え、渾身《こんしん》の力をこめてシャベルを振るった。猛烈な一撃だった。シャベルはネリーの後頭部に命中した。ネリーの口から大きく息が漏れ、激突のショックをやわらげる手も突き出さないまま、前のめりに床に倒れた。

ジャッキーはもう一度、シャベルを振るった。刃がネリーの頭に当たって湿った音を立てた。そのあとは何も聞こえなくなった。

ジャッキーは息をはずませてあとずさりした。手が小きざみに震えていた。耳をそばだてたが、呼吸音は聞こえなかった。よろよろと近づき、シャベルでつついてみたが、ネリーの身体はぐったりとしたままだった。

耳のなかで脈打つ音がするのを聞きながら、ジャッキーはしばらくじっと待った。それから、改めてシャベルの鋭い先端で突いてみたが、反応はまったくなかった。

ジャッキーの呼吸は不規則になっていた。悲痛な思いが心をよぎった。胃を激しくかきまわされているような気がした。シャベルを床に降ろすと、足を震わせながらネリーのそばへ行った。ネリーの身体からぬくもりが立ちのぼってくるのを感じた。用心深く身を乗り出し、背中に指で触れてみる。ネリーはレインコートを着ていた。指を動かすと、ざらざらの生地がキシキシと音を立てた。

エリックは、ネリーが鍵を首に掛けていると言っていた。

おそるおそる、ネリーの背中から首へ手を走らせる。髪が生温かい血で濡れている。指をぎこちなく襟のなかに突っ込み、べとべとする首をたどっていくと、チェーンに触れた。引っ張ってみたが、チェーンは外れなかった。

ネリーの身体を仰向けにする必要があった。身体は重く、両手で片足を押して、ようやくひっくり返すことができた。

ジャッキーはそのうえにまたがり、震える指でレインコートの一番うえのボタンを外した。ぴちゃぴちゃという音がした。まるでネリーが口を湿らせているかのようだった。やがて、音は止まった。

ボタンを外しているとき、パチッという音がした。一瞬、ネリーが乾いた目をまばたきしたのかと思った。

恐怖感が電流のように頭を駆けめぐる。ジャッキーはネリーの服の首もとを開き、鍵のついたチェーンをつかむと、血まみれの頭から抜きとった。

一三六

ヨーナは標識に従ってリンボを目指して走っていたが、ヴェスビーで二百八十号線を離れた。フィンスタへ向かう途中、マルゴットが電話で、ジャッキーとマデレーンはリーリヨン・プランのアパートメントにはいなかったと知らせてきた。現場の様子からすると、ふたりは拉致された可能性が高いという。床や階段には血の痕があり、クロゼットのドアは叩き壊され、なかの壁にジャッキーの娘の筆跡で〝あの女性《ひと》はおかしな話し方をする〟と書かれていた。

ヨーナはマルゴットに、フィンスタ近くの家を見つける必要があると何度も繰り返し伝えた。ジャッキーとマデレーンがいるのはそこで、おそらくエリックもすでにそこにいて檻に閉じ込められているか、あるいはまもなく連れて行かれるはずだ、と。

「家を探してくれ。いま重要なのはそれだけだ」と言って、ヨーナは電話を切った。

道路沿いの闇のなかにも、おびただしい数の農場が点在していた。車は、さまざまな大きさの煙突を備えた農家や製材所の前を通り過ぎていく。

暗い夜道を疾走しながら、ヨーナは繰り返し頭に浮かんでくる、もう手遅れではないか、時間切れになりかけているのではないかという思いを、そのたびに振り払った。いまはパズルのピースをぴたりと全部継ぎ合わせなければならない。

まだし残した質問と、見つけられる可能性のある解答があるはずだ。

ネリーは同じことを何度も繰り返している。昔のパターンに戻ろうとしている。ロスラーゲンに、ネリーが出入りできる農場があるにちがいない。家族の所有ではないが、彼女の祖父が経営していたものかもしれない。祖父も同じ牧師で、スウェーデン教会は大変な広さの森や土地、多くの不動産を所有している。

運転を続けながら、ヨーナは改めて一からこの事件の経緯をたどり直した。読んだものすべてを、ネリーがロッキーの言う汚れた牧師であることを知る前に見たものすべてを検討し直した。いまは、ロスラーゲンの農場とジャッキーのビデオをつなぐものを見つけ出す必要がある。

ヨーナは、黄色いレインコートのことを、ドラッグのことを、戦利品のコレクションのことを、そして自分が奪ったものの場所を示すためにネリーが死体にとらせた姿勢のことを思い返した。ブロンマにいる完全に無視された夫のこと、彼女の高価な服のこと、ハンドクリームのこと、栄養補助食品のことを考えた。やがて携帯電話を拾い上げて、ノーレンに電話した。

「あんたはまた、えらく危なっかしい枝に昇ったものだな」と、ノーレンが言った。

「刑務所からの脱走幇助《ほうじょ》だなんて、まさに……」

「やるしかなかったんだ」と言って、ヨーナがさえぎる。

「それで今度は、私に何か頼みごとをしようっていうわけか」と、喉を払ってノーレンが言った。

「ネリーは鉄剤を飲んでいた」と、ヨーナが言う。

「貧血だったんだろう」

「貧血が起きる原因は？」

「原因は何千も考えられる。がんや腎臓疾患から妊娠や月経までな」

「だが、ネリーは水酸化鉄を服用している」

「酸化水酸化鉄という意味か？」

「手にしみがある」

「しみ？」

「黒いしみだ。はっきりと色素変化が認められ、それに……」

「砒素《ひそ》中毒だな」と、今度はノーレンがさえぎった。「酸化水酸化鉄は砒素の解毒剤に用いられる。もし彼女の手が乾いていて、しみがあるなら、それは……」

ヨーナは話を聞くのをやめて、ホテルの部屋の床に置いた一枚の写真を思い出した。それは二ミリほどの長さの破片で、ルリコマドリの頭蓋のようなかたちをしていた。

その破片はサンドラ・ルンドグレンの家の床に落ちていたもので、セラミックのように見えるが実際はガラス、鉄、砂、焼粉でできていた。

赤い大きな農家の前を通り過ぎたとき、ヨーナは小さなブルーの鳥の頭は鉱滓《スラグ》のかけらであるのに気づいた。ガラスをつくるときの副産物だ。

「ガラスだ」と、ヨーナはつぶやいた。

ガラス工場の周辺が砒素で土壌汚染されることはめずらしくない。以前は、泡を除去し、ガラスを均質化するための精製剤として砒素が使われていた。

「ガラス工場だ」と、今度ははっきり声に出して言う。「ガラス工場にいるんだ」

「つじつまは合うな」まるでヨーナの思考過程を読みとったかのように、ノーレンが言った。

「きみはコンピューターの前にいるのか？」

「ああ」

「フィンスタ近郊にある古いガラス工場を検索してみてくれ」

ヨーナは木々と繁みの向こうの闇のなかでかすかに光る湖に沿って車を走らせながら、画面の文字を読み上げるノーレンの声に耳を傾けた。

「待てよ……一九七六年に焼失したものがある。リンボのソルバッケン・ガラス工場、板ガラスと鏡の製造。敷地はスウェーデン教会の所有で……」

「住所と座標をこの携帯に送ってくれないか」と、ヨーナがさえぎる。「それと、マルゴット・シルヴェルマンに連絡してくれ」

ヨーナは強くブレーキを踏み込み、右へ急ハンドルを切ると、ギアを切り替えて砂利が跳ね飛ぶほどの勢いでバックし、サイドブレーキを使ってスピンターンした。それからシフトチェンジして、ふたたびアクセルを踏み込んだ。

一三七

痛みにあえぎながら、エリックは銅製のパイプを檻の天井へ伸ばし、金網の格子を支点にして隣の格子の鉄筋を折り曲げようとした。パイプの端にぶら下がるようにして体重をかけたが、パイプの長さが足りず、すべって大きな音を立てただけだった。エリックは落下して、怪我をしていないほうの肘を床にぶつけた。

荒い息をつきながら起き上がって懐中電灯で照らしてみると、鉄筋が数センチ曲がっているのがわかった。

地下通路のほうに耳をそばだてたが、ネリーがジャッキーを追って出て行ってから、何も聞こえてこない。

改めて地下室を懐中電灯で照らしてみても、運よく手の届いた銅パイプより役立ちそうなものはどこにもなかった。

檻はどこも頑丈に溶接されているが、銅パイプを使って天井の鉄筋を一本曲げられたのだから、壊すのは不可能ではないかもしれない。数時間、あるいは数日かかるかもしれないが。

エリックはもう一度、銅パイプを天井の格子に通そうとして、そこでふと手を止めた。

足を引きずるような音が地下通路から聞こえてきたような気がした。エリックはパイプを格子から抜いてマットレスの下に隠し、懐中電灯を手に、息を殺して耳をすました。誰かがいる。それは聞き間違いではなく、近づいてくる足音だ。エリックは懐中電灯を消して、何があっても芝居を続けなければならない、と自分に言い聞かせた。選択の余地はない。ネリーにすれば、彼を檻に閉じ込めておくより、あっさり殺してしまうほうがよほど楽なのだ。

黙って何かを踏みつけながら近づく足音に耳をそばだてていると、檻のすぐそばで誰かの息づかいが聞こえた。

「エリック？」と、ジャッキーが小声で呼びかけてきた。

「きみは急いでここを出なければいけない」と、エリックが早口でささやく。

懐中電灯のスイッチを入れると、一メートルと離れていないところにジャッキーが立っていた。その顔は汚れて、血にまみれている。苦しそうに呼吸しているところを見ると、体調がかなり悪そうだ。

「ネリーは死んだわ」と、ジャッキーが言った。「私が殺したの」

「きみの身体の具合は？」

それには答えず、ジャッキーはさらにエリックに近づき、金網のすき間から手を差し込んできた。エリックはその手をさすりながら、光を彼女に当てて、傷の様子を調べた。

「外へ出て、助けを呼べるかい？」彼女の髪を血で汚れた顔からそっと払って、エリックは尋ねた。

「鍵を持っているわ」と、弱々しく咳をしながら、ジャッキーが言った。檻に寄りかかり、チェーンを首から抜きとると、それをエリックに渡した。

「彼女を殺したの」ジャッキーはため息をついて、床にしゃがみ込んだ。「私は人を殺したの」

「そうせざるをえなかったんだ。身を守るために」と、エリックは言った。

「ほんとうにそうなのかしら」と、涙で顔をくしゃくしゃにして、ジャッキーは言った。

エリックが鍵を南京錠に差し込んでひねると、カチッと音がして掛け金が外れた。

懐中電灯を持って外に出て、ジャッキーの脇にしゃがみ込む。彼女の呼吸は不規則で浅かった。

「背中の傷を見せてごらん」と、エリックが小声で言った。

「それは心配ないわ」と、ジャッキーが言う。「マディのところへ帰られなければ。少しだけ休ませて」

エリックは懐中電灯で漆喰の剝げかけた壁やテーブル、棚を照らした。

「たぶんキッチンのドアには鍵がかかっていると思うが、行って見てくるよ」

「わかった」ジャッキーはうなずいて、もう一度立ち上がろうとした。

「ここを動かないで」と言って、エリックは急な階段へ向かった。

すべり止めのある茶色のドアマットには、血の足跡が付いていた。エリックは階段を昇って重い金属製のドアへ近づくと、取っ手を押し下げてドアを引いたり押したりしてみたが、鍵がかかっていた。

力をこめて取っ手を引きながら、近くに鍵がぶら下がっていないか懐中電灯で探したが、見つからなかった。エリックは檻のそばに横たわっているジャッキーのそばに戻った。

「ドアに鍵がかかっている」と、彼は言った。「地下を通って出るしかないな」

「わかったわ」と、ジャッキーが小さな声で答えた。

「たぶんネリーは、訪ねてきた警官を殺したんだろう。いずれ警察が来て、僕らを見つけてくれるだろうが、どれぐらい時間がかかるかわからない。それに、きみはできるだけ早く病院に行く必要がある」

「歩きましょう」と、ジャッキーはあえぎながら言った。

「頑張って」と言って、エリックは彼女の腕を肩にかついだ。「懐中電灯を持っていくよ。先が見通せるように」

エリックは肘掛け椅子と詰め物の入った足載せ台をよけて、ジャッキーを地下通路へ導いた。年代物の窓枠がいくつか壁に立てかけられ、埃だらけの電球が黄ばんだソケットにはまったまま転がっている。

ふたりは、急な階段でさらに深くへ下っている別の通路を横切った。やがて食器棚がひっくり返っている場所に着き、用心しながらガラスの破片のうえを渡った。

懐中電灯の光とエリックの道案内で、進むのはさほど難しくなかった。まもなく細長い金属のシンクと、ずらりと並んだ蛇口、壁の剝げ落ちたシャワー室のある広い部屋に着いた。

天井から中身の空っぽな裸電球がいくつかぶら下がっていた。電線だけ垂れている箇所もある。部屋の真ん中に、土の詰まった大きなバケツが倒れていた。バケツの緑色の側面は錆に覆われており、その脇にジャッキーが杖がわりに使っていた小枝が落ちていた。

その部屋を通り抜けると、へこみだらけのロッカーが並ぶ廊下へ出た。天井を水道管が走っていたが、片方の端が外れており、自分の重さでたわみながら槍のようにぶら下がっている。懐中電灯で照らしてみると、狭い通路の天井の一部が崩落しており、レンガや砂利、材木が天井近くまで積み重なっていた。

エリックはドアを開けて別の通路に入り、右へ曲がってアーチ型の出入り口を通り抜けた。すると突然、新鮮な空気のなかに出た。

そこも広い部屋だったが、強い風が吹き抜けていた。天井が完全に崩れ落ちており、暗い夜空を背にそびえ立つ高い煙突が見えた。懐中電灯の光が巨大な換気扇のカバーに当たってはね返る。タイル貼りの床は汚れ、ひび割れていた。

大きな炉の前の地面に横たえられたアルミニウムのはしごのすき間から、丈の高い草がぼうぼうに伸びている。左腕には力が入らなかったが、エリックはなんとかそのはしごを起こし、草の縛めから解放した。割れたレンガや小石を足でどけ、壁にはしごを立てかける。

彼はジャッキーがはしごを昇るのを助けてから、すぐあとに続いた。ジャッキーが足をすべらせたので、彼女の身体を受けとめようとして懐中電灯を落としてしまう。懐中電灯ははしごの段にぶつかりながら落ちていき、地面に着いたとたん、ぷっつりと光が消えた。

ふたりで廃墟のまわりに生い茂る草のなかに立ったとき、エリックの腕はまるで機械にはさまれているかのようにずきずきと痛んでいた。ぐったりとして寄りかかってくるジャッキーを支えて、アザミや低い灌木のあいだを通り抜けていくと、誰も乗っていないパトカーが見えた。パトカーのヘッドライトは黄色い家をまっすぐに照らしていた。ふたりはそのまま砂利敷きの庭を歩き出し、小道沿いに家から遠ざかっていった。

一三八

ヨーナはアクセルをいっぱいに踏み続けて車を走らせた。マルゴットはすでに警察の出動手配を終えていたが、到着してもあとの祭りという結果だけは避けたかった。ノルテリエ市警は、当該地域に派遣したパトカーの行方をまだ突き止めていなかった。

ヨーナがハンドルを切って、森を抜ける狭い砂利道に乗り入れると、ヘッドライトの光が畑のうえを横切る。タイヤがもろい路面でスリップしてコントロールを失いかけたが、すばやく逆ハンドルを切って体勢を立て直す。改めてアクセルをふかすと、車はでこぼこの道を揺れながら疾走した。

突然、二頭の鹿が前方に飛び出してきた。ヨーナはブレーキをかけた。鹿はヘッドライトの光のなかを跳躍し、森のなかへ消えた。

車は深い水たまりに突っ込み、両側に滝のような水しぶきが上がる。カーブを抜けると、ふたたび速度を上げる。畑を割るようにまっすぐ伸びる道路を白い光が照らし、暗闇に光のトンネルをうがった。

まもなく木々のあいだからガラス工場の煙突が見えてきた。鉛色の空を背に立つオベリスクのようだった。

はるか遠く、光が届く限界ぎりぎりのところに、ふたつの人影があるのが見えた。じっと抱き合って、小道に立っている。

どうやらエリックとジャッキーらしい。

小石がはねて車台に当たり、ヘッドライトの光が一瞬、道路からそれる。木の枝がフロントガラスに当たり、揺れる光のなかでは人影の顔を識別するのは難しかった。

遠くに見える壊れた建物の横には、水のない貯水池とガラスの破片の埋め立て地があった。

前方の路面に大きな穴のあるのに気づいたヨーナは、ブレーキをかけて急ハンドルを切った。どすんと車が上下に揺れて、ヘッドライトがふたりの頭上高くを照らした。

そのとき、ヨーナは光が小道の脇にある黄色いものに反射したのに目を留めた。

ネリーだ。

エリックとジャッキーからさほど離れていないところにいて、うつむきながら、きらきら光る砕けた緑色のガラス屑《くず》を踏んでふたりに近づいていた。

ヨーナはクラクションを鳴らし、ギアチェンジしてアクセルをいっぱいに踏み込んだ。車の下から埃が舞い上がる。車ががくんと前に出た拍子にグラブコンパートメントの扉が開き、なかにあったものが座席に飛び散った。車は小道をそれ、草をかき分けるように走った。

ネリーがイラクサや下生えのなかを大股でまっすぐ進んでいくのを見て、ヨーナはまたクラクションを鳴らした。

エリックは目をすがめて車のほうを見ると、ほっとした表情で手を振った。

ヨーナは何度も繰り返しクラクションを鳴らした。つかの間、ふたりの姿を見失ったが、少し向きを変えるとネリーがナイフを持っているのが目に入った。

ネリーは溝を越えてふたりのすぐ後ろに近づき、身をかがめて彼らの影のなかへ入った。

なおもクラクションを鳴らしながら、ヨーナは小道に並行して走った。エンジンが轟音を立てる。ヘッドライトの揺れる光で、ネリーがジャッキーをナイフで突くのが見えた。

そのときヘッドライトのひとつが重い枝にぶつかって砕けた。車の右前方が突然真っ暗になり、そちら側の廃墟が暗い闇に包まれる。

弱くなった光を通して、ジャッキーが小道にばったりと倒れるのが見えた。エリックはまだ彼女の手を握っていた。

小道の脇の枝は揺れていたが、ネリーの姿は消えていた。

ヨーナはブレーキを踏みつけた。タイヤが埃を舞い上げ、砂利のうえをスリップする。急ハンドルを切ると、フロントガラスが割れて破片が車内に飛び散り、ヨーナの顔にも降りかかる。車体を枝と草にこすられながら、前輪を溝に落として車は停まった。

ヨーナは窓からぐらぐらぐらするボンネットへ這い出し、地面に飛び降りると、ジャッキーの横にひざまずいているエリックのもとへ駆け寄った。

「何も見えなかったんだ」ジャッキーのブラウスの前を開き、刺さったままのナイフがどれぐらい深くまで達しているかを確かめながら、エリックが言った。「片方の腎臓を傷つけている可能性がある。すぐに救急車を呼ばなければ……」

「マディはどこだ？」と、ヨーナがさえぎる。

「アパートメントにいるはずだよ。電話してやらなければ……」

「あの娘はアパートメントにはいない。ネリーがジャッキーと一緒に連れ出したんだ」

「まさか」と、目を上げて、エリックがつぶやく。

「この家のなかにいる可能性は？」

「地下に檻があるし、通路が何本もあるが……」

ジャッキーが苦しそうにあえいだ。脈拍がだんだん弱まっているのが、エリックには感じとれた。家に目を向け、顔から髪を払うと、二階の窓で何かが黄色く輝くのが見えた。

「あの窓に光が見える」エリックは指さした。「あそこにいるのでは……」

そこまで言って、エリックははっと言葉を呑み込んだ。ジャッキーの脈拍が止まっていた。胸に耳を当てると、心臓は動いていなかった。

「航空救助隊を呼んでくれ！」エリックは叫んだ。「心臓が止まっている！　一刻の猶予もない！」

エリックはナイフを抜かなくてもすむようにジャッキーを横向きにして、心肺蘇生《CPR》を始めた。腕の痛みなど忘れて、三十回、強く速く胸骨を圧迫してから、肺に二度空気を吹き込み、また圧迫を始める。そばでヨーナが緊急サービスのオペレーターに住所と座標を伝えているのが聞こえた。

「ジャッキーのそばにいろ。救ってやれ。私は娘を助ける」ヨーナは家に向かって走り出した。

一三九

ヨーナは拳銃を抜きながら、前庭を走った。パトカーのヘッドライトがまだ黄色い家の正面を照らしている。突然、夜の空気に火のにおいが混じっているのに気づいた。

背丈ほどもあるイラクサを押しのけると、白い煙が家の土台のまわりに繁る草のうえを蒸気のように漂っていた。

ヨーナはポーチへ駆け上がり、銃を構えて玄関ドアを開けた。死んだ警官が床に横たわっているのが目に飛び込んできた。死体は血で黒ずんで見える。顔は反対側に向けられていた。

銃口を前方のドアに向けたまま死体をまたぎ越すと、身をかがめてガラスの割れた懐中電灯を拾い上げ、キッチンのなかを照らす。

徐々に弱くなる光が照らし出したのは、おぞましい惨状だった。床は血で覆われ、ふたり目の警官の首が身体から一メートルほど離れたところに転がっていた。拳銃をホルスターから抜くひまもなかったようだ。椅子のうえに置かれた火のついていない灯油ランプに血が飛び散っていた。地下から何かが鳴り響くような重い音が聞こえ、天井を灰色の煙の薄いベールが覆い、旧型の煙感知器を包み込んでいる。

ヨーナは急いで混乱状態のキッチンを横切り、居間を通り抜けて、二階へ続く吹き抜け階段のある狭い廊下に出た。天井近くを渦巻く煙は濁った水のようだった。

隣の部屋で燃えさかる床の一部は地下に崩落しており、そこから火の粉と煙が立ちのぼっていた。顔に熱が当たるのを感じながら、階段を駆けのぼる。壁紙が燃えていた。火は徐々に二階に広がろうとしていた。

ヨーナは、ネリーが証拠を燃やそうとしているのに気づいた。もしジャッキーが生き延びられず、家がなくなれば、残る証拠は全部エリックを指さすことになる。

懐中電灯の光は弱くなるにつれて黄色に変わった。

二階に上がると、拳銃を前に構えて、少女のものらしい部屋に入った。ピンクのバラ模様の壁紙は、エリックの写真で埋まっていた。多くは隠し撮りされたものだが、ポートレート写真も何枚かあり、専門誌や写真アルバムから切り取られたものも混じっている。

薄暗い棚のうえには、エリックから盗んだものと思われるコレクションが並べられていた。ワイングラス、本、体臭防止剤、マレーシア土産《みやげ》の象。茶色のコーデュロイのジャケットは、ブルーのシャツに重ねて木製ハンガーに掛けてある。

床のずっと下のほうから、シューッという音が足の裏に伝わってくる。火が酸素を食い尽くそうとしており、息をするのがだんだんつらくなってきた。

懐中電灯の光が消えた。振ってみるといくらか回復して、不安定な弱い光が出始めた。

ネリーは被害者から奪った戦利品を化粧テーブルの鏡の前に並べていた。数はそれほど多くなく、マニキュアの瓶とH&Mの口紅チューブ、赤いブラジャーがあるぐらいだが、別にピンクのトレーのうえに、土星のかたちの舌ピアス、ヘアクリップ、スサンナ・ケルンのイヤリング、付け爪が数個、血で黒ずんだネックレスが載っていた。

懐中電灯が完全に消えたので、ヨーナはそれを床にそっと置いた。

勾配天井のある寝室へ続くドアのそばへ行き、少し脇に寄ってなかを覗くと、よどんだ光のなかにマデレーンがいるのが見えた。

マデレーンは部屋の真ん中に置かれたベッドの脇の床に横たわっていた。口をテープでふさがれ、頭の下には血だまりができている。

この幼い少女は、ネリーがジャッキーから奪った戦利品なのだ。

息はしていたが、気を失っているらしい。

ネリーの姿は見えなかったが、ベッドの横のドアの取っ手には血がこびりついていた。

部屋には急速に白い煙が充満しかけている。残された時間はあとわずかだ。

ヨーナは少女をちらりと見てから、右側に銃口を向けながら前進した。

重い斧が左側から襲ってきた。部屋のレイアウトを見誤り、動きに気づくのが遅れた。かろうじて上体を後ろへ引くと、斧の刃が顔をかすめて通り過ぎ、壁に深く突き刺さった。

あたりに埃と漆喰の粉が舞い立つ。

ネリーは斧を引き抜こうとしたが、ヨーナが顔に拳銃の銃身を叩きつけた。

ネリーの顔がのけぞり、口から唾が飛び散る。身体がねじれて、仰向けに床に倒れた。すき間から黒い煙が湧き出している床は、彼女の身体の下で左右に揺れているように見えた。

自分の加えた一撃の反動でよろよろとあとずさりしたヨーナが、プラスチックのハンガーが置いてある椅子をひっくり返す。

ネリーが起き上がり、次の瞬間、マデレーンの脇にいた。ヨーナは目を疑った。どうしてそんなに速く動けたのだろう。一秒とたっていないのに。

ベッドが動いていた。

だがすぐに、自分が大きな鏡を見ていたことに気づいた。鏡像のせいで、マディが部屋の真ん中の安全な距離にいるものと思い込んでしまったのだ。

火が酸素をむさぼり食いながら、シューシュー、カチカチと音を立てていた。

拳銃を腰だめにして、ヨーナは部屋の様子を把握しようとした。壁と家具に立てかけた鏡の大きな断片が、見る者の遠近感をゆがめ、部屋をまったく違う様相に変えてしまっていた。

ネリーは鼻血を出していた。少女を引き寄せて、しっかり抑え込んでいる。煙がふたりのまわりに渦巻いていたので、武器を持っているかどうかよく見えなかった。

「その娘を放せ」ヨーナは慎重にふたりに近づいた。

床に落ちていたエリックの写真が熱でくるくると丸まる。ヨーナの左側にある閉まったドアのうえから、油っぽい黒い煙が侵入し始めている。

「その娘を放せ」と、ヨーナが繰り返す。

「ええ」とネリーは答えたが、マデレーンを放そうとはしなかった。

マデレーンがぼんやりと目を開けた。ネリーが少女の頭にキスをした。

「ネリー、ここを出なければいけない」と、ヨーナが言った。「みんな一緒に。わかるね？」

ネリーは弱々しくうなずき、ヨーナの目をまっすぐに見つめた。

正面のドアは水色の光を放ち、それを取り巻く炎の渦の先端が天井まで届いて黒い縫い目のような跡を残した。下の部屋から、巨大な岩が激突して割れたような轟音が聞こえた。

「私を助けてくれるの？」と、目を離さずにネリーが訊いた。

「ああ、助けるよ」腰のあたりに何を隠しているのか見きわめようとしながら、ヨーナは答えた。

ネリーはヨーナに奇妙な笑みを浮かべてみせた。愛情に満ちたとも言えるような笑みだった。

火の粉とすすが熱い空気の流れに乗って立ちのぼっていく。冷たい空気は、より火に近い床に吸い込まれていく。火の粉にまといつかれたカーテンがぱっと炎を上げて燃え出した。

「火は何と言っているの？」とつぶやきながら、ネリーは立ち上がった。マデレーンの髪をつかんで、荒っぽく床から立たせた。

少女はおびえていた。涙が頰を流れ落ちる。

「ネリー」と、ヨーナはもう一度呼びかけた。「みんなでここを出なければならない。私が力を貸すから。その代わり……」

ガタンと大きな音がして、ヨーナとふたりのあいだに隣室との壁の大きな羽目板が崩れ落ちた。頭上の灰色の煙のなかで、細かい火の粉がちらちらとまたたく。

鏡のひとつに、ネリーがナイフを抜く姿が映った。もう一方の手でマデレーンの髪をつかんで強く引き上げたので、少女は爪先立ちになった。

床は三人の足の裏でぶるぶると震えていた。片側から熱気が押し寄せてくる。部屋には黒い煙が広がり、天井に向かって炎が這い上る。

「ナイフを捨てろ。そんなことをしてはいけない！」煙を透かしてぼんやりと見える人影に銃口を向けながら、ヨーナが叫んだ。

ヨーナは横に移動したが、炎と煙を通して黄色いオイルスキンが見えただけだった。

「これで十分なんてことはないのよ」と、ひどく甲高い子どものような声が言った。

一瞬マデレーンがしゃべったのかと思ったが、少女の口はテープでふさがれているのを思い出し、ヨーナは引き金を絞った。

煙のなかに三発撃ち込む。

銃弾はネリーの胸の真ん中に命中した。彼女の後ろの鏡に、肩甲骨のあいだから血が噴き出すのが映った。大きな鏡がネリーに倒れかかり、床で砕けた。

マデレーンは首の傷に手を当てたまま、身じろぎもせずに立っていた。指のあいだから血が流れていたが、少女は生きていた。

ネリーの甲高い声は、これまで同様、死の警告の役割を果たした。

ヨーナは少女のそばに駆け寄ると、死んでいるとはわかっていたが、ネリーの手からナイフを蹴り飛ばした。マデレーンを抱き上げて、煙のなかを後退する。

ネリーは口をぽかんと開けて、鏡の破片に覆われて横たわっていた。ブーツの片方が脱げており、汚れたナイロン・ストッキングだけの足が床の振動に合わせて震えている。

プラスチックの携帯用ガソリンタンクが倒れて、灯油が床板に流れ出した。シュッーという音がして炎が噴き出る。

熱波が襲いかかってきて、ヨーナは少女をかかえたまま後ろへよろめいた。隣室まで後退して敷居をまたいだとたん、寝室の床がネリーの体重でたわんだ。ネリーの身体は床に呑み込まれ、荒れ狂う炎の柱のなかに消えていった。

ヨーナのパンツに火が移り、彼は少女とともにさらに後退する。地下から昇ってきた炎が、崩落した床を通って咆哮《ほうこう》をあげながら天井まで達する。燃えるランプの破片が火の粉の雲のなかに落ちていく。窓枠も燃え出し、ガラスが大きな音を立てて砕ける。

ヨーナは少女の手を引っ張って、部屋の真ん中へ導いた。

「痛いだろうが我慢してくれ」と言って、ヨーナは少女の口からテープを剝がした。

「痛かったかい？」

「いいえ」と、少女は小声で答えた。

背の高い食器棚が寝室の床に大きく開いた穴を通り抜けて、甲高く絶叫し続ける地獄へと落ちていった。

ヨーナは自分の革のジャケットをマデレーンにはおらせた。「煙は危険だから、裏地に口を当てて息をしてくれ。できるかい？」少女がうなずいたので、ヨーナは彼女を抱き上げて階段を下りた。炎の放つ光が壁で踊り、火花が舞い散る。地下のどこか奥深くで、金属がねじれる悲鳴のような音がしていた。

火があとに黒々とした跡を残しながら、壁を這いのぼり始めた。

ヨーナは熱気を吸い込み、激しく咳こんだ。

下の部屋では熱で窓ガラスが割れたらしく、大きな音を立てて何かが倒れた。ガラスの破片がばらばらと床に落ち、空気が流れ込んできたせいで炎が勢いを増し、轟音を立てて天井まで達した。

少女が咳をし始めたので、ヨーナは裏地を通して呼吸するように大声で指示した。居間の壁は床から天井まで燃えていた。その熱に追われるように、ヨーナはテレビのある部屋へ移動した。屋根が崩れ落ちて火の粉がばらばらと降ってくると、少女が悲鳴をあげた。

また咳こみ始めたヨーナは、火傷しそうなほど熱い床に手をついて体を支えなければならなかった。肺のなかは灼熱に焼かれ、煙を吸い込んだためにめまいがした。残された時間はあとわずかだ、とヨーナは思った。そこで彼は息を止めて少女を抱きかかえると、思いきって濃い煙のなかに飛び込み、前かがみの姿勢のまま煙の充満した居間を突っ切った。

目から涙が流れ出し、ほとんど何も見えなかった。ソファが燃えており、そこから熱い風に乗って火の粉が降りかかる。

背後から、炎が強風にはためく帆布のような音を立ててふたりを追いかけてくる。ヨーナは積まれた絨毯の山をまたいで、ドアを押し開けた。

キッチンも燃えさかっていた。天井のあちこちが崩れ落ちている。何かが爆発して、ガラスの破片と炎が部屋全体に振りまかれる。

ヨーナは肺が痛み出すのを感じた。まもなく息を止めていられなくなるだろう。屋根の梁の片端が外れて、重い振り子のように落ちてくると、キッチンテーブルを粉々に砕いて床に深くめり込んだ。

絨毯は泡を立てて溶け出し、壁は炎で波打っている。バケツの水は沸騰していた。

ドアの強力なバネはゆがんで機能を失い、ドアは開いて蝶番のひとつにぶら下がっていた。ヨーナは警官の死体をまたぎ越した。玄関ホールは炎に占領されていた。熱と轟音がふたりを取り囲む。酸素が必要であるのはわかっていたが、息を吸ったときの衝撃が怖かった。それでもヨーナは、なんとか足を止めずに前進し、燃えている玄関ドアを蹴り開けた。

腕に少女を抱えてポーチに出る。顔はすすで真っ黒で、服は燃えていた。警官と毛布を持った救急隊員が駆けつけてくる。

マルゴット・シルヴェルマンは押し寄せる熱気から一歩後退し、大きく息をついた。その瞬間、強い子宮収縮が起きた。破水して、羊水が太もものあいだを流れ落ちるのを感じた。

やかましい音を立てて回転するヘリコプターのローターブレードが送り出す下降気

流のせいで、埃が大きな弧を描いて舞っている。

ヘリコプターが離陸するあいだ、エリックはマデレーンの手を握っていた。少女はベルトをかけられて母親の隣に寝かされており、エリックを見上げてにっこりすると、目を閉じた。ヘリコプターはぐらぐらと揺れながら上昇した。

下を見ると、ヨーナが地面に横たわって咳をしていた。警官や救急隊員がまわりを取り囲んでいる。マルゴットは、待機している救急車に連れて行かれるのに抵抗していた。

燃えさかる家が放つ黄色い光と緊急車両のブルーの光が砂利敷きの庭を覆っていた。それかヨーナはゆっくり身を起こし、ホルスターから拳銃を抜いて地面に放った。それから、手錠をかけやすいように両手を差し出した。

ヘリコプターは向きを変え、少し前方に傾いてから速度を上げた。

エリックは家全体が炎のなかに崩れ落ち、煙が黒い臍《へそ》の緒のように空へ立ち上っていく様子を見守った。高い煙突の影が、廃墟と放置された畑のうえに揺れながら伸びていた。

エピローグ

エリックは羊皮の肘掛け椅子に腰かけ、背の高い窓から白っぽい十月の空を見上げた。マルゴット警部補は赤ん坊の娘を胸に抱いて、ニスを引いたオーク材の床のうえを行きつ戻りつしていた。

エリックとロッキー・キルクルンドに対する殺人の容疑はすでに晴れていた。マルゴットはいま、先月ひと月かけて携わった事件の概要を、要点をひとつひとつ挙げながら復唱していた。

ネリーはおそらく、ロッキー・キルクルンドの裁判のときからエリックをストーキングしていたのだろう。執着の対象を父親の葬儀の日にロッキーに切り替えたように、ロッキーからエリックに移したのだ。

ネリーが米国の医科大学院に入学手続きをしたのは間違いないようだが、学位を取得した記録はなかった。この分野で就業したことも、専門家として訓練を受けたこともなかった。おそらく全部、独学だったのだろう。ブロンマの自宅には神経学や心的外傷、災害精神医学のカウンセリングなどに関する本が何百冊も置いてあった。

ネリーの夫は、妻の二重生活については何も知らなかったらしい。彼女はひそかにエリックを監視し、時間をかけて接近しながら、写真を集めて燃え落ちたガラス工場の家に保管した。エリックが離婚すると、ふたりで暮らすことを想像し始めた。マルゴットが話を続けるあいだ、エリックは目を閉じて、壁を通って聞こえてくるやさしげなピアノの音に耳を傾けた。

ネリーの強迫的執着は自己陶酔型の性格障害に深く根ざしたもので、エリックを正確に模倣し、彼にふさわしい人間になろうとした。彼は自分のものであるという思いが強まるにつれ、ますます彼を見守り、コントロールすることが必要になった。

彼のほうから自分に会いにきて、愛し、欲情することを望んだ。その欲求は飽くことを知らず、最後には自分が火になって、まわりのものをすべて焼き尽くすほどに燃え上がった。

常に教会が身近にあり、父親の説教を聞かされてきたせいで、ネリーの心には宗教的な教育が深く刻み込まれていた。彼女は旧約聖書を詳細に読み、嫉妬深い神が自分の感じていることを全部是認していると思い込んだ。

彼女は、エリックが魅力を感じたと思われる女性たちを監視し、それぞれの個人的な特徴に執着するようになった。病的な嫉妬心に駆られたすえに、女たちから美しさを奪い取る前に、その魅力の裏側にあるほんとうの姿をさらすためにビデオに録画した。

そうした嫉妬心がどうして生まれたのか、どうやって犠牲者を選び出したのか、を完全に理解するのは不可能だった。証拠を見ていくと、殺人を犯すごとにその進み方が加速しているのがわかる。ついに引き返せないところまで来ると、彼女は憎悪をエリック本人に向けるようになった。

ストレスが高じて、警察の捜査の遅さにいらだちを覚えた彼女は、自分の〝署名〟をあちこちにばらまき始めた。嫉妬心に苦しめられながらライバルたちを殺す一方で、エリックに罠を仕掛けた。それがエリックを、自分のふところに飛び込ませることになると考えたのだ。

ネリーは父親の目の前で母親を殺していた。ロッキーが愛した女性を彼の目の前で殺し、今度はジャッキーをエリックの前で殺すつもりでいた。

マデレーンを戦利品として奪い、ジャッキーの顔を潰してから、彼女の罪の象徴である子宮に手を置いた姿勢をとらせるつもりだったらしい。

話を終えると、マルゴットは赤ん坊の頭を慎重に肩に載せ、ゲップをするまで背中を軽く叩き続けた。

マルゴットが帰ると、エリックはピアノが立てるさざ波のようなやさしい音のほうへ歩いて行き、両開きのドアを開けた。グランドピアノは居間の真ん中にあって、ひとりでに演奏しているように見えた。だが、その大きな楽器を回り込んでいくと、集中した顔つきで鍵盤に指を走らせているマデレーンの姿があった。

エリックがソファのジャッキーの隣に腰を下ろすと、ジャッキーがその肩に頭を載せた。

あの夜ヘリコプターに運び込む前に、救急隊員が自動体外式除細動器《AED》を使って彼女の心臓を安定させた。彼女はウプサラの大学病院で行われた七時間の手術を耐え抜いて回復した。

エリックは長い悪夢から醒《さ》めたような気分だった。ジャッキーが指をからませてくるのを感じて、ふたりで生き延びたことを、そしてキューピッドがふたたび彼の胸に矢を打ち込んでくれたことを深く感謝した。

マデレーンが最後の小節を弾き終えると、弦の響きが少しずつ消えていった。しばらく静けさが広がるのを待ってから、少女は顔を上げて、ふたりに微笑みかけた。

エリックが立ち上がって拍手を続けていると、マデレーンがスツールの高さを調整した。エリックはそこへ行って腰を下ろし、楽譜を替えてからしばらく目を閉じていたが、やがてエチュードを弾き始めた。

十月二十四日の金曜日、ストックホルム地方裁判所で開かれた審理は終わりを迎えようとしていた。裁判官と三名の参審員は、ヨーナ・リンナがフディンゲ刑務所からの脱走に関連する数件の重罪について有罪であることを、国が〝合理的な疑いを超えて〟立証したと判断した。

情状酌量の余地があるとはいえ、この評決は予想できるものだった。判決が下されるとき、エリックはきちんと立ち上がった。ジャッキーとマデレーンも彼の隣に立ち、ノーレン、マルゴット、サーガ・バウエルもそれにならった。

ヨーナは弁護人の横に座り、うつむきかげんで、裁判官が全員一致の評決を読み上げるのに耳を傾けた。

「本法廷は、ヨーナ・リンナが公務員に対する暴力行為、ならびに器物損壊、勾留中の重罪犯の逃亡幇助、警察官の身分詐称、加重窃盗について有罪と認めるものである。被告人を禁固四年に処する」

解説

杉江松恋（書評家）

猛烈な速度で回転している運動体を想像していただきたい。

ラーシュ・ケプレル『つけ狙う者』を表すのに最適な表現はそれ、「回転」だ。いや、回転する物体を外から見たのでは少し違う。この小説で読者が味わう感覚は、そんな冷静なものではないからだ。想像するならば、足を縛られ、頭を先にした状態で、ご自分の体が振り回されるというような絵柄だろう。遠心力によって脳が常に圧迫され続けることで血が滾《たぎ》るような興奮状態が引き起こされる。回転によって視界は目まぐるしく変化し、容易に一つの像を結ばせてくれない。すべての謎を解く鍵がどこか一点にあるはずなのだが、そこに留まることはできないのである。

二〇一四年に発表された本作は、スウェーデン国家警察に属するヨーナ・リンナ警部が主役を務めるシリーズの第五作に当たる。だが、そんな情報はひとまず忘れて読み始めていただいてかまわない。ヨーナ・リンナが舞台に姿を現すのは、百ページ以上も話が進んでからのことだからだ。二つの殺人事件が起きることから話が始まる。犠牲者は二人とも女性だ。二人とも死ぬまでにずたずたに切り裂かれ、特に顔面は原型を留めないほどに損壊されていた。殺人者が施した死体玩弄《がんろう》はそれだけでないことが後に判るのだが、ここでは省く。もう一つ無視できない要素は、凶行の直前に何者かが、犠牲者を盗撮した映像のリンクURLを警察に送りつけていたことである。

二人目の犠牲者が出た後で、エリック・マリア・バルクという精神科医が警察の協力要請を受ける。事件の関係者に催眠術を施すためだ。だが、警察に協力するうちに彼は奇妙な符合に気づく。エリックは九年前にも同じような猟奇殺人の容疑者に催眠術を施したことがあった。その殺人事件でも犠牲者は顔を損壊されており、死体が奇妙なポーズをとらされていたのだ。牧師であるロッキー・キルクルンドというその容疑者は、事故のため脳に重度の障害を負っていた。エリックは施術の間に彼が漏らした証言を故意に握りつぶし、罪人として病院送りにしていたのである。もし今回の事件と過去の一件が関係していたとしたら。不安に衝き動かされたエリックは、牧師に面会すべく、嘘の口実を作り出して病院を目指す。

このロッキーという男が回転し続ける物語の、捕捉すべき特異点だ。要所、要所に牧師は現れるが、意識が混濁しているために論理的な言葉を話すことができない。〈ゾーン〉と呼ばれる無法地帯に彼が現れた際、壁にスプレーで記された落書きが主人公たちと読者の困惑を的確に表現している。曰《いわ》く、「違う世界もどこかに存在する」。回転だ。ロッキーの世界と他の者のそれはわずかな接点を持つだけなので、回転が続く限り彼をこちら側に引き入れることはできない。どうすれば彼を留めておけるのかという関心が中盤からの物語の関心事になる。巨体の持ち主であり、聖書を引用して意味不明の言葉をつぶやき続けるロッキーは怪物的だが、無視できない磁力を感じる。ぽつりと漏らした一言は、まるで小説全体を象徴するかのようで印象的だった。

——ロッキーは首を横に振った。「俺にわかっているのは、神が道の途中で俺を見失って、一度も探しに戻ってこなかったことだけだ」と、しゃがれた声でつぶやく。

国家警察で指揮を執るのはマルゴット・シルヴェルマンで、彼女と部下のアダム・ヨーセフの動きが中心になって描かれる。ここに中途から前述のヨーナ・リンナが加わるのである。前作『砂男』（二〇一二年。扶桑社ミステリー）をお読みの方はご存じのとおり、彼はよんどころない理由で姿を消していた。障害となっていた問題が解消されたため、古巣であるストックホルムに戻ってきたのだ。しかしヨーナは、身分上はすでに警察官ではないため、捜査の傍観者にすぎない。彼と精神科医のエリックはシリーズ第一作『催眠』（二〇〇九年。ハヤカワ・ミステリ文庫）からの旧知の仲であり、信頼関係が築かれている。

本書は三人称多視点の物語であり、マルゴット＝アダム、ヨーナ＝エリックという組み合わせでしばらくは話が進んでいく。そして中盤を過ぎたところで世界が崩壊するような出来事が起き、各視点がばらばらになってビリヤードの玉のように動き始める。こうなってからがケプレルの真骨頂なのである。

再び回転の比喩に戻る。棒の中途に紐《ひも》を付けて回すところを思い浮かべていただきたい。紐は棒に巻き付き、ついには回転を止める。ケプレルの描く活劇とはそれだ。回転が進むうちに物語は収束していく。最後にはすべての要素が一点に集まり、意味のわからなかった手がかりやキャラクターの位置付けなどが判明するだろう。複数の謎が呈示されるが、特に犯人当ての趣向には驚かされた。真犯人を示す手がかりは各場面に呈示されていた。一見無理筋と思われる箇所も、読み返してみれば整合性がとれるように描かれていたことがわかるはずである。謎解き小説として誠実な作品だ。

前にも書いたとおり本作はシリーズ第五作にあたる。第一作『催眠』から第二、三作の『契約』(二〇一〇年)『交霊』(二〇一一年)までがハヤカワ・ミステリ文庫、第四作の『砂男』からが本文庫での刊行だ。全八部作と言われており、本国では二〇一八年に第七作Lazarusまでが発表されている。『砂男』から本シリーズは主人公ヨーナの人生を描く方向へと大きく舵を切った。すべてを投げうって身を隠した理由は本書の中にも少し出てくるが、気になる方は遡《さかのぼ》って前作を読んでもらえればいいと思う。さらに興を覚えたら第一作からどうぞ。それだけの価値はある連作である。

ラーシュ・ケプレルとは、アレクサンデル・アンドリル(一九六七〜)とアレクサンドラ・コエーリョ・アンドリル(一九六六〜)夫妻の合作名である。それぞれ単独の作品で実績のあった二人がケプレル名義で何を行おうとしているのかは現時点で断言できないのだが、八作を組み合わせると祖国スウェーデンの闇の部分が見えてくる趣向ではないかと個人的には考えている。本書で印象的なのは、キリスト教信仰が事件の背景に見え隠れすることだ。事件の鍵を握る人物が牧師に設定されていることにも意味がある。スウェーデンはキリスト教倫理に支配されてきた国であり、性意識を含む道徳観念もそれと無関係には語れない。ストーキングという恋愛妄想の結果引き起こされる犯罪が中核に据えられているのは、長い抑圧の歴史があるからこそなのだ。

ところで北欧ミステリーと聞くと、中年刑事がこつこつと事件を調べる話、という地味な警察小説を思い浮かべる方も多いのではないかと思う。確かにそうした祖型から出発してはいるのだが、現在の読者に支持を受けている作品はまったく違う。北欧圏の作品が世界に注目されるきっかけとなったのは、二〇〇〇年代の初めにスティーグ・ラーソンの〈ミレニアム〉三部作（ハヤカワ・ミステリ文庫）が爆発的な売れ行きを記録したことだろう。同作でラーソンは、リスベット・サランデルという魅力的な主人公を世に送り出した。サランデルの無鉄砲な行動によって意外な事態が出来することが物語の推進力となるのである。ラーソンに触発されたわけではないと思うが、このころからキャラクターの動きを描くことに主眼を置いた作品が増えている。

たとえばノルウェーのジョー・ネスボは、主人公に依存症を抱えるハリー・ホーレという男を置いた。ホーレの物語が実質的に機能し始める第三作『コマドリの賭け』（二〇〇三年。集英社文庫）以降の同シリーズでは犯人探しの興味と同等の比重で、ホーレが破滅の淵に落ちるのか否かという関心が描かれることになった。また、アンデシュ・ルースルンド&ベリエ・ヘルストレムによる〈グレーンス警部〉シリーズが二〇〇四年の『制裁』（ハヤカワ・ミステリ文庫）で開幕している。昔気質で他人に心を開かない男として描かれるグレーンス警部は個性的ではあるが、物語の中心人物ではない。このシリーズで焦点を当てられるのは犯罪の当事者たちであり、彼らが危機に陥ったり、警察への不信から思いがけない行動を取ったりするさまが、まずは描かれる。グレーンス警部はその絵解き役に過ぎないのである。

こうした形でミステリーがキャラクター小説の色彩を帯びた背景には、少なからず米英産クライム・スリラーの影響があるように思われる。いわゆるサイコ・スリラーは、一九八八年にアメリカの作家トマス・ハリスが発表した『羊たちの沈黙』(新潮文庫)以降に急増した。連続殺人犯《シリアルキラー》のキャラクター類型はハリスによって決定的に形作られたのだが、彼の作品にはもう一つの大きな特徴があった。殺人者の強大な力に魂を奪われ、自分を失っていく捜査官を描いたことである。正義の側にいる者たちが、悪の側である殺人者と不可分の、鏡像のような存在になっていくのだ。

探偵・捜査官は悪の対極にいる絶対的な正義を代表するわけではない。むしろ殺人者の影であり、そちらの世界に足を踏み入れているからこそ、暗闇の中でもすべてを見通すことができる。そうした探偵と犯人の関係が類型として整備されていったのが、一九九〇年代までの状況であった。二〇〇〇年代の北欧ミステリーがキャラクター主導の作品世界を持つようになった背景には、その流れが影響している。

本シリーズで興味を惹くのは、ヨーナの物語がどのような帰結を迎えるかということだ。シリーズは前作の『砂男』で序破急の「破」を迎えたと考えられ、本作以降ではさらに彼の身の上に転変が続くことが予想される。ヨーナ・リンナを振り回し続ける作者は、最終的にどこへ彼を導くつもりなのだろうか。天国か地獄か、あるいは。

◉訳者紹介
染田屋茂（そめたや・しげる）
編集者・翻訳者。主な訳書に『真夜中のデッド・リミット』『極大射程』（ともに扶桑社）、『「移動」の未来』（日経 BP）など。

下倉亮一（したくら・りょういち）
スウェーデン語翻訳者。共訳書に『スティーグ・ラーソン最後の事件』（ハーパーコリンズ・ジャパン）がある。

つけ狙う者（下）

発行日　2021 年 1 月 10 日　初版第 1 刷発行

著　者　ラーシュ・ケプレル
訳　者　染田屋 茂／下倉亮一

発行者　久保田榮一
発行所　株式会社 扶桑社
〒105-8070
東京都港区芝浦 1-1-1　浜松町ビルディング
電話　03-6368-8870（編集）
03-6368-8891（郵便室）
www.fusosha.co.jp

DTP制作　アーティザンカンパニー 株式会社
印刷・製本　図書印刷株式会社

Printed in Japan
ISBN 978-4-594-08691-6 C0197